Allen gewidmet, die es versuchen.

periplaneta

PHILIPP MULTHAUPT: Herr Freytag und Miss Kafka retten die Welt.
Eine Heißluftballonräubergeschichte mit Schaf.

1. Auflage, Juni 2020, Periplaneta Berlin, Edition Drachenfliege

Inh. Marion Alexa Müller, Bornholmer Str. 81a, 10439 Berlin
www.periplaneta.com

 Die Handlung und alle handelnden Personen sind erfunden. Jegliche Ähnlichkeit mit realen Personen oder Ereignissen wäre rein zufällig.

Lektorat: Sarah Strehle
Cover: Nicole Altenhoff
Satz & Layout: Thomas Manegold
Autorenbild: Konrad Lenz
Gedruckt und gebunden in Deutschland
Gedruckt auf FSC- und PEFC-zertifiziertem Werkdruckpapier

print ISBN: 978-3-95996-140-0
epub ISBN: 978-3-95996-141-7

Philipp Multhaupt

Herr Freytag und Miss Kafka retten die Welt

Eine Heißluftballonräubergeschichte mit Schaf

periplaneta

Das erste Kapitel

Stellt Herrn Freytag vor, den Helden dieser Geschichte; behandelt manches, worüber er Bescheid weiß, vieles, worüber er sich wundert, und ist überhaupt ganz verdächtig harmlos.

Der alte Wasserturm stand am Stadtrand von Mabonagrin, in der Nähe längst stillgelegter Eisenbahnschienen, die nach Gottweißwohin führte, und auch der Wasserturm war schon lange kein Wasserturm mehr, sondern ein Wohnturm. Herr Freytag wohnte im zweiten Stock und Scardanelli im Keller und unter dem Dach wohnte die Amerikanerin, aber man begegnete ihr nie, sodass sie in der Vorstellung ihrer Hausgenossen mehr Mondschein als Mensch blieb.

Herr Freytag und Scardanelli begegneten sich dagegen häufiger, und sie waren so etwas wie Freunde. In Scardanellis Fall verwunderte das nicht allzu sehr; für ihn war es einfacher, mit der ganzen Welt Freundschaft zu schließen, als sie in Freunde und Feinde einzuteilen und beständig abwägen zu müssen, wer nach neuesten Erkenntnissen zu welchem Lager gehörte.

Die Beziehungen, die Herr Freytag zu seinen Mitmenschen unterhielt, waren dagegen meist weder feindlicher noch freundlicher Natur, sondern spielten sich irgendwo dazwischen ab. Für die Menschen auf den Straßen der Stadt jedenfalls, denen in jedem belanglosen Gespräch, in jedem schwachen Händedruck der bedauerliche Makel des Wirklichseins anhaftete, hatte er nicht viel übrig. Herr Freytag war Inhaber der Buchhandlung *Alter Kaiser*, einem kleinen Laden in der Mabonagriner Altstadt, der sich über die Jahre schleichend in ein Antiquariat verwandelt hatte. Die Geschäfte gingen mäßig, was daran liegen mochte, dass Herr Freytag daran festhielt, das Sortiment nach seinen eigenen Vorlieben statt denen seiner Kunden zu gestalten. Er führte jetzt kaum noch zeitgenössische Literatur, weil er der unumstößlichen Überzeugung war, dass das Buch seine besseren Tage längst hinter sich hatte. Die Buchbinder der Gegenwart waren keine Künstler mehr, sie stellten leblose Gebrauchsgegenstände her, uniforme Pappeinbände unter hässlichen Schutzumschlägen und nach Chlor stinkende Taschenbuchquader, deren Rücken die sinnliche Rundung eines gebundenen Buches fehlte. Es gab keine Ledereinbände mehr und kaum noch solche aus Leinen, und es gab keine Ornamente. Herr Freytag vermisste die wirbelsäulenartigen Buchrücken mit ihren vorstehenden Bünden, er vermisste die goldgeprägten Titel, die Lesebändchen und die farbigen Schnitte, die marmorierten Vorsätze, die arabesken Pflanzenranken und geheimnisvollen Symbole auf Rücken und Einband, die ihm jedes alte Buch zum Zauberbuch gemacht hatten, als er noch Kind war.

Außerdem, da war er sich sicher, waren die alten Geschichten die besten; die, in denen es Gut und Böse noch gab, einen Anfang und ein Ende. Heutzutage nahmen es die Leute zu genau mit der Wirklichkeit, um gute Geschichtenerzähler sein zu können, und es gab keine Poeten mehr, nur noch Schriftsteller. Erfundene Romanhelden mussten sprechen wie im wirklichen Leben, sie durften nicht »Ach!« sagen oder »Weh mir!« Sie durften ihre Gewissensqualen nicht in Blankverse fassen, ihre Geliebte nicht mit einem Sommertag vergleichen oder über die grünäugige Eifersucht klagen. Sie durften keine wortgewaltigen Reden halten und keine leidenschaftlichen Liebeserklärungen machen, sie mussten stottern und stammeln und radebrechen wie jeder normale Mensch, und Herr Freytag verstand nicht, wozu man sie dann überhaupt erfinden musste. In seinen Laden jedenfalls ließ er solche fragwürdigen Helden nicht herein. In seinem Laden gab es Drachentöter und Balladensänger, da wurden Geschichten erzählt, die Sprache aus ihrem Alltagsgefängnis befreit – und wer eintrat, ließ die Wirklichkeit, überhaupt ein ganz albernes Wort, vor der Ladentür zurück.

Wenn man Freunde hat, weiß man einiges über sie, aber man weiß nicht alles, und manchmal ist das, was man weiß, nicht einmal das Wichtigste. Von Scardanelli wusste Herr Freytag drei Dinge. Dazu gehörte, dass der Hausmeister jeden Abend in seiner kleinen Kammer neben dem Heizkeller saß und Gedichte schrieb. Herr Freytag kannte keines dieser Gedichte, aber er fühlte sich geehrt genug, Kenntnis von ihnen zu haben. In einer Welt, in der das geschriebene Wort Hinweistafeln und Geschäftsbriefen vorbehalten war, waren Gedichte immer ein Geheimnis, und wen man über ein Geheimnis in Kenntnis setzte, dem zeigte man, dass man ihm vertraute und ihn wertschätzte.

Scardanelli hatte Herrn Freytag eines Abends im Hausflur eingeweiht, den er die Turmhalle zu nennen beharrte, obwohl es das Wort weder im Deutschen noch im Italienischen gab, aber vernünftige Einwände gegen seinen Gebrauch gab es schließlich ebensowenig, und hatte in solchen Fällen nicht schon Shakespeare, und sowieso, und überhaupt. Herr Freytag war gerade von der Arbeit gekommen und Scardanelli, in Ausübung seiner Hausmeisterpflichten (die natürlich vielmehr Turmhüterpflichten waren), hatte auf der obersten Stufe der Kellertreppe gestanden und ihn freundlich begrüßt. Scardanellis Begrüßungen endeten in der Regel auf ein Fragezeichen.

»Kennste du Schiller?«, hatte er gefragt. »Goethe? *Conosci*?«

Herr Freytag hatte genickt. »Gut sogar. Beinah persönlich.«

Ernst hatte Scardanelli sein Nicken erwidert, als seien sie gemeinsame Mitwisser einer literarischen Verschwörung. »*Sono poeti*. Wie sagt man auf Deutsch? Habe ich den ganze Tag überlegt, aber bin ich nicht eingefallen.«

»Dichter«, hatte Herr Freytag gesagt.

»Ah, *si*«, hatte Scardanelli entgegnet, zufrieden, das vergessene Wort zurückerobert zu haben. »Bin ich auch Dichter. Bin ich nicht gut wie Goethe, aber bin ich bald besser wie Schiller.«

Und er hatte auf dem Absatz kehrtgemacht und war ohne ein weiteres Wort die Kellertreppe heruntergestiegen, um seinen Pflichten nachzukommen, der des Turmhüters oder der des Dichters, die in ihren grundlegenden Anforderungen dieselben sind. Er wohnte mietfrei und bezog ein bescheidenes Gehalt für die Instandhaltung des Turms, zu der sich die Grauerin auf ihre alten Tage nicht länger selbst befähigt sah. Als Herr Freytag vor einigen Jahren eingezogen war, war Scardanelli schon da gewesen. Was ihn und die Grauerin verband, wie ihr Abkommen einst zustande gekommen war, wusste er nicht; aber sie mussten wohl alte Bekannte sein, auch wenn Scardanelli um einiges jünger war als sie.

Das Dichterbekenntnis im Hausflur hatte Herr Freytag damals erst später am Abend in seiner ganzen Größe erfasst. Es war längst dunkel gewesen, die Amerikanerin im Zimmer über ihm hatte Musik gespielt und Herr Freytag hatte in seiner kleinen Wohnung beim Abendbrot gesessen, als es ihm plötzlich bedeutungsschwer aufgegangen war: Scardanelli war ein Poet.

»Ich möchte wissen«, hatte Herr Freytag laut ins Zimmer

hineingesagt, denn in den vielen Jahren, in denen sonst niemand da gewesen war, hatte er die durchaus nicht ehrrührige Angewohnheit angenommen, mit sich selbst zu sprechen; »ich möchte wissen, was er wohl für Gedichte schreibt.«

Und seitdem versuchte er, es sich vorzustellen. Ganz vergeblich natürlich. Aber er fand solches Vergnügen daran, dass er seine Bemühungen nicht einstellen mochte. Fragen wollte er Scardanelli freilich nicht. Wenn sie sich unterhielten, dann niemals über sein Dichterhandwerk. Ein Dichter, fand Herr Freytag, soll dichten und nicht schwätzen, und er wollte Scardanelli nicht zu Verhaltensweisen verleiten, die seiner Poesie zum Nachteil gereichen konnten. Wenn sie sprachen, dann meist über ganz prosaische Dinge. Das Wetter zum Beispiel, oder was in der Zeitung stand, oder das tägliche Brot.

So hatte Herr Freytag die zweite Sache in Erfahrung gebracht, die er über Scardanelli wusste: Dass nämlich eine Hauptanforderung seines Berufes darin bestand, den ständig überfluteten Fußboden des Heizkellers einigermaßen trocken zu halten. Der Heizkessel leckte schon seit Jahren, aber die alte Grauerin konnte sich von ihrer kleinen Rente eine Reparatur nicht leisten, oder sie wollte nicht.

»Da muss man was tun«, sagte sie jedes Mal, wenn man sie auf den Missstand ansprach oder wenn sie ihn selbst zur Sprache brachte. »Aber das Geld muss ja da sein.« Und damit war das Thema erledigt. Wahrscheinlich hatte das Leck im Kessel sie über die Jahre mehr Geld gekostet als eine Reparatur. Aber sie war stur, die Grauerin, sie rechnete nach ihrer eigenen Mathematik, und Handwerker mochte sie sowieso nicht.

Dennoch blieb sie angesichts der finanziellen Notlage nicht untätig; sie spielte Lotto. Herr Freytag musste ihr jeden Montag einen Schein aus dem Tabakladen gegenüber vom *Alten Kaiser* mitbringen und gab ihn, nachdem sie ihn ausgefüllt hatte, am Dienstag wieder dort ab. Wo sie ihre Kreuze setzte, das unterlag strenger Geheimhaltung.

»Dass Sie mir ja nicht auf die Zahlen linsen, Herr Freytag!«, mahnte sie jeden Dienstagmorgen, und Herr Freytag linste nie auf die Zahlen; das wusste die Grauerin, und wenn sie auch offenes Misstrauen bekundete, im Stillen vertraute sie ihm. Gewonnen hatte sie noch nie etwas, aber davon ließ sie sich nicht entmutigen.

Eine wie die Grauerin hoffte nicht auf ihr Glück, sie *plante* es, sie war sich sicher, dass sie eines Tages gewinnen musste, und dann würden bessere Zeiten anbrechen im Wasserturm, eine goldene Ära.

Solange allerdings diese Ära noch auf sich warten ließ, tropfte das Wasser langsam, aber stetig aus dem Kessel, verteilte sich über den Boden und musste in regelmäßigen Abständen mit einem Aufnehmer gebändigt werden, damit der Keller nicht überflutet wurde. Das zu verhindern lag in Scardanellis eigenem Interesse, schließlich grenzte die kleine Kammer, in der er wohnte und seine Gedichte schrieb, direkt an den Heizkeller, und bei Vernachlässigung seiner Pflichten wäre er unweigerlich der Erste im Haus mit nassen Füßen gewesen. Also wischte er und beschwerte sich nicht, denn es war eine wichtige, nützliche Aufgabe, die nicht weniger als die Dichtkunst dem Allgemeinwohl diente. Dreimal am Tag zog er seine gelben Gummistiefel an, griff zum Aufnehmer und machte sich an die Arbeit, und jedes Mal pfiff er dabei das gleiche Lied vor sich hin, eine Melodie, die Herrn Freytag vage bekannt vorkam, die er aber nicht zu benennen vermochte. Sie klang nach vergessenen Erinnerungen und brachte Bilder aus einer verlorenen Kindheit noch vor der Geburt zurück. Aber die Grenze zur mystischen Erfahrung überschritt Herr Freytag bei allem poetischen Empfinden nie ganz, wenn er den Turmhüter sein Arbeitslied pfeifen hörte. Spätestens bei der dritten Wiederholung nämlich begann ihm die ewig gleiche Tonfolge mit verlässlicher Ernüchterung auf die Nerven zu gehen.

Und noch ein Drittes wusste Herr Freytag über Scardanelli: Obgleich er allein wohnte, nie Besuch bekam und selten ausging, war er ein ausgiebig verwandtschafteter und bekanntschafteter Mann. Nach eigenen Angaben hatte er eine Frau gehabt (von der er inzwischen getrennt lebte); er hatte sechs Brüder und ungefähr vierzehn Kusinen sowie eine Großmama mütterlicherseits (oder väterlicherseits, das konnte je nach Erzählung wechseln), die sich noch bester Gesundheit erfreute. Ferner zwei Großväter, eine Anzahl von Onkeln, über die er sich nie ganz sicher war, die sich aber seinen Schilderungen nach auch schwer auseinanderhalten ließen, weil sie alle dick waren und Zigarren rauchten. Mitunter berichtete er gar im Flüsterton von der einen oder anderen Geliebten. All diese Verwandt-, Bekannt-, Lieb- und Damschaften aber lebten noch in Italien; er allein hatte sich auf die abenteuerliche Reise nach Germanien begeben, von der zu erzählen er nie müde wurde.

Es war einer der Anlässe, die ihn geschwätzig werden ließen. Stürme und Seeungeheuer und Taschendiebe tummelten sich in diesen Erzählungen, böse Kapitäne und gutherzige Maschinisten, und Herr Freytag nahm an, dass nicht ein Wort stimmte, aber er hörte trotzdem gern zu, vielleicht umso lieber. Er hatte dann immer den Stummfilm vor Augen, in dem ein kleiner Landstreicher auf einem wackligen Frachter ins Land der unbegrenzten Möglichkeiten einreist – nur dass er sich anstelle des würdevoll watschelnden Einwanderers in weiten Hosen und mit schwingendem Spazierstock einen leicht schwankenden Scardanelli in Gummistiefeln und mit einem Aufnehmer in der Hand vorstellte. Dass es ein Stummfilm war, tat der poetischen Wahrscheinlichkeit dieser Vorstellung nicht unbedingt Abbruch. Scardanellis Veranlagung zum Schwätzen hielt sich für gewöhnlich in Grenzen, und er sprach nur, wenn er der Meinung war, dass es sein musste. Geschichten mussten erzählt, Fragen gestellt und Antworten nicht immer, aber doch manchmal gegeben werden. Alles andere war verzichtbar. Auf diese einfache Formel schienen sich – Herrn Freytags Erfahrung nach – die Gesetzmäßigkeiten seiner Konversationsbereitschaft reduzieren zu lassen.

Das also waren die drei Dinge, die der Buchhändler von Scardanelli wusste, und nach mehr fragte er nicht. Von der Amerikanerin wusste er gleichfalls drei Dinge, aber anders als in Scardanellis Fall konnte er trotzdem nicht sagen, wer sie war, denn dafür waren es nicht die drei richtigen Dinge. Er wusste, dass sie Studentin war und Amerikanerin eben, aus Amerika, und dass sie irgendwann im Frühjahr das kleine Dachzimmer über seiner Wohnung bezogen hatte, ohne dass er sie beim Einzug zu Gesicht bekommen hatte. Die Grauerin hatte es ihm erzählt, das war alles.

Auch später hatte er sie nie gesehen. Gelegentlich hörte er ihre Schritte auf der Treppe, zu merkwürdigen Zeiten, und manchmal drang nachts Musik aus ihrer Wohnung, sehnsüchtige Geigenmelodien, Klavierstücke wie fallender Regen, manchmal heller, manchmal dunkler Gesang. Dann versuchte er sich vorzustellen, wie sie aussehen mochte. Er war sich inzwischen ziemlich sicher, dass sie kurzes schwarzes Haar hatte und zierliche Handgelenke und Augen so braun wie zwei junge Kastanien, solche, die noch ganz weich waren. Aber das zählte natürlich nicht zu den Dingen, die er tatsächlich wusste, obwohl es sich manchmal so anfühlte.

Die Grauerin hielt nicht viel von ihr. »Die hockt da den ganzen Tag auf ihrer Stube und kommt nicht raus«, sagte sie misstrauisch. »Studiert man so in Amerika?«

»Vielleicht macht sie ein Fernstudium«, schlug Herr Freytag vor.

»Da braucht sie doch nicht übern großen Teich schippern für«, sagte die Grauerin, und Herr Freytag fand, dass sie Unrecht hatte, schließlich musste doch ein Studium in der Ferne für eine Amerikanerin, eine junge zumal, in jedem Fall ein Fernstudium sein, ein Fernstudium und ein Fremdstudium, und überhaupt.

»Wer hat denn gesagt, dass sie jung ist?«, fragte die Grauerin.

»Na ja«, sagte Herr Freitag, kratzte sich am Kopf, obwohl es ihn gar nicht juckte, und wusste nicht, warum er sich schämte. »Wo sie doch studiert.«

»Ach, das hat ja nichts zu sagen.« Die Grauerin winkte ab. »Studieren könnt ich auch noch, dass Sie's wissen, und ich bin vierundsiebzig.«

»Was würden Sie denn studieren?«

»Dass ich *könnte*, hab ich gesagt, nicht, dass ich würde.« Die Grauerin schüttelte den Kopf. »Ist doch alles nix Gescheites, was man heutzutage studieren kann. Fernsehwissenschaft und Sexismus und alternative Erziehung und lauter so Klumpatsch. Da lernt man mehr über die Welt, wenn man beim Fenster steht und rausguckt.« Sie stand oft beim Fenster und guckte raus, die Grauerin, und nichts entging ihr.

»Aber sie *ist* doch jung, die Amerikanerin?«, hakte Herr Freytag nach.

»Ja, jung ist die schon«, sagte die Grauerin. »Aber nichts Besonderes, Herr Freytag, unter uns gesagt. Nichts Besonderes. Der steigen die Burschen bestimmt nicht nach.«

»Vielleicht will sie das ja auch gar nicht«, sagte Herr Freytag.

»Ha!«, sagte die Grauerin. Wenn sie lachte, konnte man es mit einem kräftigen Atemzug verwechseln oder mit einem scharfen Reizhusten oder mit einem bellenden Hund, aber Herr Freytag kannte ihre Gewohnheiten und wusste Bescheid. »Vielleicht.«

Und dann widmete sie sich ihrem Haushalt und Herr Freytag ging in seine Wohnung, um zu lesen, und die Amerikanerin saß in ihrem Zimmer und wusste von alledem nichts.

Das zweite Kapitel

Handelt von einer Schauspielerin, die von der Bühne fällt, vom stolzen Anführer der Rettungssanitäter und von einem neuen Kontinent.

Und dann also brach eines Sonntags im Juni, es war kurz nach Mitternacht, die Amerikanerin durch die hundert Jahre alte Holzdecke wie eine von der Bühne gefallene Schauspielerin und landete auf Herrn Freytags Bett. Herrn Freytag kam das, wie man sich denken kann, reichlich ungelegen. Er saß in seinem Sessel und las gerade eine Geschichte, deren Held einen erfundenen Menschen in die Wirklichkeit hinüberträumte, als es über ihm auf einmal laut knackte. Gleich darauf, noch bevor er sich wundern konnte, gaben die Holzdielen nach und in einer splitternden, polternden Gewitterwolke aus Schutt und Staub und Todesangst stürzte die Amerikanerin zu ihm herab wie ein gefallener Engel der Erde entgegen, nur schmächtiger und kleiner, und eine Frau war sie eben. Herr Freytag trug sich gewöhnlich mit Würde und Eleganz, aber auf derart brachiale Weise in einer so intimen Beschäftigung wie der des Lesens überrascht zu werden, ließ selbst ihn die Fassung verlieren. Er sprang vom Stuhl auf, dass er beinah lang hinstürzte, ließ das Buch fallen, das er in der Hand gehalten hatte, und nahm beiläufig, aber nicht ganz ohne Ärger die angestoßene Ecke wahr, die es sich im Fallen zuzog. Dann wandte er sich dem Unglück in der Mitte seines Schlafzimmers zu.

Der Lattenrost hatte dem Aufprall der Amerikanerin nicht standgehalten. Jetzt lag sie da, klein, blass und mager, die Gestalt eines Kindes. Ihr Kleid war bis über die Hüfte hochgerutscht, und Herr Freytag schämte sich, dass ihm das als Erstes auffiel. Er spürte den Drang, das Kleid zurückzuziehen, ihre Blöße zu bedecken und sein schlechtes Gewissen zu beruhigen. Aber er traute sich nicht, sie dort zu berühren, wo es Missverständnisse geben konnte, und außerdem war er nicht sicher, ob er ihren Körper bewegen durfte, medizinisch betrachtet. Ihr linkes Bein ragte in einem Winkel über die Bettkante, der abstrakter Mathematik besser angestanden hätte als der menschlichen Anatomie. Sie rührte sich nicht.

Vielleicht ist sie tot, dachte Herr Freytag, obwohl er versuchte, es nicht zu denken, und er erschrak ein bisschen, mehr vor dem Gedanken als vor der Möglichkeit.

Aber die Amerikanerin war nicht tot. Als er näher ans Bett trat, blickte sie mit starren, weit aufgerissenen Augen zu ihm auf, wie ein Kind, das sich wachzuhalten versucht, obwohl es von Müdigkeit überfallen wird. Ihr Blick war fiebrig.

»Wie fühlen Sie sich?«, fragte Herr Freytag.

»Falsch«, sagte sie. Ihr Mund bewegte sich kaum.

»Was ist passiert?«

Sie versuchte zu sprechen, schien es sich dann aber anders zu überlegen, verdrehte die Augen, neigte den Kopf zur Seite, übergab sich wenig graziös auf Herrn Freytags Kopfkissen und wurde ohnmächtig.

Herr Freytag hatte oft davon gelesen, aber noch nie hatte er tatsächlich jemanden in Ohnmacht fallen sehen. Er hatte es sich dramatischer vorgestellt. Hilflos stand er dabei.

»Sind Sie tot?«, fragte er im höflichsten Tonfall, dessen er noch fähig war; er fürchtete, sie könne die Frage als Beleidigung auffassen. Aber sie gab keine Antwort. Herr Freytag lief ein paar Mal im Zimmer auf und ab. Er strich in einer sinnlosen Geste das Bettlaken um die Amerikanerin herum behelfsmäßig glatt. Dann hob er das Telefon ab, hielt es einen Augenblick in der Hand und wählte die Notrufnummer.

»Feuerwehr und Rettungsdienst Mabonagrin, wo genau ist der Notfallort?«

»Was?«, rief Herr Freytag. »Nein, keine Feuerwehr, hier ist kein Feuer, einen Notarzt brauch ich.«

»Da sind Sie schon richtig. Wo genau ist der Notfallort?«

»Im alten Wasserturm«, sagte Herr Freytag. »Mein Name ist Freytag, mit Ypsilon. Hier, ähm, hier ist eine Frau durch die Decke gebrochen, die ist ganz blass, und ihr Bein ist kaputt, und sie hat mir aufs Kopfkissen gespuckt, und jetzt ist sie ohnmächtig, oder vielleicht ist sie tot, sie bewegt sich nicht mehr, und sie ist Amerikanerin.«

»Reagiert sie, wenn Sie sie ansprechen? – Herr Freytag?«

»Was soll ich denn sagen?«

»Fragen Sie, ob sie Sie hören kann.«

Er beugte sich zu ihr herunter, das Telefon noch am Ohr. »Können Sie mich hören?«, fragte er. »Können Sie mich hören?« Der Geruch ihres Erbrochenen stieg ihm in die Nase und er spürte selbst einen starken Brechreiz. Wie krieg ich das bloß da raus, dachte er, wie soll ich da heute Nacht schlafen. Er richtete sich wieder auf. »Nein, sie hört nicht.«

»Herr Freytag, wir schicken Ihnen einen Rettungswagen. Wie lautet Ihre Rückrufnummer?«

Herr Freytag überlegte. Zuerst fiel ihm seine Bankverbindung ein, dann seine Postleitzahl, dann die Telefonnummer seines Elternhauses, unter der es längst keinen Anschluss mehr gab, und endlich, als er schon in Panik war, seine eigene Nummer. Er platzte damit heraus, hastig und unverständlich, als der Mann am anderen Ende gerade die Frage wiederholte, und musste sie danach noch ein zweites Mal durchgeben. Der Mann vom Rettungsdienst bedankte sich und legte auf. Herr Freytag blieb am Telefon stehen und malte sich aus, wie die Rettungskräfte jetzt zu ihrem Wagen stürzten und sich ihrerseits ausmalten, was sie vorfinden würden. Er fragte sich, welches Bild sie sich vom Gesicht der Amerikanerin machen mochten, und von seiner Wohnung, und ob er mit seiner Vorstellung genauso falsch lag, wie sie wohl mit der ihren liegen mussten, und ob sie in ihren gegenseitigen Versuchen, sich ein Bild voneinander zu machen, irgendwo in der Mitte aufeinandertreffen mochten. Dann fiel ihm auf, dass er noch immer den Hörer umklammert hielt. Als er ihn aus der Hand legte, fühlte er sich schutzlos und ohne Verteidigung.

Zwölf Minuten wartete Herr Freytag auf den Krankenwagen. Zuerst ließ er die Amerikanerin nicht aus den Augen. Sie wachte nicht auf, aber ihre Brust hob und senkte sich regelmäßig. Dann lehnte er sich in seinem Lesesessel zurück und lauschte auf ihre Atemzüge, den Blick auf das Loch in der Decke gerichtet. Es sah aus wie der Umriss eines unbekannten Kontinents. Herr Freytag versuchte, dem Kontinent einen Namen zu geben. Dann überlegte er, wie das Mädchen auf seinem Bett eigentlich heißen mochte. Er wusste es nicht, vielleicht wusste es niemand; sie war immer nur die Amerikanerin gewesen. Schließlich, ohne dass er in einer der beiden Fragen zu einem Ergebnis gelangt wäre, hörte er ein leises Husten, vielleicht war es als Lachen gemeint, dann ein Schniefen, und als er sich von der Decke abwandte, grinste die Amerikanerin ihn mit zusammengebissenen Zähnen und feuchten Augen an. Es waren kleine, braune Kastanienaugen, genau wie in Herrn Freytags Vorstellung, und das rührte und erschreckte ihn zugleich.

»Ich will ja nicht sterben«, sagte sie. »Ich will ja gar nicht sterben.« Es klang überrascht.

Herr Freytag nickte. Das war solide, Nicken war grundsolide, da konnte man nichts falsch machen. »Sie müssen doch auch nicht sterben«, sagte er dann, obwohl er sich nicht restlos sicher war. Aber es war schließlich das, was man in diesen Situationen so sagte, was er in einer Geschichte an dieser Stelle gesagt hätte, und Geschichten hatten ihre Regeln, an die man sich als anständige Romanfigur zu halten hatte.

»Jeder muss sterben«, sagte die Amerikanerin.

»Aber Sie doch noch nicht«, sagte Herr Freytag. »Sie sind doch noch jung.«

»Beim Sterben ist jeder jung«, erwiderte sie und klang in ihrer Altersweisheit noch jünger, als sie war.

Am Fuß des Turms fuhr unterdessen mit Blaulicht, aber ohne Sirene, die Ambulanz ein. Herr Freytag unterbrach seine Aufmunterungsversuche nicht ohne eine gewisse Erleichterung, sprang auf und trat ans Fenster. Die Leute, die alles schwarzsehen, dachte er ärgerlich, haben bei dem Thema eben immer die Oberhand.

»Sehen Sie«, sagte er laut und tippte mit dem Finger gegen die Scheibe, »das sind die Rettungssanitäter. Die retten Sie jetzt.«

»Gut«, sagte sie.

Herr Freytag machte eine hilflose Verbeugung, die sich in der Hektik eher parodistisch ausnahm, seine gute Absicht aber durchaus erkennen ließ. Dann stolperte er zur Wohnungstür, stürzte in den Hausflur und eilte die Treppe hinab. Im Treppenhaus kam ihm auf halbem Weg die Rettungsmannschaft entgegen, die Grauerin musste ihnen geöffnet haben, denn sie stand im Flur und sah mit verkniffener Miene zu ihm hoch, und er erkannte unter den Sanitätern nicht ein Gesicht aus seiner Phantasie wieder.

»Herr Freytag!«, rief die Grauerin. »Vielleicht sind Sie so nett und erklären mir, was hier los ist? Die Herren halten sich ja bedeckt.« Und sie warf den Rettungssanitätern einen empörten Blick zu, während diese sich an Herrn Freytag vorbeidrängten und sich, was nur selten vorkam, von den empörten Blicken der Grauerin nicht beeindrucken ließen.

»Die Amerikanerin hat sich ein Bein gebrochen«, erklärte Herr Freytag.

»Ja so«, sagte die Grauerin und nickte. »Hat ja auch ordentlich gerummst.«

Herr Freytag nickte zurück, ganz ernst und solide, und die Grauerin schüttelte den Kopf, und sagte, »Nee, nee, du«, und bevor sie sich nach den genauen Umständen erkundigen konnte, war Herr Freytag schon dem Sanitätstross gefolgt. Als er den Rettern in ihrer rotgelben Arbeitskleidung nach oben hinterhereilte, fühlte er sich ihnen trotz seines Bademantels ebenbürtig, und obwohl sie ihn noch vor dem zweiten Stock abhängten, war er ihr stolzer Anführer.

In dieser Nacht bekam Herr Freytag nicht viel Schlaf. Nachdem die Sanitäter die Amerikanerin abtransportiert hatten, säuberte er Kopfkissen und Laken so gut er konnte mit warmem Wasser, einem Spülschwamm und etwas Seife, zog eine neue Garnitur auf – und erst dann fiel ihm ein, dass das Bett sowieso nicht mehr zu gebrauchen war.

Gegen drei Uhr früh löschte er das Licht, nahm in seinem Lesesessel Platz, legte die Füße hoch, lehnte sich zurück ... und dann saß er in der Dunkelheit und konnte nicht einschlafen. Das Loch in der Zimmerdecke war ihm jetzt unheimlich, es war wie der Eingang in ein seltsames Insektennest oder das Tor zu einer anderen Dimension, und obwohl er es besser wusste, fühlte er sich beobachtet. Er wünschte sich ein Deckbett, das er bis zum Kinn ziehen konnte, aber die Sommernacht war dafür zu heiß. Um seine Gedanken in eine andere Richtung zu lenken, stellte er weiterführende Überlegungen zu der Amerikanerin an, die jetzt mit gebrochenem Bein im Krankenhaus lag. Sie hatte den Sanitätern ihren Namen gesagt, aber dass es ihr Name war, hatte er in seinem abwesenden Zustand erst verstanden, als die Silben längst verklungen waren, und jetzt konnte er sich nicht mehr erinnern.

Stattdessen versuchte er sich an die Melodien zu erinnern, die er nachts aus ihrer Wohnung vernommen hatte, aber er war nicht sehr musikalisch und hatte kein gutes Gedächtnis für Klänge und Tonfolgen. Als Nächstes versuchte er sich zu erinnern, wie er sich früher anhand der Musik ihr Gesicht vorgestellt hatte, als er es noch nicht kannte, aber die Vorstellung von damals war jetzt komplett von der Wirklichkeit ihrer angsterfüllten Augen, ihres hochgerutschten Kleides, überlagert. Herr Freytag starrte in die Dunkelheit, ein heilsames Mittel gegen das Durcheinander in seinem Kopf.

Wie gut sie Deutsch gesprochen hat, dachte er, man sollte es nicht für möglich halten. Aber er war fast enttäuscht, als ihm das bewusst wurde, und Amerika verlor ein wenig von der geheimnisvollen Traumpatina, die es über Jahre hinweg für ihn angenommen hatte.

Das dritte Kapitel

Ersucht den Leser um Nachsicht, dass sich seine Handlung im Krankenhaus zutragen muss; erfreulicherweise findet sich dort aber etwas Hoffnung auf die Rettung der Welt.

Als Herr Freytag am nächsten Morgen erwachte, den Kopf tief im Nacken, mit Blick auf die vertrauten, intakt gebliebenen Teile der Zimmerdecke, war er müde und verspannt und konnte sich nicht bewegen. Was ihn aufgeweckt hatte, war ein energisches Klopfen an der Wohnungstür. Er hätte es gern ignoriert, aber wer immer draußen stand, wusste, gemessen an diesem energischen Rhythmus, mit großer Wahrscheinlichkeit, dass er drinnen war, also hatte es keinen Zweck. Er erhob sich vorsichtig und ohne zu rasche Bewegungen aus dem Sessel und hielt den Kopf auf dem Weg zur Tür leicht schräg. Erst als er aufzuschließen versuchte, wurde ihm klar, dass er am vergangenen Abend gar nicht abgeschlossen hatte, nachdem die Rettungskräfte die Amerikanerin abtransportiert hatten. Er öffnete. Auf der Schwelle stand die Grauerin und sah ihn an, als sei er der alleinige Verursacher sämtlicher Missstände auf der Welt und der Erfinder des Montagmorgens sowieso.

»Guten Morgen, Frau Grauer«, sagte er.

»Guten Morgen«, erwiderte sie knapp und kam gleich zum Punkt. »Herr Freytag, Sie haben ein Loch in der Decke«, sagte sie. Es klang wie eine Redewendung, die ihm bescheinigen sollte, er sei nicht mehr im Vollbesitz seiner geistigen Kräfte.

»Ja«, sagte Herr Freytag, »ich weiß.«

»Das kann so nicht bleiben. Da muss man was tun.«

Sie drängte sich an ihm vorbei ins Zimmer, mit Nachdruck, als habe er ihr den Zutritt verwehrt, und trat ihm dabei auf den Fuß; versehentlich, nahm Herr Freitag an. Kommentarlos fuhr sie mit dem Zeigefinger über die Kommode neben der Tür, die von einer dünnen Staubschicht bedeckt war, und ihr Finger hinterließ einen Streifen im Staub, der wie ein Schnitt aussah, eine Wunde, ein Weg ohne Anfang und Ende. Sie bedachte das zusammengebrochene Bett mit einem missbilligenden Blick und hob dann die Augen zur Zimmerdecke, wo sich die Umrisse des unbekannten Kontinents abzeichneten, den die Amerikanerin letzte Nacht erschlossen hatte und der immer noch seiner Benennung harrte. Sie kniff die Augen zusammen wie eine Scharfschützin und rieb sich fachkundig das Kinn.

»Ja, da muss man die Handwerker rufen«, sagte sie. Dasselbe hatte sie vor längerer Zeit bei der ersten Inaugenscheinnahme des tropfenden Heizkessels gesagt. »Aber nicht gleich. Das Geld muss ja da sein.«

»Natürlich«, stimmte Herr Freytag zu, und obwohl ihm die Aussicht wenig behagte, so lange mit einem Loch in der Decke leben zu müssen, bis das Geld da war, ließ er die Sache damit auf sich beruhen. Er war jemand, der Missstände lieber ertrug, als sich über sie zu beschweren, denn eine Beschwerde änderte in den seltensten Fällen etwas und zerstörte in den meisten nur das harmonische Miteinander. Herrn Freytag lag viel am harmonischen Miteinander, wenn ihm auch nicht sonderlich viel am Miteinander im Allgemeinen lag; aber man kam schließlich nicht drumherum und im Gegensatz zum konfliktfreudigen Miteinander ließ sich der harmonische Umgang mit anderen Menschen dankenswerterweise auf ein Minimum beschränken. Er dachte an die Amerikanerin, die mit einem Loch im Fußboden würde leben müssen, wenn sie zurückkam, und er hoffte, sie möge sich zu ihrer beider Vorteil vielleicht konfliktfreudiger im Umgang mit der Grauerin erweisen als er.

»Ja, die Amerikanerin«, sagte die Grauerin, als habe sie seine Gedanken belauscht. »Was ist denn nu mit der?«

»Liegt im Krankenhaus.«

»Freilich. Und wie lange?«

»Ich weiß nicht.«

»Sie sollten sie mal besuchen«, sagte die Grauerin. »So viel Anstand haben Sie doch.«

»Ich kenne sie ja kaum«, sagte Herr Freytag.

»Eben«, sagte die Grauerin. »Da bollert die bei Ihnen durch die Decke und Sie machen sich nicht mal die Mühe, sie kennenzulernen. Unmöglich ist das.«

»Sie will vielleicht ihre Ruhe«, sagte Herr Freytag.

»Sie müssen ja nicht gleich so bei ihr reinplatzen wie sie bei Ihnen«, sagte die Grauerin und sah auf die Armbanduhr. »Bleibt das Geschäft heute geschlossen?«

Herr Freytag schrak zusammen. Die Grauerin schüttelte den Kopf und sagte »Nee, nee, du«, und überließ ihn dann seinen hastigen Vorbereitungen, während sie sich in ihre Wohnung zurückzog und den Tee fürs zweite Frühstück aufsetzte.

Die Buchhandlung *Alter Kaiser* öffnete an diesem Morgen eine halbe Stunde später als sonst. Herr Freytag sorgte für gerade so viel Ordnung, wie sie ein Antiquariat vertragen kann. Er sortierte zuerst die auf dem Boden gestapelten Neuzugänge, unter denen sich auch eine besonders schöne Prachtausgabe der *Abentheuerlichen Geschichte eines französischen Heißluftballonräubers* von Jean Jacques Vernaire fand. Dann nahm er am Schreibtisch Platz, der unter Büchern und Rechnungen und Quittungen und sonstigen Papieren kaum noch als solcher erkennbar war. Er versuchte zu lesen, erst in einem frühen Gedichtband von Jagomir Borga, später in den Abenteuern des Heißluftballonräubers, die er als Kind geliebt hatte und immer noch liebte. Aber er konnte sich nicht konzentrieren und verlor sich schließlich in einer Farbillustration des in der Baumkrone festsitzenden Heißluftballons, die er wohl eine Stunde lang anstarrte.

Gegen Mittag verkaufte er ein paar Romane aus der Wühlkiste. Danach machte er eine Stunde Pause und wählte in einem Bettenfachgeschäft in der Innenstadt einen neuen Lattenrost aus, zur Lieferung. Am Nachmittag betrat die zierliche alte Slawistikprofessorin den Laden, die fast jeden Nachmittag kam, und fragte nach einem vergriffenen Werk über das Frauenbild Jegor Antoniewskijs, mit dem Herr Freytag aber nicht dienen konnte. Um Punkt sechs Uhr stand er von seinem Bürostuhl auf, sperrte ab und machte sich auf den Heimweg. Ins Krankenhaus ging er nicht. Aber er hatte ein schlechtes Gewissen deswegen.

In der Turmhalle begegnete er Scardanelli, der gerade in seine Gummistiefel stieg. Neben der offenen Kellertür lehnte der Aufnehmer an der Wand. Scardanelli sah von seinen Füßen auf und lächelte Herrn Freytag zu, stopfte dann gewissenhaft und mit ernster Miene die Hosenbeine in die Stiefel, nur um sich anschließend mit demselben freundlichen Lächeln wie zuvor wiederaufzurichten. Er griff nach dem Aufnehmer und stieß ihn mit einem dumpfen Pochen wie eine Standarte auf den Holzboden.

Gleich bricht der hier auch noch ein, dachte Herr Freytag.

»Letzte Nacht«, sagte Scardanelli und stieß nach einer dramatischen Pause erneut zu.

»Ja«, sagte Herr Freytag. »Letzte Nacht.«

»Haste du geschlafen?«

»Nicht gut«, sagte Herr Freytag, »nicht viel.«

Scardanelli nickte. »Würde ich auch nicht schlafen mit eine Loch in die Decke. Durch die eine Frau ist gefallen.« Er verzog das Gesicht. »Iste zu psichologisch.«

»Und jetzt liegt sie im Krankenhaus.«

»Krankenhaus.« Wieder verzog Scardanelli das Gesicht. »Kein schöne Wort, Krankenhaus«, sagte er nach einer Weile. »Wann heiße anders, hätte die Leute weniger Angst.«

»Vielleicht besuche ich sie morgen«, sagte Herr Freytag, als sei das seine eigene Idee gewesen und wäre gar keine große Sache, als besuche er jede Woche ein rundes Dutzend Amerikanerinnen im Krankenhaus, und überhaupt.

»Musste du machen, Herr Freytag«, sagte Scardanelli und schlug zur Bekräftigung dieser Ansicht ein drittes Mal seine Turmhüterstandarte auf den Boden. »Musste du machen. Gehört sich, dass man besucht kranke Leute.«

»Ja, aber doch nur welche, die man kennt«, warf Herr Freytag ein.

»Ach«, sagte Scardanelli sehr deutsch und versuchte, dergleichen Bedenken mit einer wegwerfenden Handbewegung zu zerstreuen. »Kennen wir doch die Amerikanerin.«

»So?« Herr Freytag war nicht überzeugt. »Aber da geht es ja schon los. ‚Die Amerikanerin', Herr Scardanelli. Wir wissen nicht einmal, wie sie heißt.«

Scardanelli überlegte. Er wusste es wirklich nicht.

»Machte nichts«, sagte er dann und sein Gesicht hellte sich auf. »Ist sie bestimmt die einzige Amerikanerin in Krankenhaus.« Er klopfte Herrn Freytag auf die Schulter und verschwand mit seiner Turmhüterstandarte im Kellereingang.

Herr Freytag lauschte der absteigenden Tonleiter seiner Schritte auf der Treppe und wünschte sich, ein Denkmal auf einer versteckten Waldlichtung zu sein, drei Meter hoch und aus Erz, gänzlich unbelangt von alltäglichen Obliegenheiten.

Natürlich ging er auch am nächsten Tag nicht ins Krankenhaus. Er saß im Antiquariat, von zehn Uhr morgens bis sechs Uhr abends, und las in der *Abentheuerlichen Geschichte eines französischen Heißluftballonräubers*, obwohl er sie schon kannte. Irgendwann aber entfernten sich wie schon am Vortag seine Gedanken von der Geschichte und wanderten der Amerikanerin zu. Das war bemerkenswert, denn wenn er ein Buch las, das ihm gefiel, kam so etwas selten vor. Diesmal war es das Farbportrait der bildschönen italienischen Gräfin Calvina Calvino, das er lange Zeit musterte, ohne umzublättern. Er fragte sich, ob die Amerikanerin das Buch wohl kennen mochte und kam zu dem Schluss, dass sie es wahrscheinlich nicht kannte, weil sie eine Amerikanerin war und der Dichter ein Deutscher mit französischem Pseudonym. Aber er dachte sich, dass es ihr womöglich gefallen könnte, weil sie ihm vom jenem Schlag Mensch zu sein schien, dem Abenteuergeschichten mit Heißluftballons und italienischen Gräfinnen gefallen.

Dann überlegte er sich, dass sie bestimmt gerade in ihrem Krankenhausbett lag und sich schrecklich langweilte, und dass man Leuten, die in Krankenhausbetten liegen und sich schrecklich langweilen, Bücher mitbringt, damit sie sich weniger langweilen, und dass er als Antiquar gewissermaßen in der heiligen Pflicht stand, die literarischen Grundbedürfnisse seines Nächsten zu erfüllen. Damit schlug er das Buch zu und hatte endlich einen hieb- und stichfesten Grund gefunden, die Amerikanerin zu besuchen.

Erst jetzt wurde ihm klar, dass das alles war, was gefehlt hatte. Er hätte unmöglich in ihr Zimmer treten und sagen können: »Ich komme, Sie zu besuchen«, weil er nicht gewusst hätte, was er anschließend tun sollte und wie man einen anständigen Besuch ausführt, mit leeren Händen und nur den Kleidern am Leib. Dagegen in ein Krankenhauszimmer zu treten und zu sagen: »Ich komme, Ihnen ein Buch zu bringen« – das war etwas ganz anderes, weil es tausend Antworten gab, wenn sie nach dem Grund fragen sollte, und nicht eine davon hatte mit ihm oder mit ihr zu tun.

Gerade, als Herr Freytag das Rechtfertigungsproblem seines Besuches gelöst hatte, öffnete sich die Tür des Antiquariats und die alte Professorin betrat mit einem Teezeitlächeln den Laden. Heute suchte sie ein schmales Bändchen zur Wassersymbolik in Antoniewskijs lyrischem Werk, und wie üblich konnte Herr Freytag ihr nicht weiterhelfen.

»Sie mögen ihn wohl, diesen Antoniewskij«, sagte er.

»Er ist interessanter als ich.«

»Aber tot.«

Sie lachte ohne eine Spur von Bitterkeit. »Das ist der Preis, den man zahlt.«

Das Krankenhaus lag unweit der Mabonagriner Altstadt, und am nächsten Tag hängte Herr Freytag gegen Mittag einfach ein Schild in die Tür, klemmte das Buch unter den Arm und machte sich auf den Weg. Er kaufte keine Blumen, und er hatte die *Abentheuerliche Geschichte* auch nicht in Geschenkpapier gewickelt, weil er die Besuchssituation nicht noch zusätzlich verkomplizieren wollte.

Als er schon über den Krankenhausparkplatz schritt, fiel ihm ein, dass er noch immer den Namen der Amerikanerin nicht kannte, und er blieb stehen und war kurz davor, wieder umzukehren und es ein andermal zu versuchen. Er konnte ja die Grauerin fragen.

»Nein«, sagte er dann. »Wenn ich die erst fragen muss, habe ich wieder was zum Aufschieben, und bis dann endlich alles stimmt und gut und richtig ist, ist sie längst wieder aus dem Krankenhaus raus, die Amerikanerin.«

Also fasste er sich ein Herz und ging weiter. Als sich die Eingangstüren automatisch vor ihm öffneten, trat er hindurch und wünschte sich, ein wenig verunsichert durch den fehlenden Widerstand, Klinke und Schlüsselloch, vielleicht einen Riegel. Die Eingangshalle war groß, und die Dame hinter der Rezeption sah auf, als er durch die Tür trat, sodass er die Halle mit dem nervösen Gefühl durchquerte, ihr so lange konzentriert in die Augen sehen und lächeln zu müssen, bis er sie erreicht hatte; weil er das aber nicht über zehn Schritte hinweg aushielt, zog er es vor, ins Leere zu starren, und fühlte sich keineswegs wohler dabei. Erst, als er direkt vor der Rezeption stand, sah er auf. Die Rezeptionistin hatte ein kleines Muttermal zwischen Oberlippe und Nase, das Herr Freytag dankbar zur Entschuldigung nahm, ihr nicht direkt in die Augen schauen zu müssen. Er konnte sich nicht konzentrieren, wenn er jemandem in die Augen schauen musste, während er sprach.

»Guten Tag«, begrüßte er das Muttermal. »Ich möchte gern jemanden besuchen. Eine Dame. Sie ist Amerikanerin, aber ich weiß nicht die Zimmernummer.«

Die Rezeptionistin lächelte. »Das ist kein Problem. Sagen Sie mir den Namen?«

»Den weiß ich leider auch nicht«, sagte Herr Freytag. »Aber sie ist Amerikanerin. Wahrscheinlich ist sie die einzige Amerikanerin hier. Und sie ist Sonntagnacht eingeliefert worden, mit einem gebrochenen Bein. Weil sie durch meine Decke gebrochen ist.«

»Und da haben Sie sie nicht nach ihrem Namen gefragt?«

»Nein«, sagte Herr Freytag, den es allmählich verärgerte, was alles bezüglich der Amerikanerin mit solcher Selbstverständlichkeit von ihm erwartet wurde, nur weil sie eben zufällig durch seine Decke gebrochen war. »Sie war ohnmächtig.«

»Dann wird es schon etwas schwieriger«, gab die Rezeptionistin zu. »Aber wir kriegen raus, wie sie heißt, Ihre Amerikanerin.«

Dann hob sie das Telefon ab und telefonierte, und dann lächelte sie ihn freundlich an und telefonierte weiter, und dann sagte sie »Einen Moment«, und Herr Freytag war schon erleichtert, aber dann legte sie auf und er hatte einen Namen und eine Zimmernummer und musste zusehen, wie er damit fertig wurde.

Er irrte durch die verzweigten Krankenhauskorridore und war dankbar für ihre Verzweigtheit. Als er die richtige Zimmertür trotzdem fand, ging er erst daran vorbei, ohne langsamer zu werden, und tat so, als habe er sie übersehen. Aber dann kam er sich albern vor und fragte sich, wem er das vorspielen musste, und er kehrte um und klopfte.

Es kam keine Antwort. Er klopfte noch einmal, und als wieder keine Reaktion erfolgte, öffnete er vorsichtig die Tür, denn dreimal anzuklopfen, dachte er sich, ist wesentlich unhöflicher, als unaufgefordert einzutreten.

In dem Zimmer standen vier Betten. Eines war leer. Im zweiten lag eine alte Frau, die mit ihrem dicken Kopfverband wie eine Beduinin aussah und trübsinnig eine Fata Morgana anstarrte, die nur für sie sichtbar war. Daneben lag eine jüngere Frau, die mit offenem Mund tief und fest schlief; und im letzten Bett, direkt beim Fenster, die Amerikanerin. Ihr linkes Bein steckte bis zum Knie in einem bekritzelten Gipsverband. Sie winkte ihm mit einer Unbekümmertheit zu, die nicht so recht dazu passen wollte, wie er sie zuletzt erlebt hatte, aber diese Unbekümmertheit war vielleicht nur ein anderer Weg zu sagen: *Ich will nicht sterben*.

Herr Freytag blieb im Türrahmen stehen und überlegte sich, ob er zurückwinken sollte. Schließlich ließ er es bleiben. Er nickte ihr stattdessen so ernsthaft und gravitätisch zu, wie er sich albern und hilflos vorkam.

»Guten Tag«, sagte er. »Wie geht's denn dem Bein?«

»Gucken Sie doch mal«, sagte sie.

»Wenn ich nähertreten darf«, sagte Herr Freytag.

»Wenn Sie da stehen bleiben wollen«, sagte die Amerikanerin.

Herr Freytag löste sich widerwillig aus seiner Deckung und trat auf ungefähr drei Schritt Entfernung, vielleicht vier, an ihr Bett heran.

»Näher«, sagte sie. »Sonst können Sie gar nichts lesen.«

Herr Freytag kam näher, und sie reichte ihm die Hand. »Dawn Kafka.«

»Ich weiß«, sagte Herr Freytag und nahm ihre Hand in seine. »Freytag. Mit Ypsilon.«

»Ich weiß«, sagte Dawn Kafka. »Mit Ypsilon sieht es auch schöner aus.«

Sie sprach es komisch aus. *Ipsilon*. Weil sie Amerikanerin ist wahrscheinlich, dachte Herr Freytag, oder vielleicht ist sie bloß komisch. Er begutachtete die Schrift auf ihrem Gips, ohne die Worte zu lesen; die Buchstaben waren zum Teil sehr klein und er wollte sich nicht die vertrauliche Blöße geben, sich vorbeugen zu müssen, um sie besser entziffern zu können.

»Sie hatten wohl schon eine Menge Besuch?«, fragte er.

Sie schüttelte den Kopf. »Sie sind mein erster. In der Fremde kriegt man keinen Besuch, wenn man sich wehtut.« Sie lächelte ihn an. »Das ist ein schönes Wort, Fremde. Traurig schön.« Und mit einem Filzstift vom Nachttisch notierte sie es selbst auf ihrem Gips.

»Ich bin eigentlich auch gar kein richtiger Besuch«, sagte Herr Freytag verlegen, und weil ihm der Augenblick einigermaßen passend erschien und er es irgendwann sowieso tun musste, griff er in die Innentasche seines Kordjacketts und förderte die *Abentheuerliche Geschichte* zutage. »Ich bringe Ihnen bloß ein Buch, das Ihnen vielleicht gefallen könnte. Also, wenn Sie es noch nicht kennen. Vielleicht kennen Sie es ja schon. Aber wenn Sie es schon kennen, dann wissen Sie wenigstens, ob es Ihnen gefällt oder nicht. Vielleicht gefällt es Ihnen auch gar nicht.«

Dawn Kafka nahm ihm die *Abentheuerliche Geschichte* mit einer Ehrfurcht aus der Hand, in die er sich sofort verliebte und in die sich jeder Antiquar, jeder Bibliothekar, der seinem Handwerk mit einem Jota Leidenschaft nachgeht, gleichermaßen verliebt hätte.

Sie musterte den Umschlag und las den Titel laut vor. »Wenn das drin ist, was draufsteht«, sagte sie, »dann gefällt es mir.«

»Manchmal können Buchtitel täuschen«, sagte Herr Freytag wie zur Entschuldigung, obwohl er der Auffassung war, dass der Inhalt dieses bestimmten Buches exakt das Versprechen seines Titels einlöste.

»Ich weiß, was Sie meinen«, sagte Dawn Kafka. »*Das Lächeln des Schmetterlings*, und dann kommt nicht *ein* lächelnder Schmetterling vor. Oder *Drachenherz*, ganz ohne Drachen. Heute ist alles Betrug. Alte Bücher haben mehr ehrliche Titel.« Sie musterte argwöhnisch den Umschlag. »Also ist da besser ein Heißluftballon drin.«

Sie schlug das Buch auf. Das Frontispiz zeigte einen Fesselballon, der über einem finsteren Schloss auf einem waldumsäumten Hügel schwebte; aus dem Korb wurde gerade eine Strickleiter herabgelassen.

»Ah, da ist er ja«, sagte Dawn Kafka zufrieden, klappte das Buch wieder zu, legte es auf ihren Nachttisch und lächelte zu Herrn Freytag hinauf. »Danke schön.«

»Aber bitte«, sagte Herr Freytag, der sich nicht sicher war, wie viel Spott in ihrem Lächeln lag, und verkrampfte die Mundwinkel in Erwiderung.

»Und warum bringen Sie mir ein Buch mit einem Heißluftballon drin?«, fragte sie.

Herr Freytag hatte die Frage erwartet. Und er war vorbereitet. »Weil es ein gutes Buch ist«, sagte er, »und Ihnen gefallen könnte, und damit Ihnen nicht langweilig ist.« Er nahm es vom Nachttisch. »Das ist übrigens ein besonders schönes Exemplar, die Cotta-Prachtausgabe von 1873. Die ist sogar schöner als die Erstausgabe. Die Erstausgabe hatte keine Illustrationen, die war auf ganz billiges Papier gedruckt, aber hier, schauen Sie, die märchenhaft schöne Bebilderung von Heinrich Hessfeldt …«

»Na gut«, sagte Dawn Kafka. »Und warum bringen *Sie* mir ein Buch mit einem Heißluftballon drin?« Und wie sie so harmlos die Betonung verschob, das brachte Herrn Freytag vollends aus der Fassung und machte seine ganze Planung zunichte.

»Ich sehe es gewissermaßen als meine Pflicht an«, sagte er schließlich, während er abwesend und ohne hinzuschauen das Buch durchblätterte. »Ich bin schließlich Buchhändler, und ich sorge dafür, dass die Leute was zu lesen haben. Besonders in Notlagen.

Für Notlagen sind Bücher ja gerade geschrieben.« Er räusperte sich, um Zeit zu gewinnen und gleichzeitig den Eindruck zu vermitteln, dass er genau wusste, was er da sagte. »Verstehen Sie mich? Berufsehre. Ich meine, wenn ich zum Beispiel ein Metzger wäre, dann hätte ich Ihnen eben ein schönes, ähm, Schwein gebracht.«

»Und machen Sie Hausbesuche bei allen Kunden?«

»Nein«, sagte Herr Freytag. »Sie sind ja auch gar keine Kundin.«

»Stimmt«, sagte Dawn Kafka. »Das heißt, jetzt ja irgendwie schon.«

»Ich wollte Ihnen nur was Gutes tun«, sagte Herr Freytag. »Weil Sie doch durch meine Decke gebrochen sind.«

»Und dann haben Sie mich gerettet«, sagte Dawn Kafka. »Da haben Sie mir ja schon was Gutes getan.« Sie sah Herrn Freytag neugierig an. Sein Gesicht war ganz seiner Persönlichkeit entsprechend in gedeckten Farben, aber doch sichtbar gerötet. Märchenhaft schön bebildert von Heinrich Hessfeldt, dachte er.

»Ich habe Sie doch nicht gerettet«, protestierte er dann, als weise er eine Anschuldigung zurück. »Die Rettungsmannschaft hat Sie gerettet.«

»Ja, aber Sie haben die Rettungsmannschaft gerufen«, sagte Dawn Kafka. »Macht Sie das nicht zum Oberrettungshauptmann?«

»Ach nein.« Herr Freytag winkte ab. »Oberrettungshauptmann, ach was.«

»Nicht so bescheiden«, sagte Dawn Kafka. »Wenn man immer bloß bescheiden ist, kann man sich auch gleich ins Bett legen und einsalzen lassen und nie wieder aufstehen.« Herr Freytag, der gerade ihren Gipsverband eingehender studierte, stieß dort auf die Wendung *sich einsalzen lassen*, irgendwo um den großen Zehn herum.

»Auf Rettungen kann man schon stolz sein«, fuhr sie fort und folgte der Wanderung, die sein Blick über ihr Bein unternahm. »Ich habe bisher noch kein Stück Welt gerettet. Ich würde sehr gern, wissen Sie, aber mir fehlt der Plan.«

»Das ist schade«, sagte Herr Freytag.

»Das ist tragisch«, sagte Dawn Kafka, und so sah sie auch drein. Aber dann hellte sich ihr Gesicht wieder auf. »Vielleicht können Sie mir ja helfen. Sie haben doch Erfahrung im Retten.«

»Ach was«, sagte Herr Freytag, »Erfahrung im Retten, ach nein.«

»Ich dachte, Menschen zu retten ist Ihr Beruf?«

»Das war doch nur so dahergesagt«, korrigierte Herr Freytag. »Ein Buch rettet ja niemanden. Und ein Buchhändler auch nicht.«

»Ein Metzger noch weniger«, sagte Dawn Kafka. »Der schlachtet nur Schweine. Und Menschen, die können stattdessen ja auch zum Bäcker gehen. Oder Salat essen.«

»Und Salat essen rettet die Welt?«

»Nicht die ganze«, sagte Dawn Kafka. »Aber ein Stück. Und wenn bloß ein Rippenstück.«

Herr Freytag nickte, und dann schwiegen sie eine Weile und schauten in verschiedene Richtungen. Keiner wusste, was dem anderen durch den Kopf ging, aber wahrscheinlich überlegten sie beide, was es wohl sein mochte.

»Wissen Sie was?«, sagte Dawn Kafka schließlich und streckte ihm die Hand entgegen. »Wenn ich hier rauskomme, dann müssen wir uns zusammenreißen und ein bisschen die Welt retten, Sie und ich. Das war ein guter Anfang, dass Sie den Krankenwagen gerufen und mir ein Buch gebracht haben. Aber da dürfen Sie jetzt nicht aufhören. Sie müssen noch mehr Rettungen machen. Ich helfe Ihnen auch.«

Herr Freytag lächelte mit durchwachsenem Erfolg. »Seien Sie doch nicht albern.«

»Ich bin nicht albern«, sagte Dawn Kafka, »ich bin ganz ernst.«

Sie schaute ihn mit großen Augen an, ganz ernst, und Herr Freytag fragte sich, ob sie Medikamente bekam oder im Fieberwahn sprach oder ob sie einfach war, wie sie war.

»Na gut, meinethalben«, sagte er.

»Sie müssen versprechen«, sagte Dawn Kafka.

Herr Freytag nahm ihre Hand und versprach es, und die Hand fühlte sich etwas zu kalt an. Dann ließ er sie los, und sie griff nach dem Filzstift auf Ihrem Nachttisch, setzte sich auf und notierte *meinethalben* auf ihrem Gips.

»Was schreiben Sie denn da immer?«, fragte Herr Freytag.

»Wörter«, sagte Dawn Kafka.

»Was für Wörter?«

»Schöne unbekannte.«

»Und gibt es da viele?«

»Oh ja«, sagte Dawn Kafka. »Vor allem in Ihrer Sprache. Die ist wie ein großes anstrengendes Gedicht. Ich wundere mich immer, dass nicht alle Deutschen Dichter werden, wenn ihnen solche

Wörter vor der Haustür liegen.«

»Ja«, sagte Herr Freytag, »viele Dichter gibt es nicht mehr.« Dann fragte er sich, ob Scardanelli seine Gedichte auf Deutsch schrieb oder auf Italienisch, und in welcher Sprache er dachte und träumte, oder in wie vielen.

Später, er stand schon an der Tür, fiel ihm noch etwas ein.

»Sie sind doch Amerikanerin?«, fragte er.

»Im Exil«, sagte Dawn Kafka.

»Wie kommt es, dass Ihr Deutsch so gut ist?«

»Meine Mutter kommt aus Deutschland. Ich habe von ihr Deutsch gelernt als Kind. Und Englisch von meinem Papa. Der heißt Papa. Obwohl er Englisch spricht.« Nachdenklich betrachtete sie die Zimmerdecke, als schaue sie treibenden Wolken zu. »Warum ist es eigentlich so wichtig, wo man herkommt? Ich verstehe das nicht.«

Herr Freytag verstand das auch nicht. Aber Sprache, die glaubte er zu verstehen.

Das vierte Kapitel

Nimmt Herrn Freytag und den Leser mit auf einen lehrreichen Rundgang durch die Klause eines Dichters, der besser als Schiller ist.

Scardanelli wartete schon, als Herr Freytag die Turmhalle betrat, oder jedenfalls schien es so. An diesem Abend trug der große Dichter keine Gummistiefel, und auch seine Turmhüterstandarte hatte er abgelegt; stattdessen saß ihm etwas am Leib, das offenbar als Anzug gemeint war. Über einem weißen Hemd mit einem Weinfleck am Kragen trug er ein farblich auf den Fleck abgestimmtes Jackett und eine orangefarbene Krawatte mit blauen Lilien darauf. Die Beine steckten in braunen Stoffhosen und die knallgelben Socken, die darunter hervorschauten, rundeten seine Aufmachung dezent ab. Sein Gesichtsausdruck war sehr feierlich.

»Darf man den Anlass erfahren?«, fragte Herr Freytag.

»Welche Anlass?«

»Zu dem Sie sich so fein gemacht haben.«

»Habe ich Geburtstag«, gab Scardanelli zur Auskunft.

»Herzlichen Glückwunsch!«, sagte Herr Freytag. »Und jetzt gehen Sie aus?«

»Nein«, sagte Scardanelli. »Jetzt wir trinken eine Sambuca zusammen.«

»Danke«, sagte Herr Freytag, »ich trinke nicht.«

»Machte nichts«, sagte Scardanelli unbekümmert, wie immer schon auf der Suche nach einer anderen Lösung. »Dann wir rauchen eine Geburtstagszigarre.«

»Danke«, sagte Herr Freytag, »aber ich rauche auch nicht.«

»Du rauchste nicht?«

»Höchstens Lakritzpfeifen«, sagte Herr Freytag. »Als Kind mochte ich die.«

»Ah.« Scardanellis Gesicht hellte sich auf. »Du magste wie schmeckt Lakritz?«

»Si«, sagte Herr Freytag. »Als Kind mochte ich das.«

»Bene«, sagte Scardanelli, und alles passte und die Welt war in

Ordnung. »So wir trinken eine Sambuca zusammen, schmeckte wie Lakritz. Vielleicht wir werden wieder Kinder.«

Sie stiegen die schmale, gewundene Treppe hinab, die in die Welt unter dem Wasserturm führte. Herrn Freytag hätte nicht feierlicher zumute sein können als beim Abstieg in die Krypta einer Kathedrale der hohen Dichtkunst. Er war natürlich gelegentlich im Keller gewesen, um etwa eine Schneeschaufel zu suchen oder der Funktionsuntüchtigkeit seiner Heizung nachzugehen (obwohl er nicht das Geringste über Heizungen wusste). In Scardanellis Dichterklause aber war er nie zuvor eingeladen worden, und ohne Einladung hatte er sie natürlich auch nicht betreten wollen. Alles, was er gesehen hatte, war die Tür neben dem Heizkeller, und es war die schlichteste, unscheinbarste Tür, die man sich vorstellen konnte, eine Tür, hinter der man Regale mit leeren Einmachgläsern vermutet, oder eine Besenkammer.

Jetzt steckte Scardanelli einen großen Schlüssel ins Schloss, drehte ihn mit sichtlicher Kraftanstrengung und nicht unerheblicher Geräuschkulisse herum und stieß dann die Pforten zu einer Kammer auf, über deren Größe Herr Freytag nicht sicher sein konnte, weil sie so vollgestopft mit allerlei Besitztümern war, dass man die Wände kaum sah.

Sein Blick fiel zuerst auf ein kleines Schreibpult, über dem sehr niedrig ein Lampenschirm von der Decke herabhing; daneben standen zwei Bücherregale, die bis zur Decke reichten und deren Einlegeböden sich unter ihrer Last bereits gefährlich bogen. Die Bücher bildeten in jedem Fach zwei hintereinander angeordnete Reihen, und sofern noch Platz blieb, lagen auf diesen Bücherreihen vereinzelt horizontale Exemplare, die nirgends mehr untergekommen waren. An der rechten Wand des Zimmers stapelten sich Kisten und Pappkartons und daneben, in einem weiteren Regal, verschiedene Dinge wie Schallplatten und kleine Schatullen, Schnaps- und Weingläser, Bilderrahmen mit und ohne Fotos, alte Spielzeugfiguren und Zinnsoldaten, Geschirr und Besteck, volle und halbvolle Flaschen mit unbekanntem Inhalt, leere Flaschen mit heruntergebrannten Kerzen darin, und sogar eine billige Violine. Auf einer der vielen Kisten, die Scardanelli wohl behelfsmäßig zu einer Art Küchenschrank umfunktioniert hatte, stand eine einzelne Kochplatte mit einem großen Topf darauf. Auf den zweiten Blick entdeckte Herr Freytag auch einen zwischen Kartons und Kisten halb vergrabenen Kühlschrank. Die gegenüberliegende Wand, an der Scardanellis Bett stand, war mit scheinbar wahllos zusammengestellten Seiten aus Zeitungen und Illustrierten, Postkarten und einem alten italienischen Filmplakat bedeckt. Ein starker, durchaus nicht unangenehmer Geruch nach Knoblauch und Wein hing über allen Dingen. Das Zimmer sah aus wie eine Studentenbleibe, die mit dem Erfahrungszuwachs vieler Jahre zwar immer wieder erneuert worden, dabei dem ursprünglichen Prinzip von Freigeist, Unordnung und stilistischer Demokratie aber stets treugeblieben war. Herr Freytag fühlte sich wie zu Besuch in seiner Jugend, aber um ein paar Illusionen leichter und ein paar Kilogramm schwerer.

»Setz dich, Herr Freytag, setz dich«, forderte Scardanelli ihn auf, während er an das unübersichtliche Hausratsregal herantrat und aus dem Flaschenarsenal eine mit klarem Inhalt auswählte. Er stellte zwei große Schnapsgläser auf dem Schreibpult ab, füllte sie bis zum Rand und entnahm einer kleinen blechernen Zigarrenschachtel sechs Kaffeebohnen, die er mit der Konzentration eines Herzchirurgen auf die beiden Gläser verteilte. Dann, mit erwartungsvollem Gesicht, als sei ihm der Vorgang ganz neu, zündete er den Alkohol an. Er verfolgte das Schauspiel glücksselig wie einen Sonnenuntergang, dann löschte er das Feuer, indem er es behutsam mit der Zigarrenschachtel abdeckte, und drückte Herrn Freytag eines der Gläser in die Hand.

Herr Freytag, um eine Sitzgelegenheit verlegen, stand immer noch in der Nähe des Türrahmens und musterte seine Umgebung mit dem Gefühl, das er beim Betreten fremder Antiquariate und manchmal auch in seinem eigenen verspürte. Es war ein Gefühl, wie wenn man aus dem Regen ins Trockene kommt, und im Trockenen riecht es nach einem Feuer im Kamin und großen, schweren Holzbalken.

»Kannste du dich setzen aufs Bett«, sagte Scardanelli und nahm selbst auf dem Stuhl Platz, der vor dem Schreibpult gestanden hatte. Herr Freytag leistete seiner Aufforderung Folge und trat aus dem Türrahmen. Das Bett knarrte bedrohlich und er rutschte vorsichtig an die Kante zurück.

»Salute«, sagte er, lächelte verlegen und hob sein Schnapsglas.

»Prosit«, entgegnete Scardanelli und leerte seines bis zur Hälfte. Mit aufmerksamem Gesicht, als erwarte er, jeden Augenblick auf einen bisher unbekannten Geschmack zu stoßen, zerkaute er eine der Kaffeebohnen, und vielleicht fand er ihn auch, den Geschmack, Herr Freytag war sich nicht sicher. Er saß auf der Bettkante, nippte höflich an seinem Kindheitserinnerungslikör, der einer guten Lakritzpfeife aber nicht annähernd gleichkam, und wartete darauf, dass Scardanelli eine Frage stellen, eine Geschichte erzählen oder, entgegen seinen üblichen Gewohnheiten, vielleicht sogar etwas ganz anderes sagen würde, schließlich war heute sein Geburtstag. Scardanelli aber sagte nichts. Er saß in glücklicher Gelassenheit auf seinem Stuhl, trank sein Feiertagsglas und zerkaute Kaffeebohnen wie einzelne Wörter, die er dann für sich selbst behielt und herunterschluckte.

»Wie alt sind Sie denn geworden?«, fragte Herr Freytag schließlich, als er zu unruhig dabei wurde, auf Empfangsstation zu bleiben. Anstelle einer direkten Antwort hob Scardanelli den Zeigefinger und seine Augen weiteten sich schelmisch.

»Bin ich besser als Schiller.«

»Warum das?«

»Weil *ich* bin heute siebenundvierzig Jahre alt«, sagte Scardanelli und schillerte vor Stolz. »Iste *er* schon gestorben mit sechsundvierzig.«

Herr Freytag nickte. »Interessante Sichtweise.«

»Aber habe ich trotzdem kein Glück«, fuhr Scardanelli achselzuckend fort, leerte sein Glas und zerkaute die letzte Bohne. »Können nur tote Dichter berühmt sein.«

»Schiller war auch schon berühmt, als er noch gelebt hat«, warf Herr Freytag ein.

Scardanelli nahm diesen Einwurf gebührend zur Kenntnis, sah sich aber keinesfalls in seiner Ansicht widerlegt. »War er bestimmt nur *so* ein bisschen berühmt«, sagte er und zeigte eine kleine Prise Berühmtheit zwischen Daumen und Zeigefinger an. Herr Freytag, obwohl er es besser wusste, stimmte aus Höflichkeit zu.

Dann füllte Scardanelli die Gläser auf, obwohl Herr Freytag zaghaft protestierte, und sie tranken schweigend. Herr Freytag sah sich im Zimmer um, und natürlich blieb sein Blick, nachdem er Zeitungsartikel und Zinnsoldaten gestreift hatte, schließlich an den Rückentiteln der Bücher hängen. Einige konnte er aus der Entfernung entziffern, aber er kannte die wenigsten. Die meisten waren, was ihn nicht weiter verwunderte, in italienischer Sprache: eine Prachtausgabe der *Göttlichen Komödie*, deren Pracht auf den Flohmärkten von Generationen verblasst und in romantischen

Verfall übergegangen war. Eine Reihe schwarzer Taschenbücher, augenscheinlich Kriminalromane. Hier und da ein geheimnisvoller Titel auf Leder oder Leinen, dessen Bedeutung Herrn Freytag zwar meist verborgen blieb, der aber durch seinen Klang Bilder entstehen ließ, Bilder wie vom Dachboden der Zeit heruntergeholt. *La donna senza sogni, Le avventure di Domenico Domenica, Il bosco del dolore segreto.* Während seiner Entdeckungsreise füllte Scardanelli die Gläser ein drittes, ein viertes Mal auf, und dann, nach dem vierten Glas, protestierte Herr Freytag nicht mehr, sondern fühlte sich warm und geborgen und voller Geschichten.

»Vielleicht ist besser«, sagte Scardanelli und führte die Unterhaltung der ersten Runde fort, als hätten nicht drei stille Gläser dazwischengelegen. »Vielleicht ist besser, stirbt man erst und wird berühmt dann.« Er nippte an seinem Sambuca und sah Herrn Freytag ernst ins Gesicht. »Einmal. Ware ich in Firenze und habe gesehen das Haus, wo hat gewohnt Dante Alighieri. Dante Alighieri, *conosci?*«

»Si«, sagte Herr Freytag. »*Poeta italiano*.«

»Ah«, sagte Scardanelli und stellte für einen Augenblick das halbvolle Schnapsglas zur Seite, um die Durchgeistigung seines Gastes angemessen zu würdigen. »Kennste du alle die Dichter, Herr Freytag.«

»Nur die berühmten«, sagte Herr Freytag.

Aber Scardanelli schüttelte den Kopf. »Nein. Kennste du alle.«

»Das wage ich zu bezweifeln.«

»Ich wage nicht«, entgegnete Scardanelli und kehrte zu seinen Gläsern und seiner Geschichte zurück. »War ich in Haus von Dante Alighieri. Und waren viele andere Leute in Haus von Dante Alighieri auch. Und sind *jede* Tag viele Leute in Haus von Dante Alighieri. Schaue alles an, fasse alles an, fotografiere.« Er sah sich im Raum um und breitete, wie als Verlängerung seines Blicks, die Arme aus. »Ich möchte jede Tag mein Haus voll mit fremde Leute? Nur weil ich bin ein berühmte Dichter? *No. Per niente.* Nicht, wann ich lebe. Aber wann ich bin tot, dann ist egal. Dann ist sehr schön sogar.«

Er erhob sich aus seinem Stuhl, leerte in der Bewegung sein Glas und füllte es ein fünftes Mal, diesmal, ohne sich erst um das Kaffeebohnenritual zu bemühen. In einem Zug schüttete er es herunter, knallte das leere Glas auf den Schreibtisch, dass Herr Freytag zusammenzuckte, und breitete in einer gelehrten, ruhegebietenden Manier die Arme aus.

»Meine Damen und Herren, *cari turisti*«, rief er, »bitte zeige Sie Ehrefurcht vor die Poesie und vor die Toten, wann wir betreten jetzt die Kammer von Federico Scardanelli. Bitte berühren Sie alle die Dinge nur mit Ihre Auge und Ihre Herz, niemals mitte die Finger. Iste prosaisch. *Vietato fotografare. Grazie.*«

Er trat an den Schreibtisch und legte mit der Feierlichkeit eines segnenden Priesters die rechte Hand darauf. »Sehen Sie hier der Schreibtisch, wo Scardanelli hat geschrieben Poesie jede Abend bis er ist müde gewesen und hat er geschlafen. Sehen Sie hier das Bett, wo hat er geschlafen. Vielleicht, meine Damen und Herren, Sie finden noch ein paar Träume darin. Hat er viel geträumt, der große Federico Scardanelli. Hat viel geträumt.«

Als er sich umdrehte, um seiner imaginären Reisegruppe das Bett zu zeigen, stieß er an die Sambucaflasche auf dem Schreibtisch, die, in der Zwischenzeit um einiges leichter geworden, beinahe umfiel, und er lachte, während er mit ihr kämpfte. Schließlich gelang es ihm, sie wieder in aufrechte Haltung zu bringen. »Sehen Sie hier«, sagte er dann, den Blick in Herrn Freytags Richtung gewandt, »welch schöne Flasche Sambuca die Scardanelli hat geleert zu seine siebenundvierzigste Geburtstag. Zusamme mitte Herr Freytag, *certamente*.« Plötzlich stutzte er, legte die Hand hinters Ohr, beugte sich nach vorn und seine Augen weiteten sich in gespielter Verwunderung. »Kennen Sie nicht Herr Freytag? *Ma signore e signori*, müssen Sie kennen Herr Freytag. Herr Freytag, der Mann der kennt alle die Dichter. *No?*«

»Nur die berühmten«, korrigierte Herr Freytag, lachte und musste dann lachen, weil er gelacht hatte. »Goethe. Schiller. Dante. Scardanelli.«

»Ah«, rief Scardanelli und schwenkte den Zeigefinger voller Übermut in seine Richtung. »Und sehen Sie hier Herr Freytag selber, *un amico vero del poeta. Un buon diavolo.*«

»Nicht doch«, sagte Herr Freytag und hob die Hände, an denen die Lobpreisungen seines Gastgebers aber keineswegs abprallten.

»*Ma sì*«, entgegnete Scardanelli. »Bist du jetzt ein Stuck von diese Kammer. Musst du immer hier sitze wann komme Touristen.« Und er hielt ihm das letzte Glas Sambuca entgegen wie eine Auszeichnung. Herr Freytag nahm es stolz entgegen.

»Und was wird man den Touristen über Ihre Bücher erzählen?«, fragte er.

Scardanelli trat mit einem großen Schritt, fast einem Sprung, an eines der Regale heran. »Meine Damen und Herren«, rief er, und es war nicht zu verkennen, dass ihm das Spiel von Gegenstand zu Gegenstand größeren Spaß machte, weil es ihn mehr und mehr von der Last befreite, er selbst sein zu müssen. Er war jetzt eine Figur in einer Geschichte. »Meine Damen und Herren, kann ein Dichter nur schreiben, wann liest er auch. Sehen Sie mit Ehrefurcht die Sammlung von Bücher, die Scardanelli hat gelesen. Sehen Sie Dante, *il divino poeta*, sehen Sie ihn Rücken zu Rücken mit die Detektive von London und New York. Sehen Sie die Träume, wie hat sie gehabt der blinde Bibliothekar *di* Buenos Aires, sehen Sie seine Nachbarin, *una donna senza sogni,* wie sie beneidigt ihn. Hören Sie die Seiten flustern zueinander und tuschlen. Haben sie alle etwas zum sagen, und haben sie jedem etwas zum sagen. Was haben sie gesagt Scardanelli?« An dieser Stelle geriet der Dichter in Reiseführermaskierung aus seinem Redefluss heraus, und mit weit offenen, das Zimmer nach Zuhörern absuchenden Augen beugte er sich vor und ließ eine nicht unerhebliche Pause verstreichen. Dann lächelte er und legte den Zeigefinger an die Lippen. »*È un segreto*«, flüsterte er. »*È un misterio.* Ein Geheimnis. *Come la donna, come la poesia*. Verrät die Frau nicht, was nachts im Bett sie erzählt dem Mann, der sie liebt. Und verraten die Bücher das auch nicht.«

Herr Freytag lächelte, wie er zu lächeln pflegte, wenn er in einem von der Welt längst vergessenen Buch einen Satz fand, der immer noch stimmte. Er selbst kannte dieses Lächeln nicht, weil es ihm so natürlich kam, dass er es nie bemerkte, wenn es sich auf seine Lippen stahl. »Herr Scardanelli«, sagte er mit der feierlichen Wehmut, die in jedem guten Glas Schnaps steckt. »Sie sind ein Poet.«

Scardanelli nickte. »Kennt ein Poet nicht nur die Bücher«, sagte er. »Kennt er auch die Frauen.«

Um diese in ihrer Schlichtheit so schmerzliche Weisheit besser verdauen zu können, nahm Herr Freytag noch einen Schluck Sambuca. »Ich war heute im Krankenhaus«, sagte er dann, nachdem beide eine Weile geschwiegen hatten.

»Und haste du gefunde die Amerikanerin?«

Herr Freytag nickte. »Gefunden und gesprochen. Und gerettet.«

»Gerettet? Wovon?«

»Das weiß sie selbst nicht so genau, glaube ich.«

»Dann wie haste du sie gerettet?«

»Mit einem Buch.«

»Mit eine Buch?« Ein skeptischer Ausdruck fiel plötzlich auf Scardanellis Gesicht; es sah aus, als sei ein Kind in einem Augenblick erwachsen, ein Betrunkener blitzartig nüchtern geworden. »Rettet man niemand mit eine Buch.«

»Das sagen Sie als Dichter?«

Scardanelli nickte. »Das ich *muss* sagen als Dichter. Liebe ich die Bücher und liebe ich die Frauen, *davvero*, und ist niemand ein Mann, der nicht liebt beides. Aber hat noch nie ein Buch einen Mann gerettet und hat noch nie eine Frau einen Mann gerettet. Ist sie gemacht aus süße Träne, die Poesie, genau wie die Liebe. Und wer lebt nur von süße Träne und nicht auch von Brot und von Salz, geht er kaputt.« Er schüttelte den Kopf, als wolle er eine Fliege auf seinem Ohr verscheuchen. Der ernsthafte Ausdruck rutschte dabei von seinem Gesicht wie eine schlecht sitzende Maske.

»Und wie geht der Amerikanerin?«, fragte er.

»Es geht ihr gut«, entgegnete Herr Freytag, der sichtlich erleichtert war, dass Scardanelli das Thema nicht vertiefen zu wollen schien. »Sie langweilt sich nur.«

»Hat sie eine Verband?«

»Ja, einen ganz dicken. Auf dem sammelt sie Wörter.«

»Was für Wörter?«

»Die ihr gefallen.«

»Dann sie ist auch eine Dichterin?«

»Ich weiß nicht«, sagte Herr Freytag. »Vielleicht.«

»*Ma sì*«, bekräftigte Scardanelli. »Sammelt sie Wörter, die ihr gefallen. Ist nichts anderes, als was machen die Dichter.«

Herr Freytag nickte. »Vielleicht haben Sie recht.«

»Vielleicht?« Scardanelli sah ihn überrascht an. »Für einen Mann, der kennt alle die Dichter, kennste du die Dichter nicht so gut, wie ich habe gedacht.« Er rutschte mit seinem Stuhl ans Bett heran und legte Herrn Freytag die Hand aufs Knie. »Wie lange sie bleibt im Krankenhaus, die Amerikanerin?«

»Eine Weile noch.«

»Und Sie werden sie wieder besuchen?«

»Vielleicht.«

»*Vielleicht, vielleicht, vielleicht*«, imitierte Scardanelli und schlug ihm im Takt dazu dreimal aufs Knie. »Ist ein Wort das gefällt keine Dichter, *vielleicht*.«

Das fünfte Kapitel

Ist ganz kurz, handelt von einem ungewöhnlichen Buch und einem Ja für Herrn Freytag.

Am nächsten Morgen, einem Samstag, saß Herr Freytag mit leichten Kopfschmerzen und Schwindel in Herz, Hirn und Beinen in seinem Antiquariat, starrte durch die spiegelverkehrte Schrift auf dem Schaufensterglas in den Regen hinaus und dachte nach. Vor ihm auf dem Tisch lag eine billige Taschenbuchausgabe der *Abentheuerlichen Geschichte*, die er mit Augen und Einbildungskraft der Amerikanerin zu lesen versuchte. Das tat er gern, wenn er ein Lieblingsbuch an einen anderen Menschen weitergegeben hatte und sich die unbeantwortbare Frage stellte, wie dessen Leseerlebnis gemessen an seinem eigenen ausfallen würde. Ein verliehenes Buch war wie ein Tor in eine fremde Phantasie, wenngleich Herrn Freytags Vorstellung von Dawn Kafkas Phantasie natürlich seiner eigenen entsprang und sich schon deshalb niemals ganz daraus lösen konnte.

Er wandte den Blick vom Fenster ab und bemühte sich, wieder in die Geschichte hineinzufinden. Aber von der Anstrengung wurden die Kopfschmerzen stärker, und um sich das erhabene Erlebnis seiner Reise durch die fremde Phantasie nicht von der Banalität leiblichen Unbehagens verderben zu lassen, brach er schließlich ab und ging erneut dazu über, aus dem Fenster zu starren und nachzudenken. Zwischendurch verkaufte er einen Gedichtband an eine Studentin, ein Buch mit Indianermärchen an eine Mutter mit Kind und ein paar Romane aus der Grabbelkiste. Später betrat wie jeden Tag die alte Frau Professor auf der ewigen Suche nach ihrem Antoniewskij den Laden. Dass sie früher kam als gewöhnlich, fiel dabei kaum auf, denn ihr Teezeitlächeln trug sie schon am frühen Nachmittag; wahrscheinlich wachte sie morgens bereits damit auf.

»Grüß Gott, Frau Professor«, sagte Herr Freytag. »Womit wäre Ihnen denn heute gedient?«

Die Frau Professor erwiderte den Gruß, trat an seinen Schreibtisch heran und holte tief Luft. Ihr Lächeln hatte nervöse Züge angenommen, die in ihrer Schüchternheit jugendlich wirkten. Auf Herrn Freytag machte sie den Eindruck eines Menschen, der kurz davor stand, etwas Dummes zu sagen und genau wusste, dass es etwas Dummes war, sich der Notwendigkeit, es dennoch zu sagen, aber unmöglich erwehren konnte.

»Um der Wahrheit die Ehre zu geben, Herr Freytag«, murmelte sie, »ich suche die ganze Zeit schon ein eher ungewöhnliches Buch.«

»Sie suchen am richtigen Ort, Frau Professor«, entgegnete Herr Freytag, obwohl er sich selbstverständlich darüber klar war, dass sie immer auf der Suche nach ungewöhnlichen Büchern war und sich bisher noch keines dieser exotischen Werke in seinen Regalen gefunden hatte. Dass sie trotzdem immer wiederkam, wertete er als ein Zeichen ihres Vertrauens nicht so sehr auf sein Sortiment, sondern auf seine eigene Person.

»Es ist ein überaus ungewöhnliches Buch«, spezifizierte die Professorin. Sie senkte ihre ohnehin schon gesenkte Stimme noch weiter und öffnete ihren leichten Sommermantel, als sei ihr vor Aufregung auf einmal sehr warm geworden.

Spätestens jetzt wäre die Neugier jedes Antiquars, jeder bücherverlorenen Seele entfacht gewesen.

»Wie ungewöhnlich?«, fragte Herr Freytag.

Die Professorin zögerte.

»Von Antoniewskij?«, hakte Herr Freytag nach, dem diese Mutmaßung auf Grundlage ihres Interessenschwerpunkts nicht allzu abwegig schien. In Frau Professors Gesicht glaubte er, den Anflug von Zustimmung zu sehen, aber sie schien unschlüssig und sagte nichts. Herr Freytag nahm an, dass er es nicht ganz richtig getroffen hatte.

»Über Antoniewskij?«, fragte er.

Es war nicht zu übersehen, dass der Professorin jetzt zunehmend unbehaglich wurde. »Beides«, sagte sie schließlich.

Herr Freytag riss die Augen auf. »Sie meinen ...«

Ihr Teezeitlächeln siegte über ihr Unbehagen. »*Я*«, sagte sie, und es war ein *Ja* für Herrn Freytag, denn er konnte kein Russisch.

»Die berüchtigte Autobiographie«, sagte er höflich erstaunt. »*Ich* soll sie heißen, nicht wahr?«

Sie nickte. »So ein schlichter, voller Titel für ein Leben«, sagte sie, und er strahlte aus ihren Augen, der Titel. »Im Russischen heißt sie

Я. Ein Buchstabe nur. *Я* heißt auch *Ich*. ‚*Ich* ist der letzte Buchstabe im Alphabet', sagen wir.«

Herr Freytag nahm diesen Umstand wie ein gutes Glas Sambuca schweigend in sich auf. »Aber das Buch ist verschollen«, sagte er dann. »Praktisch seit es geschrieben wurde. Es gibt nicht einmal verlässliche Quellen dafür, dass es überhaupt existiert.«

Die Professorin widersprach nicht. »Es ist ein Mythos«, sagte sie. »Aus fachlicher Sicht mache ich mich gerade lächerlich vor Ihnen, Herr Freytag.«

»Aber Sie suchen nach dem Buch nicht aus fachlicher Sicht.«

Die Professorin schüttelte den Kopf. »Da steckt ein Mensch drin«, sagte sie und starrte traumverloren auf einen Punkt oberhalb seiner Schulter, den es in Wirklichkeit wahrscheinlich nicht gab. »Und ich lese Antoniewskij, seit ich Studentin im ersten Semester war, aber den habe ich bis heute nicht kennen gelernt, den Menschen. Der versteckt sich.«

»Tja«, sagte Herr Freytag, »dann wollen wir mal schauen.« Und obwohl er immer noch Kopfschmerzen hatte, erhob er sich von seinem Stuhl und ging das Regal für russische Literatur gewissenhaft Buchrücken für Buchrücken durch. Aber weder dort noch unter den wertvollen Büchern, die er im Hinterzimmer lagerte, fand er jenes mythische Werk, in dem sich ein ganzes Menschenleben, ein geheimnistrunkener Buchstabenkosmos, hinter einem einzigen Zeichen verbarg. Frau Professor wich während der gesamten Suche nicht von seiner Seite. Er traute sich im grellen, die alten Buchseiten entzaubernden Kunstlicht des Hinterzimmers nicht, in ihr enttäuschtes Gesicht zu schauen. Natürlich hatte sie es gewusst, aber Wissen und Hoffen sind nicht unvereinbar.

»Leider nichts«, sagte er.

»Trotzdem danke ich Ihnen die Mühe.«

»Aber warten Sie«, sagte er und tat einen großen Schritt zurück in die freundlicher, weil spärlicher beleuchteten Verkaufsräume, »ich glaube, ich habe irgendwo noch eine schöne Antoniewskij-Biographie aus den Fünfzigern.«

»Von Rakowskij?«

Herr Freytag hob den Kopf aus einem großen Pappkarton voller neuer alter Bücher, die im Regal keinen Platz mehr gefunden hatten. »Ja.«

»Die habe ich gelesen, als ich jung war.«

»Ist sie gut?«

Die Professorin zuckte die Schultern. »Der Rakowskij kannte ihn nun mal auch nicht.«

»Vielleicht muss man vom Leben eines Dichters gar nicht alles wissen«, sagte Herr Freytag. »Vielleicht lernt man ihn durch seine Gedichte am besten kennen. Durch seine Romane.«

Die Professorin war entschieden anderer Meinung. »Am besten lernt man einen Dichter bei einer Flasche Wein kennen«, sagte sie. »Besser bei zweien.«

»Das kann stimmen«, sagte Herr Freytag, »da könnten Sie wirklich recht haben.« Und er drückte sich die Fingerspitzen gegen die Stirn, ein wenig oberhalb der Augenbrauen. »Kann ich sonst noch etwas für Sie tun?«

Die Professorin schüttelte den Kopf und knöpfte ihren Mantel zu. »Heute nicht, vielen Dank. Ich komme dann morgen wieder.«

»Bitte sehr, gerne«, sagte Herr Freytag und hielt ihr die Ladentür auf. Als sie an ihm vorbeischritt, tippte er ihr etwas linkisch auf die Schulter und setzte anschließend eine Verschwörermiene auf, die er sich vielleicht von Scardanelli geborgt hatte, oder von Dawn Kafka. »Und wegen des Buches«, sagte er. »Ich halte die Augen offen. Man hat ja so seine Mittel und Wege als Antiquar.«

»Gewiss«, sagte sie. »Darf ich Ihnen übrigens meinen Namen anvertrauen, Herr Freytag. Ich bin Irina Iljitsch. Professor Doktor, den Teil kennen Sie ja schon. Aber Titel sind ... Sie wissen, was der Barde sagt.«

»Freytag«, sagte Herr Freytag, »mit Ypsilon, aber nicht Gustav.« Und dann gaben sie sich die Hand.

Das andere fünfte Kapitel

Findet Herrn Freytag erneut am Krankenbett vor; es geht dort um Leben und Tod, und ein Mosaik wird entworfen.

»Mir ist langweilig«, sagte Dawn Kafka und trommelte einen Phantasiemarsch auf dem Buch mit dem Heißluftballon drin. »Erzählen Sie mir eine Geschichte.«

»Ich weiß keine«, sagte Herr Freytag. Es war Sonntagnachmittag und er saß an ihrem Bett, weil er fand, dass sich Sonntagsbesuche gehörten. Außerdem, aber das versuchte er sich nicht anmerken zu lassen, trieb ihn unbändige Neugier, ob es dem französischen Heißluftballonräuber gelungen war, sie wenigstens zeitweilig aus der Krankenhauslangeweile zu retten.

»Sie lesen doch so viele Geschichten«, wunderte sich Dawn Kafka. »Wieso wissen Sie da selbst keine?«

Auch das wusste Herr Freytag nicht.

»Erzählen Sie mir, wer heute bei Ihnen Bücher gekauft hat. Und was für welche.«

»Ach«, sagte Herr Freytag. »Das ist bestimmt nicht spannend für Sie.«

»Vielleicht doch«, sagte Dawn Kafka. »War eine einsame Sekretärin dabei, die nach Liebesromanen aus dem neunzehnten Jahrhundert gestöbert hat?«

»Nein.«

»Schade«, sagte Dawn Kafka. »Stöbern ist ein schönes Wort. Vielleicht ein zeitreisender Dichter, der wissen wollte, ob man ihn noch liest? Ich gehe eigentlich nur in Antiquariate, weil ich immer darauf warte, dass so was mal passiert.«

»Auch nicht.«

»Nicht mal ein zerstreuter Professor?«

»Eine Professorin war da«, sagte Herr Freytag. »Aber die kommt jeden Tag.«

»Vielleicht ist sie verliebt in Sie.«

»Nein«, sagte Herr Freytag. »In Jegor Antoniewskij.«

»Den Russen mit den dicken Büchern?«

»Ja«, sagte Herr Freytag. »Den Russen mit den dicken Büchern.«

»Oh«, sagte Dawn Kafka. »Das ist dann aber eine traurige Liebesgeschichte. Etwas einseitig.« Sie legte eine Schweigeminute ein, ob für den verstorbenen Dichter oder für die unmögliche Romanze, verriet sie nicht. »Was wollte sie denn, Ihre Professorin?«, fragte sie dann.

»Antoniewskijs Autobiographie«, sagte Herr Freytag.

»Sehen Sie?«, sagte Dawn Kafka. »Da könnten Sie doch jetzt wirklich jemanden retten mit einem Buch. Ich dachte, das ist Ihre Berufspflicht.«

»Scardanelli sagt, man kann niemanden retten mit einem Buch.«

»Wer ist Scardanelli?«, fragte Dawn Kafka. »Ein Philosoph?«

»Nein«, sagte Herr Freytag. »Oder, ja. Aber nein. Mehr ein Dichter.«

»Was hat er geschrieben?«

»Sie kennen doch Scardanelli. Der wohnt bei uns im Turm.«

»Ach«, sagte Dawn Kafka. »Der verrückte Hausmeister.«

»Er ist nicht verrückt. Er ist weise.«

»Ist er nicht, wenn er so was behauptet«, fand Dawn Kafka. »Ihr Heißluftballonbuch hat mich gerettet. Vor der Langeweile. Und vor der grauen Welt. Dafür verbürge ich mich.«

»Hm.« Herr Freytag sah aus dem Fenster. Der Himmel war bewölkt und das Licht floss mit einer Trägheit ins Zimmer, die ihn an das langsame Herabgleiten eines Regentropfens an der Fensterscheibe erinnerte. »Die graue Welt verschwindet ja nicht, wenn man sich ein Buch vors Gesicht hält. Man versteckt sich nur vor ihr.«

»Manchmal muss man sich verstecken«, warf Dawn Kafka ein. »Haben Sie als Kind nie Verstecken und Suchen gespielt?«

»Es heißt Verstecken«, sagte Herr Freytag. »Einfach Verstecken.«

»Waren Sie überhaupt mal ein Kind?«

Herr Freytag nickte. Er sah die niedrige Gartenmauer, auf der er entlangbalanciert war wie auf dem Rand der Welt, roch das Moos im Wald, hörte sonntagnächtlich die Kirchturmuhr schlagen, weil er als Kind sonntagnachts nicht schlafen konnte, und all das war vorbei, und all das war ewig, und nichts davon konnte er festhalten.

»Einmal hat die Grauerin gesagt, ich wäre immer noch eins«, sagte er.

»Und? Sind Sie's?«

»Ich weiß nicht.«

»Das kenn ich. Vielleicht werden Sie gerade erwachsen.«

»Ja«, sagte Herr Freytag. »Vielleicht.«

Dawn Kafka atmete tief ein, und für einen Moment glaubte er, sie könne das Moos in seiner Erinnerung riechen. Dann war da wieder Stille, in der seine letzten Worte banal und leer nachklangen wie ein unfertiger Reim. Er sah sich hilflos im Raum um. Die alte Beduinenschamanin verfolgte mit glasigem Blick das Geschehen auf dem Fernseher, der mit ausgeschaltetem Ton lief. Die junge Frau, die schon bei seinem letzten Besuch geschlafen hatte, lag mit dem Rücken zu ihm. Dawn Kafka saß im Bett und schlug die *Abentheuerliche Geschichte* auf und wieder zu und wieder auf und wieder zu, mit einer Handhabung, als handle es sich um ein Musikinstrument.

»Es gefällt Ihnen also?«, fragte er und deutete auf das Buch.

»Ja, es ist fantastisch«, sagte Dawn Kafka, und die beiden A in diesem Wort neigten sich ganz schwach in Richtung ä. »Ich wette, am Ende stirbt jemand.«

»Nein«, sagte Herr Freytag. »Eher so um die Mitte herum.«

Schlagartig, als sei mit einem Mal eine mumifizierte Spinne zwischen den Seiten hervorgekrochen, schlug sie das offene Buch zu und riss die Augen auf. Der dumpfe Knall brachte ihr einen missbilligenden Blick von der Schamanin und einen verstörten Blick von Herrn Freytag ein, der sich um die Widerstandsfähigkeit des brüchigen Einbands sorgte. Trotzdem verstand er natürlich ihre Aufregung, schließlich ging es um Leben und Tod.

»Sagen Sie nicht, wer«, flüsterte Dawn Kafka.

»Natürlich nicht.« Herr Freytag schaute ihr ins Gesicht. »Aber Sie wissen es schon.«

»Ich habe einen Verdacht, das ist alles«, sagte Dawn Kafka und vermied seinen Blick. »Ich weiß es erst sicher, wenn es passiert.«

»Das Buch ist fertig geschrieben und fertig gedruckt«, sagte Herr Freytag. »Es ist längst passiert. Da ist nichts mehr zu machen.«

»Doch«, sagte Dawn Kafka. »Ich kann es umlesen.«

»Umlesen?«

»Lesen Sie nie ein Buch um, wenn Sie nicht mögen, was drinsteht?« Dawn Kafka tippte mit ihrem Zeigefinger auf die *Abentheuerliche Geschichte*, eine magische Geste. »Es geht doch darum, wie man die Dinge annimmt. Nicht, wie sie passieren.«

Herr Freytag schüttelte den Kopf. »Den Tod können Sie nur als Tod annehmen.«

»Ich kann ihn als glücklichen Tod annehmen.«

»Es gibt keinen glücklichen Tod.«

»Für Leute mit unglücklichem Leben gibt es auch einen glücklichen Tod.« Sie lachte. »Jetzt sind wir ja richtig in Fahrt. Ich dachte schon, wir sitzen hier bis in alle Ewigkeit zusammen und reden über den Wetter.«

»Leichter wäre es ja«, sagte Herr Freytag.

Dawn Kafka schüttelte den Kopf. »Ich glaube, für Sie gibt es nichts Schwierigeres. Der Wetter ist so nah. Er hängt direkt vor dem Fenster. Sie sprechen viel lieber über Dinge, die ganz weit weg sind von Ihnen. Tote Dichter und erfundene Geschichten und Leben und Tod, solche Sachen.«

»Ich werde fünfzig nächsten Monat«, sagte Herr Freytag. »Und Sie auch, irgendwann. Der Tod ist nicht so weit weg, wie man denkt.«

Dawn Kafka grinste. »Das Leben auch nicht.«

Herr Freytag fand, dass sich hier ein guter Anknüpfungspunkt für weiterführende Überlegungen zur Rettung der Welt bot. Er nickte beifällig, während er nach einer Überleitung suchte, aber Überleitungen haben meist keinen großen Nutzwert, in der Literatur ebenso wenig wie im wirklichen Leben.

»Apropos«, sagte er deshalb und schlug so die kürzeste Brücke zu einem neuen Gesprächsthema, »wie weit sind denn nun Ihre Weltrettungspläne gediehen?«

»Oh!«, sagte sie. So muss Auenbacher gestrahlt haben, dachte Herr Freytag, wenn er im Wirtshaus von seinen Romanideen erzählt hat. »Gut, dass Sie fragen, ich hab mir nämlich was ausgedacht. Mit Metaphern und so, das wird Ihnen gefallen. Sie mögen doch Metaphern.«

»Nicht immer«, sagte Herr Freytag.

»Meine mögen Sie bestimmt. Wir retten die Welt im Mosaik.«

»Aha«, sagte Herr Freytag. Er setzte das Gesicht auf, das er sonst für die Lektüre großer Philosophen reserviert hielt, für einen Eck oder einen Schärpenschläger beispielsweise. Davon abgesehen übte er sich in so gedankenvoller wie wortloser Zurückhaltung.

»Nein, nein«, sagte Dawn Kafka. »Sie müssen doch nachfragen. Sie fragen wohl nie nach, wenn Sie was nicht verstehen?«

»Ich schlage im Lexikon nach.«

»Und wenn es da nicht drinsteht?«

»Ist es nicht so wichtig.«

»Na gut«, sagte Dawn Kafka. »Dann lernen Sie jetzt Nachfragen. Sie müssen nämlich fragen: Im Mosaik?«

»Im Mosaik?«

»Jawoll«, sagte Dawn Kafka, und Herr Freytag fragte sich, ob dieser Ausdruck strammer deutscher Zustimmung sich irgendwo in den Wörterwäldern auf ihrem Gips finden mochte. »Im Mosaik. Und das geht so: Ich rette zum Beispiel beim Metzger ein Schwein vorm Gemetzgertwerden. Das ist der erste Stein. Dann setze ich mich neben einen einsamen Jungen an der Bushaltestelle und unterhalte mich mit ihm über Liebe. Das ist der zweite Stein. Und immer so weiter. Verstehen Sie? Ich brauche gar keinen großen Plan. Egal, wo ich rette und wen ich rette und wovor, es ist immer ein kleiner Stein im Mosaik, und welchen man zuerst einsetzt und welchen zuletzt, das ist egal. Irgendwann ist dann alles Unglück erledigt und das Mosaik ist fertig und die Welt ist gerettet.«

»Sehr poetisch«, sagte Herr Freytag, dessen Intuition ihm eingab, dass an dieser Stelle eine beifällige Gefühlsäußerung von ihm erwartet wurde, und der überdies den Gedanken tatsächlich poetisch fand. Er betrachtete aber Dawn Kafka auch längst als ein wandelndes, singendes, Decken durchbrechendes poetisches Gesamtkunstwerk, und es bestärkte ihn nur in dieser Ansicht, dass alles, was sie sagte oder dachte, aus der verfallenen Tempelruine im Herzen eines Dschungels zu kommen schien, aus den Tiefen einer Diamantenhöhle oder aus einem noch ungeschriebenen Buch.

»Das Problem ist nur«, fuhr sie jetzt fort, »einer alleine kriegt so ein riesiges Mosaik nicht fertig. Da muss man sich schon zusammentun.«

»Ja«, sagte Herr Freytag, und dann, um das Ja zu entschärfen, schob er nach: »Vielleicht.«

»Vielleicht«, wiederholte Dawn Kafka missbilligend, indem sie Herrn Freytags eigene Sprachmelodie imitierte. »Wie oft lesen Sie das in einer guten Geschichte, vielleicht?«

»Die meisten fangen sogar damit an«, verteidigte sich Herr Freytag.

»Mag sein«, sagte Dawn Kafka. »Und dann passiert irgendwas.«

»Aber was?«

»Das werden Sie dann schon sehen.« Ihre Augen glänzten sheherazadisch. »So was verrät man doch nicht schon am Anfang.«

Das sechste Kapitel

Beginnt mit einem deutschen Annäherungsversuch an Amerika und endet mit einer gescheiterten Rettung.

Am Montagabend, als Herr Freytag von der Arbeit nach Hause kam, wartete die Grauerin schon auf der Türschwelle. Sie sah ihm entgegen, als entheilige er mit seiner Silhouette den Horizont und sei noch dazu drei Monate mit der Miete im Rückstand, und sturzbetrunken sowieso. Dass er ihr wie gewöhnlich ihren Lottoschein überreichte, besänftigte sie nur unwesentlich.

»Sie waren also gestern bei der Amerikanerin?«, fragte sie.

»Ja«, sagte Herr Freytag, »ich besuche sie manchmal.«

»Ich weiß«, sagte die Grauerin ungeduldig, als habe sie das Wissen über diesen Umstand mit der Muttermilch aufgesogen. »Herr Scardanelli hat es mir erzählt. Hätten Sie mir ja wenigstens mal Bescheid geben können, nicht wahr.«

»Warum?«, fragte Herr Freytag.

Die Grauerin legte ihr Gesicht in majestätische, tiefdüstere Falten. Sie konnte das auf Kommando. »Ich mag keine Geheimniskrämereien, Herr Freytag. Ich weiß gern, was in meinem Haus vorgeht.«

»Es geht ja gar nicht in Ihrem Haus vor«, sagte Herr Freytag. »Sondern im Krankenhaus.«

Die Grauerin ballte die Hände zu Boxerfäusten und stemmte sie in die Hüften. »Sie, Herr Freytag, so brauchen Sie mir aber nicht zu kommen.«

»Entschuldigung«, sagte Herr Freytag, und das klang schon mehr nach ihm. Auch die Grauerin schien zufrieden, dass er zu seiner gemütlichen Berechenbarkeit zurückgekehrt war.

»Jaja«, sagte sie, was ihre Art war, ein Entschuldigungsgesuch zu akzeptieren. »Dann sagen Sie mal, wann kommt sie denn wieder?«

»Ich weiß nicht«, sagte Herr Freytag.

»Das wissen Sie nicht?« Sie riss die Augenbrauen hoch wie ein Gewichtheber seine Hanteln. »Ja, was machen Sie denn da für Besuche? Sitzen Sie die ganze Zeit an ihrem Bett rum wie ein

Stockfisch, oder was? Reden Sie nicht?«
»Doch«, sagte Herr Freytag. »Aber über andere Dinge.«
»Na, ich kann's mir denken.« Die Grauerin winkte ab. »Andere Dinge. Damit sind Sie ja immer bloß beschäftigt, mit anderen Dingen.«
»Wo sich doch sonst alle nur um die einen Dinge kümmern«, sagte Herr Freytag.
Die Grauerin schüttelte den Kopf. »Nächstes Mal fragen Sie die Dame jedenfalls, wann sie wieder einzuziehen gedenkt. Ich muss dann ja auch mal die Handwerker bestellen.«
»Ja«, sagte Herr Freytag.
»Nichts da, jaja. Jaja heißt, geh'n Sie mir doch.«
»Ich habe doch gar nicht jaja gesagt«, widersprach Herr Freytag.
»Und wie!«, beharrte die Grauerin. »Das zweite war eben stumm. Aber ich hör so was trotzdem, da braucht sich keiner einbilden, er könnt mir was vormachen. Hab genug Erfahrung mit aufsässigen Radaubrüdern gesammelt in meinen Jahren.«
Sie steckte die Hand in ihre Schürzentasche, förderte eine schlicht verpackte Tafel Schokolade zutage und gab sie Herrn Freytag in die Hand. Die Tafel war an mehreren Stellen gebrochen. Herr Freytag spürte einen starken Drang, das Haltbarkeitsdatum zu überprüfen, traute sich aber unter den Augen der Grauerin nicht, die Schokolade zu diesem Zweck umzudrehen.
»Und die bringen Sie ihr mit«, sagte die Grauerin. »Man isst ja so gern Süßigkeiten in Amerika. Und einen Gruß richten Sie ihr gefälligst auch aus. Können Sie das?«
»Natürlich«, sagte Herr Freytag.
»Na.« Die Grauerin sah ihn misstrauisch an. »Sie sehen mir ja wie einer von der Sorte aus, die solche Sachen immer vergisst.«

Am nächsten Morgen wurde Herr Freytag erneut von einem energischen Klopfen an der Wohnungstür wach, und als er öffnete, stand dort die Grauerin, wer auch sonst, und sah ihn an. Aber es schien gar nicht um ihn zu gehen, denn ihr Blick war gänzlich vorwurfsfrei und fast ein bisschen besorgt. So hatte Herr Freytag sie noch nie erlebt, und ihm war unwohl.
»Herr Freytag«, sagte sie. »Herr Freytag, sind Sie wach?«
»Halbwegs«, sagte Herr Freytag. »Was ist denn los?«
»Es tropft«, sagte die Grauerin.

»Es tropft?«

»Im Keller tropft's.«

»Das wird wohl der Heizkessel sein«, sagte Herr Freytag, der ihre Aufregung nicht verstand.

Die Grauerin sah ihm in die Augen. Ihre waren blau. Das hatte er nicht gewusst.

»Würden Sie mitkommen?«

Und Herr Freytag kam mit. Sie gingen gemeinsam die Treppen hinunter, und er ging voraus, aber er war ja auch längst ein erfahrener Oberrettungshauptmann. Als sie in Scardanellis Turmhalle angekommen waren, bedeutete ihm die Grauerin, sich an die offene Kellertür zu stellen und zu lauschen. Sie selbst blieb zunächst in sicherer Entfernung auf der Treppe stehen und sah ihn angespannt an.

»Hören Sie's?«, fragte sie.

Herr Freytag, obwohl er sich sehr albern dabei vorkam – schließlich war er erwachsen und hatte einen Bart und las Eck und Schärpenschläger –, schob sein Ohr in den dunklen Spalt zwischen Tür und Rahmen und lauschte. Tatsächlich hörte er ein leises, regelmäßiges Platschen, wie das Geräusch von Regentropfen, die aus der Dachrinne fallen und auf der Oberfläche einer randvollen Regentonne aufschlagen. Ein Geräusch von Wasser auf Wasser, nicht einfach das eines tropfenden Hahns.

»Ja«, sagte er. »Da tropft was. Wird wohl der Heizkessel sein.«

»Das sagten Sie schon, Herr Freytag«, erwiderte die Grauerin und fand zu ihrer üblichen Stimmlage zurück, was eine eigenartig beruhigende Wirkung hatte. »Natürlich ist das der Heizkessel, was denn sonst. Aber der sollte nicht tropfen.« Sie kam von der untersten Treppenstufe herunter und hielt ihr Ohr neben seins. »Dafür ist schließlich der Hausmeister da, dass so was nicht vorkommt, Herr Freytag.«

»Warum sagen Sie ihm nicht Bescheid?«

Die Grauerin sah ihn an. Er hatte sie noch nie aus so geringer Distanz gesehen, dass sie tatsächlich wie ein Mensch wirkte und nicht wie ein unverrückbares Monument von Disziplin und Ordnung. Sie war unheimlich als Mensch.

»Sie, Herr Freytag«, flüsterte sie, »ich hab ja einiges erlebt in meinen Jahren, und vielleicht werd ich einfach alt, und Sie können sich gern über das schreckhafte Weib lustig machen, das sich hier von so'n paar Tropfen ins Bockshorn jagen lässt, aber mir ist das nicht geheuer. Diese Stille da unten. Das ist mir nicht geheuer. Es ist nie still da unten.«

Und damit hatte sie recht. Herr Freytag sah auf sein rechtes Handgelenk und merkte, dass seine Armbanduhr noch auf dem Nachttisch lag. Aber der Tag fühlte sich jung an, das Licht, das auf den Holzboden fiel, war von der Sorte, die Maler zum Arbeiten bevorzugen, warm und rotgolden und nicht zu hell, und er vermutete, dass zehn Uhr knapp vorbei war. Scardanelli war ein begabter Frühaufsteher. Um diese Zeit hörte man ihn sonst längst pfeifen, seinen Aufnehmer schwingen und in Gummistiefeln durch den Heizkeller platschen, und allmählich verstand Herr Freytag die Beunruhigung der Grauerin: Es war nicht das Tropfen, sondern die Tatsache, dass *nichts anderes* zu hören war.

Ach was, dachte er, jetzt lässt du dich aber anstecken von der Alten, wenn zwei zu viel Phantasie haben, dann schaukeln sie sich halt gegenseitig hoch.

»Soll ich nachsehen?«, fragte er.

Die Grauerin nickte. »Ich bitte darum, Herr Freytag.«

Und Herr Freytag öffnete knarrend die Kellertür und drehte den Lichtschalter um. Dann zog er den Kopf ein, wie er immer den Kopf einzog, wenn er in den Keller ging, unter den mumifizierten Spinnen in ihren Spinnweben hindurch, die unter der Treppe hingen. Er setzte den Fuß auf die erste Stufe und lächelte die Grauerin an.

»Wahrscheinlich hat er verschlafen«, sagte er.

Die Grauerin lächelte nicht zurück. »Italiener verschlafen *nie*«, sagte sie eisig, als habe Herr Freytag mit dieser sorglosen Äußerung einen ganzen Volksstamm beleidigen wollen, und er fragte sich, woher sie so genau Bescheid wusste über die Eigenarten von Italienern und Amerikanerinnen und sonstigen fremden Kulturen. Er drehte ihr den Rücken zu, bückte sich und stieg im grellweißen Licht einer nackten Glühbirne die Treppe herunter.

Scardanellis Wohnungstür war geschlossen, die Tür zum Heizungsraum war wie üblich angelehnt, und Herr Freytag beschloss, zuerst dem tropfenden Heizkessel auf den Grund zu gehen. Er öffnete die angelehnte Tür. Der Boden war überflutet, zwei gute Zentimeter hoch stand das Wasser, ein schmutzigmetallischer Geruch ging von ihm aus; und in der Mitte des Zimmers, als lasse er sich auf dem Wasser treiben, lag Scardanelli mit dem Gesicht nach unten, Arme und Beine von sich gestreckt, in seinen gelben Gummistiefeln. Herr Freytag musste fast lachen, weil es ein so unwirkliches Bild war. Sein erster Gedanke war, dass er träumen musste, und daran merkte er, dass er nicht träumte. Er machte einen Schritt nach vorn, rutschte auf seinen Hausschuhen fast aus und spürte, wie das Wasser in sie eindrang, aber das war nicht wichtig. Mit langsamen, bewussten Schritten trat er an den Hausmeister heran, den großen Poeten Federico Scardanelli, legte ihm vorsichtig eine Hand auf die Schulter, als erwarte er, Scardanelli könne sich auflösen wie ein Trugbild oder eine Wasserspiegelung, und er rüttelte ihn, und er sagte: »Herr Scardanelli? Herr Scardanelli?« Und dann sagte er: »Federico?« Aber da war er schon sicher, dass nichts mehr zu retten war.

Er überlegte, ob er Scardanelli auf den Rücken drehen sollte, aber er traute sich nicht. Vielleicht ist er absichtlich so hingefallen, dachte er, es hat was Poetisches, und natürlich war das eine feige Ausrede; aber so war das, Dichter waren mutig und Leser waren feige. Herr Freytag watete aus dem Heizungsraum in seinen nassen Hausschuhen und zog die Tür hinter sich zu, nicht ganz zu, nur angelehnt, und dann stieg er die Kellertreppe hoch.

»Und?«, fragte die Grauerin. »Ihre Schuhe sind ja ganz nass, Mensch.«

»Ich glaube, er ist tot«, sagte Herr Freytag.

»Ich hab's geahnt«, sagte die Grauerin, »ich hab's ja geahnt, so ein junger Mensch, nee, du.« Sie schlug die Hand vor den Mund, und anders als bei den meisten Menschen, die sich die Hand vor den Mund schlagen, sah es nicht gespielt aus oder hilflos oder dramatisch, sondern es war genau das Richtige.

Diesmal rief die Grauerin den Notarzt und Herr Freytag stand neben ihr in ihrer Wohnung, in der es nach Kamillentee und Mottenkugeln und selten geöffneten Fenstern roch.

Nein, nein, sagte sie in den Hörer, es gebe kein Feuer, es sei einer gestorben, und Herr Freytag, der rettungserfahrene Herr Freytag sagte, das sei schon richtig so, die müssten das sagen, das würden sie immer tun. Und die Grauerin gab die Adresse des Wasserturms durch und ihre Telefonnummer, ganz ruhig und laut und deutlich, und ein paar Minuten später fuhr die Rettungsmannschaft im Hof ein, diesmal mit Sirene, und Herr Freytag fragte sich, wozu jetzt, wenn es doch nichts mehr zu retten gab.

Er sah nicht, wie sie Scardanelli umdrehten. Er wollte nicht. Die Grauerin war mit der Rettungsmannschaft in den Keller gegangen, vielleicht, um ihre Pflicht als Vermieterin und Arbeitgeberin zu erfüllen, und um mutig zu sein und hart und sich vor sich selbst zu rehabilitieren. Aber Herr Freytag glaubte, dass sie es auch nicht gesehen hatte, denn nach einer Weile kam sie die Treppe hoch, die Hand vor dem Mund, und sagte: »Nee, nee, du« und »Menschmensch.«

Kurz darauf kamen die Sanitäter hinterher, mit einer Bahre, und es war nicht einfach, die Bahre die enge Treppe hochzubekommen.

Die Grauerin wandte sich ab.

»Hat er was überm Kopp?«, fragte sie, und Herr Freytag sagte Ja, eine Decke habe er überm Kopf, eine weiße, und da schaute sie doch hin.

»Ist er tot wohl, der Scardanelli«, fragte sie einen der Träger.

»Ja«, sagte der Träger, »die ganze Nacht schon wahrscheinlich.«

Wo es ihn denn getroffen habe?

Das wisse man noch nicht.

Kein Selbstmord aber?

Nein.

»Na, Gott sei Dank«, sagte die Grauerin, »das fehlte noch, du.«

Und dann ging sie in ihre Wohnung und schloss die Tür ab, und man hörte es poltern. Kurze Zeit später intensivierte sich der Geruch nach Kamillentee.

Der Notarzt fragte Herrn Freytag nach Angehörigen, enger Familie.

Genaueres wisse er nicht, sagte Herr Freytag, aber er habe viel Familie gehabt, Scardanelli, Brüder und Kinder und Kusinen und mindestens ein Dutzend dicke, rauchende Onkel.

Na gut, sagte der Notarzt, das werde sich schon herausfinden lassen. Wie denn Herr Freytag zu ihm gestanden habe?

»Wir waren Freunde«, sagte Herr Freytag.

Der Notarzt sprach ihm sein herzliches Beileid aus. »Herzversagen wahrscheinlich«, sagte er. »Passiert manchmal ganz gesunden, jungen Kerlen. Kippen einfach um. Der ganze Stress heutzutage.«

Herr Freytag nickte.

»Sie sollten sich mal untersuchen lassen«, sagte der Notarzt. Dann klingelte sein Telefon und er entschuldigte sich, schüttelte Herrn Freytag die Hand, stieg ins Auto und fuhr davon, ganz ohne Sirene. Und die Rettungssanitäter schlugen die Wagentüren hinter dem ungeretteten Scardanelli zu, der jetzt ein toter Dichter war, aber Schiller hatte er um ein Jahr geschlagen; und der Motor sprang an, und Herr Freytag, der Oberrettungshauptmann, stand in der Tür und sah zu, weil man auch als Oberrettungshauptmann manchmal nicht mehr tun konnte als das, und dann rollte auch der Krankenwagen von dannen.

Das siebente Kapitel

Schildert die niederdrückenden Tage des Tropfenden Heizkessels, während derer ein dicker Herr vorstellig wird, ein Lebenswerk sich auffindet und Schritte wie Inseln ertönen.

Scardanelli war nicht an Herzversagen gestorben; Scardanelli war am Sambuca gestorben. Die Grauerin war erschüttert.

»Dass der sich totsäuft, der Scardanelli«, sagte sie. »Und ich merk's nicht.«

Herr Freytag hatte es auch nicht gemerkt. Nicht einmal, als er mit Scardanelli zusammen ein Schnapsglas nach dem anderen geleert hatte, war ihm eine Ahnung gekommen. Dass Dichter ein bisschen was tranken, das wusste man ja. In Scardanellis Fall war es mehr als ein bisschen gewesen. Vielleicht hatte er aus Heimweh getrunken, vielleicht um die Stille des Heizkellers auszuhalten, vielleicht nur aus Gewohnheit oder weil es ihm schmeckte. Nicht immer haben dramatische Ereignisse auch einen dramatischen Grund.

Am nächsten Tag tropfte der Heizkessel immer noch. Die Kellertür blieb angelehnt, aber die Grauerin mochte nicht nachschauen, wie weit der Wasserspiegel gestiegen war, und Herr Freytag riss sich auch nicht darum. Als er morgens zur Arbeit ging und abends zurückkam, eilte er so schnell wie möglich an der offenen Kellertür vorbei. Das hatte er schon als kleiner Junge getan; damals war er fest überzeugt gewesen, ein Keller sei der einzige Ort im Haus, an dem es dunkel genug war, um tagsüber die Geister der früheren Hausbewohner sehen zu können. Es wehte ein unheimliches Gefühl von da unten hoch, als ob Scardanelli noch da sei, aber das war in Wirklichkeit bloß die falsch verstandene Wahrnehmung der Tatsache, dass er fort war.

Und das Wasser tropfte, und die Grauerin saß in ihrer Wohnung und trank Kamillentee, und Herr Freytag ging ins Antiquariat und las und verkaufte zu wenig Bücher.

Von Scardanellis Tod erzählte er zuerst niemandem. Professor Iljitsch kam, aber sie sprachen von Antoniewskij und seiner jugendlichen Todessehnsucht und der Wassersymbolik in seinem Werk, und das fühlte sich fast ein bisschen so an, als sprächen sie über Scardanelli, und es tat gut.

»Meinen Sie, als Dichter ist man tot besser dran?«, fragte Herr Freytag.

Sie lächelte ihr Teezeitlächeln. »Unbedingt.«

Er besuchte auch Dawn Kafka nicht in den Tagen des Tropfenden Heizkessels. Er wusste nicht, worüber er mit ihr reden sollte. Vielleicht war ihr gemeinsamer Gesprächsstoff nach zwei Besuchen schon erschöpft. Vielleicht war es eine dumme Idee, mit ihr reden zu wollen, wenn er nicht wusste, worüber. Wenn er nach Hause kam und das Loch in der Decke sah, fragte er sich, wann sie zurückkommen würde, und er fragte sich, was dann.

Er schlief schlecht, aber das war alles. Wenn er an Scardanelli dachte, wurde ihm unwohl, aber er war nicht traurig, er weinte nicht, und der Stich, den man verspürt, wenn etwas Wichtiges einen einholt, blieb auch aus.

Er fand sich selbst unsensibel. Was war das für eine Reaktion, wenn man an einen toten Freund dachte und einem wurde unwohl dabei? Herr Freytag las traurige Geschichten und ernste Gedichte und verlor sich oft in einer Ecke seines Antiquariats, die Bücher wie *Der Tod als Freund*, *Im Totengarten* und *Schaubühne des Todes* beherbergte, wo er versuchte, sich zu angemessener emotionaler Würdigung von Scardanellis Schicksal inspirieren zu lassen. Irgendwie war dort auch ein Buch über Schlachthöfe des neunzehnten Jahrhunderts ins Sortiment geraten. Herr Freytag las es. Die sachlichen Planzeichnungen faszinierten ihn in einem Maße, das er sich selbst nicht erklären konnte, und auf eine Weise, die ihm gleichermaßen unverständlich war, brachte ihm das Buch auf dieser sachlichen Ebene Scardanellis Tod näher, als die Bände mit Grabreden und Grabsteininschriften es konnten, die im Regal daneben verstaubten. Besser fühlte er sich dabei trotzdem nicht. Er kam sich vielmehr gleichbleibend unsensibel vor, die handwerkliche und gefühlskalte Massenschlachtung von Tieren mit dem Tod eines Menschen zu verknüpfen, der Gedichte geschrieben und die Kaffeebohnen in seinem Sambuca mit geschlossenen Augen zerkaut hatte. Er fragte sich, ob es an ihm gewesen wäre, Scardanelli vor seinem Sambuca zu retten.

Und er schlief schlecht, Herr Freytag, aber das war alles.

Am Donnerstag nach Scardanellis Tod kam Herr Freytag von der Arbeit heim und traf in der Turmhalle die Grauerin im Gespräch mit einem dicken Herrn an, der etwa in ihrem Alter war und mit nachdenklichem Ausdruck eine Zigarre rauchte. Er war gut gekleidet und hielt einen schwarzen Hut in der Hand. Als Herr Freytag dazustieß und sich verhalten bemerkbar zu machen suchte, hörte er die Grauerin gerade sagen: »Ich hab's ja nicht gern, wenn hier drin geraucht wird.« Dann wandte sie sich Herrn Freytag zu. »Das ist Herr Coppola«, sagte sie. »Der raucht hier.«

Herr Coppola reichte Herrn Freytag die Hand, und Herr Freytag nahm sie, und Herr Coppola nickte ihm würdevoll zu, und Herr Freytag nickte zurück, und da waren sie Männer.

»Herr Coppola ist ein Onkel vom Scardanelli«, sagte die Grauerin.

»Ja«, sagte Herr Freytag, »ich weiß.«

Die Grauerin sah ihn empört an. »Das wissen Sie überhaupt nicht.«

Herr Freytag zog es vor, sein Wissen nicht zu rechtfertigen. »Come stai?«, fragte er.

Coppola verzog keine Miene. »Bene«, sagte er ernst, und mehr musste er nicht sagen. Die Grauerin zog Herrn Freytag beiseite.

»Der will den Keller sehen, glaub ich«, sagte sie. »Sprechen Sie Italienisch?«

»Nein«, sagte Herr Freytag.

»Ich auch nicht«, sagte die Grauerin. »Aber der will den Keller sehen, glaub ich.«

Die Holzstufen knarrten beunruhigend harsch unter dem Gewicht des schweigsamen Onkels und sein kahler Kopf glitt so knapp unter den Spinnweben vorbei, dass sie der Luftzug zum Schwingen brachte. Als sie unten angekommen waren, räusperte Coppola sich und Herr Freytag glaubte, er werde etwas sagen, aber er sagte nichts.

Das Wasser aus dem Kessel war unter der Tür des Heizungsraums hindurchgeflossen und hatte sich inzwischen über den ganzen Kellerboden verteilt. Der Geruch nach Metall war stärker geworden.

»Attenzione«, sagte Herr Freytag und lächelte entschuldigend.

Coppola nahm die Zustände mit unbeirrter Gemütsruhe hin und reagierte auf die Warnung mit einem wortlosen Nicken. Seine Zigarre hatte er aufgeraucht. Er warf den Stummel auf den Boden. Es zischte leise.

Herr Freytag sagte nichts dazu, aber er dachte an die Grauerin und nahm sich vor, den Stummel später aufzuheben. Obwohl er einer von der Sorte war, die solche Sachen immer vergisst.

Vor Scardanellis Zimmertür zögerte er. Er legte die Hand auf die Türklinke, bewegte sie aber nicht. »Das ist sein Zimmer«, sagte er, und ohne dass es ihm bewusst war, nahm er beim Sprechen wie aus Respekt die Hand wieder von der Klinke. »Äh, camera di Scardanelli.«

Coppola, natürlich, nickte, platzierte dann selbst die Hand auf der Klinke, ließ einen Moment verstreichen und öffnete die Tür. Herr Freytag hielt unwillkürlich die Luft an und biss sich auf die Lippen. Aber abgesehen davon, dass die vertraute Unordnung ihm diesmal weniger unordentlich erschien und einen sonderbar konservierten Eindruck machte, ließen sich weder er noch Coppola zu dramatischen Reaktionen hinreißen. Herrn Freytags Blick blieb an der Tür zur Toilette hängen. Dass ein Toter eine Toilette gehabt haben sollte und dass sie immer noch da war, von Toilettenpapier und Reinigungszeug und einer Klobürste ganz zu schweigen, war bedrückend merkwürdig.

Natürlich stand auch Scardanellis Zimmer schon unter Wasser. Ein paar Bücher lagen aufgequollen auf dem gefliesten Boden, und das versetzte Herrn Freytag einen Stich. Er betätigte den Lichtschalter und befürchtete einen Kurzschluss. Nichts passierte. Das Licht ging an, das war alles.

Mit leise platschenden Fußtritten schritt Coppola in die Mitte des Raumes; dabei sah er sich langsam und konzentriert um. Plötzlich blieb er stehen, den Hut noch in der Hand, den Kopf leicht gesenkt, sodass sich das Licht der Glühbirne auf seiner Glatze spiegelte, und er gab eine beeindruckend dramatische Erscheinung ab, besonders in der Rückansicht.

Vielleicht sucht er ein Testament, dachte Herr Freytag, oder ein altes Familienerbstück. Er betrachtete die vielen Bilder, die Scardanelli über den Raum verteilt hatte, und suchte sie nach Coppolas Gesicht ab, nach einem jüngeren Coppola mit dichterem Haar und vielleicht mit weniger nachdenklichen Zügen, aber er wurde nicht fündig; der Schatten des schweigsamen Onkels fiel nicht in die Vergangenheit.

»Federico«, sagte Coppola. Er sagte es gefasst und er sagte es nur einmal, und Herr Freytag spürte ihn, den Stich, den man spürt, wenn etwas Wichtiges einen einholt. Dann kam die Traurigkeit über ihn, und sie war dunkel und schön und sie schmerzte, aber Schmerzen waren besser als Unwohlsein. Coppola stand still da und rührte keinen Muskel, den Hut in der fest geschlossenen Hand. Sie verkrampfte nicht. Um seine Schuhspitzen herum hatten sich im Wasser kleine Kreise geformt, die jetzt allmählich zur Ruhe kamen.

Dann fuhr das Leben mit Nachdruck wieder in ihn. Er drehte sich zu Herrn Freytag um, schüttelte ihm wortlos die Hand und verließ den Raum im Tempo eines feierlichen Marsches.

Und das war alles.

»Was der hier gewollt hat, der Mensch«, sagte die Grauerin später und schüttelte den Kopf. »Nicht mal richtig Deutsch gekonnt hat er.«

Herr Freytag dachte an die Wendung *jemandem die letzte Ehre erweisen*, die er nur aus Büchern kannte. Er war sich sicher, dass er an diesem Tag zum ersten Mal verstanden hatte, was damit gemeint war, wie man so manches, was man in Büchern liest, erst richtig versteht, wenn es einem im wirklichen Leben begegnet.

Coppola kümmerte sich um die Beerdigungsformalitäten. Herr Freytag verstand nicht recht, warum diese Aufgabe einem Onkel zufiel, aber er kannte sich in Familiendingen, zumal italienischen, auch nicht gut aus. Die Grauerin dagegen versicherte ihm, in Italien werde eine Beerdigung immer vom Onkel ausgerichtet, jedenfalls sofern man eines Onkels habhaft werden könne, der selbst noch unter den Lebenden weilte. Herr Freytag bewunderte und bezweifelte ihr Wissen gleichermaßen.

Scardanelli war an einem Dienstag gestorben und die Beerdigung fiel auf den Mittwoch der kommenden Woche. Für diesen Anlass bastelte Herr Freytag ein Pappschild, auf dem *Wegen Trauerfalls geschlossen* stand. Das Antiquariat war noch nie wegen Trauerfalls geschlossen gewesen. Er fragte sich, was Frau Professor Iljitsch sich denken würde. Vielleicht würde sie am fraglichen Mittwoch gar nicht kommen.

Im Keller tropfte es weiter, das Wasser stieg und die Grauerin, vielleicht zum ersten Mal in ihrem Leben, war mit der Situation überfordert.

»Was mach ich da bloß, Herr Freytag, was mach ich da bloß«, klagte sie am Freitagmorgen.

Das Ausmaß der Katastrophe wollte sie sich gar nicht erst ansehen; seit sie die Rettungsmannschaft die Treppe herunterbegleitet hatte und mit der Hand vor dem Mund wieder hochgestiegen war, war sie nicht mehr im Keller gewesen. Herr Freytag fragte sich, wie sie sich die Zustände dort unten in ihrer Phantasie ausmalen mochte. In seiner eigenen malte er sich aus, wie das Wasser in Scardanellis Zimmer immer höher stieg und seine Bücher und seinen Kram, die Fotos und die Pappkartons, die Zeugnisse eines ganzen Lebens, der Vergessenheit überantwortete, sanft und kühl und mit leisem Bedauern, und er dachte an Fundstücke aus gesunkenen Schiffen unter ihrer Patina aus Rost und Algen. Dann dachte er an die Führung durch die Räumlichkeiten des berühmten verstorbenen Dichters Federico Scardanelli, die er unlängst genossen hatte, und er sah sich auf der Bettkante sitzen, die Beine bis zu den Knöcheln im Wasser, und Taucherbrillen, Schnorchel und Schwimmflossen an Touristen austeilen.

Schließlich griff er am Freitagabend selbst zum Aufnehmer. Scardanellis gelbe Gummistiefel waren unauffindbar, wahrscheinlich hatte er sie noch angehabt, als sie ihn abtransportiert hatten, und wahrscheinlich hatte irgendjemand sie weggeworfen inzwischen. Herr Freytag hatte selbst keine, nicht einmal schwarze. Also watete er in seinen Halbschuhen durch das Wasser im Kellergeschoss, während die Grauerin oben an der Tür stand und lauschte. Er schwang den Aufnehmer wie ein Fährmann seine Lenkstange und wischte den gesamten Boden trocken, im Heizungsraum, in Scardanellis Poetenkammer und im Gang an der Treppe, und er legte ein Handtuch unter den Heizkessel.

»Ja, Herr Freytag«, sagte die Grauerin, als er die Treppe nach vier Stunden wieder hochstieg, müde und nass und mit scheußlichen Rückenschmerzen, »ich dank Ihnen recht schön.«

»Nichts zu danken, Frau Grauer«, sagte Herr Freytag.

»Nee, nee«, sagte sie und riss unwirsch ihren Kopf zur Seite, wie ein halbes Kopfschütteln. Es knackte leise. »Da hätt ich mich ja auch selbst längst drum kümmern können, ich unnützes altes

Weib. Aber ich hab nicht gekonnt. Verstehn Sie, Herr Freytag, ich hab nicht gekonnt.«

Und Herr Freytag verstand das. Aber als er am Samstagnachmittag von der Arbeit kam, stand die Tür zum Keller weit offen, das Licht brannte unten, und er hörte die Grauerin den Kellerboden wischen. Sie schwang den Aufnehmer mit einer Energie, als treibe sie böse Geister aus.

In Scardanellis Poetenkammer rettete er am Sonntag, was zu retten war. Die Bücher aus den untersten Regalreihen, von denen einige schon einen Wasserschaden davongetragen hatten, lagerte er zunächst in seiner eigenen Wohnung, obwohl dort für weitere Bücher beim besten Willen kein ästhetischer Spielraum mehr bestand und er sie auf dem Schreibtisch und dem Nachttisch und dem Boden stapeln musste. Mit den Dingen, die in den aufgeweichten Pappkartons selbst aufzuweichen gefährdet waren, verfuhr er genauso. Und dann stand er auf einmal vor dem papierüberladenen Schreibtisch im Keller und wog ab, ob es moralisch vertretbar war oder nicht, sich zu Scardanellis poetischem Nachlassverwalter aufzuschwingen.

Stichprobenartig nahm er ein Blatt Papier in die Hand. Es war eine schiefe, handschriftliche Rechnung mit wenig optimistischem Ausgang. Das nächste ein Einkaufszettel. Das nächste ein halbfertiger Brief.

Vielleicht, dachte Herr Freytag, hat er sie gar nicht hier, seine Gedichte. Dann öffnete er die Schreibtischschublade in Erwartung von Rechnungen und Kontoauszügen, und darin lag ein gut zweitausend Seiten starker Stapel beschriebenen Papiers.

Herr Freytag sah auf den ersten Blick, dass es Gedichte waren und erst auf den zweiten, dass sie in italienischer Sprache verfasst waren, schließlich war die Sprache der Poesie ihm näher als die Sprachen der Welt. Er suchte auf der Tischplatte nach einem leeren Blatt, fand eines und deckte den Stapel damit ab, um der Versuchung literarischen Grabräubertums zumindest dort zu widerstehen, wo sie nicht dem Wohl der interessierten Allgemeinheit diente, sondern nur der Befriedigung seiner eigenen Neugier. Dann nahm er das Manuskript aus der Schublade, schob sie behutsam wieder zu und trug Scardanellis poetisches Gesamtwerk ans Tageslicht. Dabei fragte er sich, ob es jemals Tageslicht gesehen hatte, und er fragte sich, worum es in den Gedichten gehen mochte, und er fragte sich, ob Scardanelli überhaupt ein guter Dichter war, und für den letzten Gedanken schämte er sich mehr als für seine Selbsternennung zum Nachlassverwalter.

»Was schleppen Sie denn da unten eigentlich ständig raus?«, fragte die Grauerin, die instinktiv ihre Wohnungstür öffnete, als er daran vorbeiging.

»Papiere«, sagte Herr Freytag, »bloß Papiere.«

Später saß er in seinem Lesesessel, umgeben von Scardanellis Besitztümern, das Manuskript mit dem improvisierten Deckblatt auf seinem Schreibtisch, und versuchte sich an einem Spätwerk von Antoniewskij; aber natürlich scheiterte dieses Unterfangen, und nicht nur, weil er am Spätwerk von Antoniewskij immer scheiterte. Unaufhörlich kollidierten die freilebenden Halb- und Viertelsätze in seinen Gedanken mit den fest aufs Papier gebannten Sätzen des Buches, und sonderbare Mischungen ergaben sich aus den Begegnungen. Die Figuren in der Geschichte nahmen allesamt die Züge lebender und toter Bekannter an. Scardanelli, Coppola, die Grauerin und Dawn Kafka durchstreiften das winterliche Sankt Petersburg, auch wenn keine der im Buch beschriebenen Personen große Ähnlichkeit mit jenen markanten Personen des wirklichen Lebens hatte.

Irgendwann war der Punkt erreicht, an dem sich Herr Freytag nur noch durch eine Buchstabenwüste schleppte und Wörter las, wie man aus Gewohnheit eben Wörter liest, wenn sie einem vor Augen stehen, ohne dass sie sich in seinem Kopf zu einem Sinn zusammenschlossen. Da legte er das Buch zur Seite, lehnte sich in seinem Sessel zurück und schloss die Augen. Wilde, merkwürdige Sätze gingen ihm durch den Kopf, die Art, die man selbst konstruiert, und trotzdem kann man sich nicht erklären, wo sie herkommen. Herr Freytag dachte, so müsste es Dichtern gehen, nicht nur, wenn sie am Ende des Tages die Augen schlossen, sondern immer und überall.

Wahrscheinlich hätte er der Versuchung nicht widerstanden und noch am selben Abend das Deckblatt von Scardanellis Gedichten entfernt, hätten nicht Schritte auf der Treppe seine Aufmerksamkeit ganz aus ihrem literarischen Habitat herausgelockt und sie lebensnäheren Bereichen zugeführt. Es waren nicht die Schritte der Grauerin, so viel stand fest. Zwischen den Schritten der Grauerin gab es keine Pausen, die gingen *PamPamPamPamPamPamPAM*. Aber das waren Schritte wie Inseln, Schritte, die weit auseinanderlagen und dann sehr gewichtig fielen, und sie fielen auch vor seiner Tür, aber dann waren sie wieder vorbei. Kurz darauf erklangen sie über seinem Kopf, eine Tür wurde geöffnet und fiel ins Schloss, und Herr Freytag saß längst mit offenen Augen im Sessel, reglos, das Buch auf seinem Schoß leicht angehoben wie einen Schutzschild, und starrte auf seine eigene Tür. Wie unsinnig es war, auf die Tür zu starren, wurde ihm erst bewusst, als jemand über ihm sagte: »Herr Freytag!«

Er schlug das Buch zu und schaute auf zum Loch in der Decke, und durch das Loch in der Decke sah er Dawn Kafka zu ihm herunterschauen wie einen Springteufel, der sich nicht so ganz aus der Schachtel heraustraut.

»Sie haben ein Loch in der Decke, Herr Freytag«, sagte sie. »Soll ich was drüberdecken?«

»Drüberdecken?«, fragte Herr Freytag. »Was denn?«

Sie zuckte die Schultern. »Eine Decke.«

»Nein«, sagte Herr Freytag, »nein, nein, das kommt nicht in Frage, das ist viel zu gefährlich. Nachher denken Sie nicht dran und fallen gleich noch mal durch.« Er stutzte. »Stehen Sie da? Sie können doch nicht die ganze Zeit stehen mit dem Gips.«

»Ich kann mich auch hinsetzen, wenn Ihnen das lieber ist«, sagte sie und dann setzte sie sich vorsichtig hin, rutschte ein wenig vor und ließ die Beine durch das Loch in der Decke baumeln.

Herr Freytag hätte das für einen schönen Einfall gehalten, hätte er es in einem Buch gelesen, aber so bekam er fast einen Herzinfarkt, wie sie in seine Wohnung und seine Wirklichkeit herabhingen, die Beine, und das linke war immer noch eingegipst bis zum Knie.

»Sie haben mich nicht mehr besucht«, sagte Dawn Kafka.

»Ich weiß«, sagte Herr Freytag, der den besorgten Blick nicht von ihren Beinen abwenden konnte; das gesunde vollführte jetzt kleine Kreise in der Luft. »Ich hatte leider keine Zeit.«

»Haben Sie Antoniewskij suchen müssen für Ihre Frau Professor?«

»Nein«, sagte Herr Freytag und ließ den Antoniewskij, den er in der Hand hielt, so unauffällig wie möglich zwischen den Bücherstapeln aus Scardanellis Poetenkammer verschwinden; warum, wusste er auch nicht. »Hier im Turm war eine Menge los.«

»Mussten Sie wieder jemanden retten?«, fragte Dawn Kafka, und da war er erneut, der Stich, den man spürt, wenn etwas Wichtiges einen einholt.

»Ja«, sagte er, weil das die kürzeste Antwort war. »Aber es ist nichts draus geworden.«

»Wieso?«

Es wurde kurz still. Herr Freytag überlegte mitnichten, was er sagen sollte, sondern er war bemüht, den angemessenen Tonfall zu finden, einen, der sowohl seiner eigenen Gefühlslage als auch der Gewichtigkeit der äußeren Umstände gerecht werden sollte. »Scardanelli ist tot«, sagte er und war einigermaßen zufrieden damit, wie es klang; schlicht, aber teilnahmsvoll, es war nicht zu ändern, es musste gesagt werden und niemand hatte Freude daran, es zu sagen, aber es musste gesagt werden.

»Der verrückte Dichter?«, fragte Dawn Kafka.

»Der verrückte Dichter.«

»Oh.« Ihr Bein hörte auf zu kreiseln. »Was ist passiert?«

»Er hat zu viel getrunken. Und ist umgefallen, im Heizkeller.«

»Oh«, sagte Dawn Kafka wieder. »Das hat die Frau Grauer gar nicht erzählt.«

»Was hat sie denn erzählt?«

»Ach, nichts weiter«, sagte sie. »Dass das Loch noch da ist, und dass bald Handwerker kommen, und dass ein dicker alter Mann hier geraucht hat. Und ich soll Sie nicht stören beim Raufgehen, weil Sie ein anständiger Mensch sind. Und wie es mir geht, wollte sie wissen.«

»Wie geht es Ihnen denn?«

»Gut geht's mir«, sagte Dawn Kafka, ohne zu überlegen, und vielleicht überlegte sie erst danach, ob es stimmte; aber in dem Moment, in dem sie es sagte, hatte sie es geglaubt, und Herr Freytag glaubte es auch.

»Das ist schön«, sagte er.

Dawn Kafka nickte. »Das hat die Frau Grauer auch gesagt.«

Und dann unterhielten sie sich über das Essen im Krankenhaus, und wie lange das Bein noch zum Abheilen brauchen würde, und was für Bücher Herr Freytag in den letzten Tagen verkauft hatte. Dawn Kafka fragte nicht, warum aus dem Retten nichts geworden war, und Herr Freytag war ihr dankbar dafür. Schließlich hob sie Ihr Gipsbein vorsichtig an und zog dann das andere nach und rutschte vom Loch ab, und Herr Freytag konnte gar nicht hinsehen.

»Ich muss jetzt mal schlafen«, sagte sie.

»Ja«, sagte Herr Freytag, »schlafen Sie mal.«

»Bleiben Sie noch auf?«

»Ein bisschen«, sagte Herr Freytag, und vielleicht bildete er es sich ein, weil er ihr Gesicht in der Dunkelheit ihrer Wohnung nur schlecht lesen konnte, aber das schien sie zu beruhigen. Dann stand sie auf und schaltete das Licht an, und gegen seinen Protest breitete sie eine dicke grüne Wolldecke über das Loch.

»Ich pass schon auf«, sagte sie, »ich bin doch kein Kind.« Und dann sagte sie Gute Nacht, und Herr Freytag sagte auch Gute Nacht, und eine Weile noch schien das Licht gedämpft durch die grüne Decke. Herr Freytag saß in seinem Sessel und stellte sich vor, wie schwierig es sein musste, sich mit eingegipstem Bein für die Nacht umzuziehen. Dann wurde die Wolldecke dunkel, fast schwarz, und über seinem Kopf knarrte ein Bettgestell. Herr Freytag saß in seinem Lesesessel und er wurde ruhiger und klarer und blieb noch ein bisschen auf.

Das achte Kapitel

Nimmt den geneigten Leser mit auf eine Beerdigung und stellt gemeinsam mit Dawn Kafka und Herrn Freytag Mutmaßungen über ein trauriges Schaf an.

Herr Freytag hatte damit gerechnet, dass noch weitere Besucher aus Scardanellis großem Bekannten- und Verwandtenkreis vorstellig werden würden, um dem hingeschiedenen Dichter in dessen Räumlichkeiten die letzte Ehre zu erweisen. Tatsächlich aber blieb Coppola nicht nur der einzige Trauernde aus den Rängen der zigarrenrauchenden Onkel, sondern der einzige Verwandte überhaupt, der im Wasserturm auftauchte. Vielleicht war das zu erwarten gewesen; schließlich waren schon zu Scardanellis Lebzeiten all die Onkel und Kusinen und Geliebten nur in seinen Erzählungen und nie in seinen vier Wänden aufgetreten. Diese Erzählungen allerdings waren immer so lebhaft ausgeschmückt gewesen, dass Herr Freytag die betreffenden Personen wahrscheinlich, wären sie ihm auf der Straße begegnet, ohne zusätzlichen Hinweis erkannt hätte. Er nahm an, dass Coppolas stille Ehrerweisung stellvertretend für die ganze Familie erfolgt war und dass Scardanellis restliche Verwandtschaft erst am Mittwoch anlässlich der Beerdigung in ihrer Vollständigkeit zusammenkommen würde.

Die Grauerin wollte nicht gehen. »Das wird der mir nachsehen, der Scardanelli«, sagte sie, als am Montag der Beerdigungswoche die Sprache darauf kam. »Ich putz ihm derweil seinen Keller trocken.«

»Wollen Sie denn nicht lieber endlich einen Klempner kommen lassen?«, fragte Herr Freytag, und natürlich kannte er die Antwort, aber er fragte trotzdem, weil sich so viel geändert hatte in letzter Zeit.

»Ja, da müsste man mal was machen«, sagte die Grauerin. »Aber so närrisch werd ich jetzt grad noch sein. Das Geld muss ja da sein. Nee, nee, Herr Freytag, mit dem bisschen Wasser werd ich schon fertig. Solang ich noch zu was nütze bin, ich altes Weib.«

»Na gut«, sagte Herr Freytag. »Und wegen der Decke ...«

»Ja, die Decke, ja, ja«, unterbrach ihn die Grauerin, »nun gehn Sie mir mal nicht gleich auf die Barrikaden. Die Amerikanerin beschwert sich ja auch nicht.« Sie senkte kaum merklich die Stimme und in einer Tonlage, in der andere alte Weiber über junge Amerikanerinnen zu lästern pflegen, sagte sie: »Ist aber auch ein anständiges Mädel, die Amerikanerin. Haben Sie ihr eigentlich die Schokolade gegeben?«

Herr Freytag öffnete den Mund.

»Natürlich nicht«, sagte die Grauerin. »Sie haben's vergessen.«

Die Geschäfte in der Buchhandlung *Alter Kaiser* gingen währenddessen nicht gut. Am Montag vor der Beerdigung ließ sich den ganzen Vormittag über kaum ein Kunde blicken, jedenfalls nicht im Laden. Ein paar strichen um die Wühlkisten auf der Fensterbank herum, fanden nichts nach ihrem Geschmack und verschwanden wieder.

Die sind wie die Tauben, dachte Herr Freytag verärgert, wie die Tauben auf dem Marktplatz, überall nach Krümeln picken und sich dann wundern, dass nichts Gescheites dabei ist.

Er nutzte die kundenfreie Zeit, um seine Finanzen zu ordnen, und seine Finanzen standen schlecht. Die meisten Käufe verzeichnete er nicht im antiquarischen Sortiment, sondern aus dem kleinen Angebot an zeitgenössischer Literatur, das er noch führte, das war klar ersichtlich und darum ließ sich nicht herumreden, und was das bedeutete, wusste er eigentlich. Aber er wusste es seit Monaten und konnte sich nicht überwinden, entsprechend zu handeln. Das Antiquariat war gescheitert, und wenn er seine Existenz weiterhin bestreiten wollte, dann musste wieder eine gewöhnliche Buchhandlung daraus werden, wie es zu Anfang eine gewesen war, mit hässlichen Schutzumschlägen und nach Chlor stinkenden Taschenbüchern; eine Buchhandlung, die alles feilbot, was verlangt wurde. Herr Freytag würde sich informieren, was heutzutage gelesen wurde, und er würde ankaufen und er würde umsortieren und Ordnung schaffen, und er würde hinter dem Tresen stehen und lächeln und alles beschaffen können, wonach man ihn fragte, und die schlimmste Vorstellung, das musste er zugeben, war das eigentlich nicht.

Während er bilanzierte, klingelte die Ladenglocke und Frau Professor Iljitsch betrat das Geschäft.

Da wusste Herr Freytag, dass Teezeit war, und er legte seine Unterlagen beiseite.

»Grüß Gott, Frau Professor«, sagte er. »Was kann ich für Sie tun?«

»Nein, gar nichts weiter«, sagte sie und lächelte. »Heute bin ich nur zum Stöbern da.«

Das war eine Neuerung, eine unter vielen in letzter Zeit; und obwohl sie weit weniger einschneidend ausfiel, als die übrigen ausgefallen waren, war Herr Freytag nicht sicher, ob sie ihm behagte. Vielleicht hatte Frau Professor, so wie er selbst, die Notwendigkeit eingesehen zu resignieren.

»Haben Sie ihn aufgegeben, Ihren Antoniewskij?«, fragte er vorsichtig.

Professor Iljitsch, die zum Regal für russische Literatur hinübergewandert war, ließ die Hand auf einem Buch ruhen, das sie gerade hatte herausnehmen wollen. »Nein, nein«, sagte sie. »Aber Tag und Nacht muss ich ihn ja auch nicht verfolgen.«

Sie zog das Buch aus dem Regal. Es war, das sah Herr Freytag aus der Ferne, ein Band aus dem Gesamtwerk Jean Jacques Vernaires. Liebigs Classiker-Bibliothek, guter Zustand.

»Der gehört aber nicht zu den Russen, der Vernaire«, sagte er, »der klingt so französisch, aber der hat auf Deutsch geschrieben.« Und er trat heran und machte Anstalten, ihr das Buch aus der Hand zu nehmen.

»Ach, lassen Sie doch«, sagte sie. »Warum ist das beim Lesen so wichtig, wo einer herkommt? Vielleicht brauchte er mal eine Landschaftsveränderung, der Vernaire. Vielleicht brauche ich selbst mal eine.« Und sie stellte ihn zurück zu den Russen, den Vernaire, und ging kurzentschlossen ans Regal für deutsche Literatur, wo die restlichen neun Bände aus dem Gesamtwerk standen.

»Der hieß eigentlich Werner, der Vernaire«, sagte Herr Freytag. »Johann Jacob Werner.«

Professor Iljitsch ging nicht darauf ein; wahrscheinlich wusste sie das, sie kam schließlich aus der Literaturwissenschaft.

»Wie geht es Ihnen, Herr Freytag?«, fragte sie, während sie die Bücherreihen mit dem Finger entlangfuhr. Das war die erste Frage, die sie ihm je gestellt hatte, auf die er keine Antwort wusste, vielleicht im Augenblick noch weniger als ohnehin schon.

»Gut«, sagte er, und dann überlegte er und fügte hinzu: »Ein Freund von mir ist gestorben.« Noch während er es sagte, wurde ihm bewusst, wie das klang in dieser Kombination, er war ja ein Mann der Sprache, nur leider beim Lesen mehr als beim Sprechen.

Aber Frau Professor Iljitsch verstand ihn schon richtig, sie war ja studiert. »Da möchte ich Ihnen mein ernstliches Beileid bekunden, Herr Freytag«, sagte sie, und sie sagte es nicht nur, sondern bekundete es tatsächlich, ihr herzliches Beileid.

»Danke«, sagte Herr Freytag, und dann, weil er das noch zu niemandem gesagt hatte und endlich sagen musste: »Er hat getrunken. Ich wusste das nicht. Er hat sich totgetrunken. Vielleicht hätte man ihn retten können, wenn man das gewusst hätte.«

»Vielleicht«, sagte Professor Iljitsch. »Und vielleicht nicht. Menschen zu retten ist ein schwieriges Unterfangen, Herr Freytag.«

»Ich weiß«, sagte Herr Freytag, und er wusste es wirklich. »Trotzdem. Wenn man das gewusst hätte. Man weiß immer ein bisschen zu wenig von den meisten Menschen. Vielleicht ist es deshalb so ein schwieriges Unterfangen, das Retten.«

»War er ein guter Freund, Ihr Freund?«

»Er war Dichter.«

»Oh«, sagte Professor Iljitsch, und mehr sagte sie nicht, und das war gut so.

»Jedenfalls«, sagte Herr Freytag, »am Mittwoch ist die Beerdigung. Da schließe ich den Laden.«

»Müssen Sie eine Grabrede halten?«

»Nein«, sagte Herr Freytag. Er konnte nicht sagen warum, aber er fühlte sich von dieser Verwendung des Wortes *müssen* unangenehm berührt. »Nein.«

»Ich war einmal bei einer Dichterbeisetzung in Moskau«, sagte Professor Iljitsch. »Die Grabrede war furchtbares Gewäsch, das ist wohl in allen Ländern so. Grabreden für Dichter sind immer furchtbares Gewäsch. Natürlich kann man einen Mann der Worte nicht wortlos in die Erde senken. Eine gute Rede kann man ihm aber auch nicht halten, weil er die beste nun mal selbst geschrieben hätte.«

»Da haben Sie Recht«, sagte Herr Freytag, und er überlegte, ob Coppola eine Grabrede halten würde. Von Coppola würde kein Gewäsch kommen. Er würde »Federico« sagen, wie er es im Keller gesagt hatte, und er würde es nur ein einziges Mal sagen, und es würde genügen.

Am Mittwochmorgen stand Herr Freytag früh auf. Er öffnete das Fenster, hörte die Vögel draußen und das Licht fiel ihm still und warm ins Gesicht. Da merkte er erst, wie früh es war.

Er zog seinen besten Anzug an. Das Jackett war ein bisschen verstaubt und Herr Freytag, obwohl er sich sicher war, einmal eine besessen zu haben, fand keine Kleiderbüste. Also klopfte er das Jackett mit der Hand aus, so gut es ging. Er wusste es nicht, weil man solche Dinge nie von sich selbst weiß, aber er tat es mit vorsichtigen, liebevollen Bewegungen, die Hand halbrund geformt, wie man einem Kind die Kuchenkrümel vom Pullover klopft.

Er zog die Hose an und dachte an Scardanelli. Das kann doch gar nicht sein, dachte er, das kann doch gar nicht sein.

Dann suchte er die weinrote Krawatte aus dem Schrank. Als er fertig war, setzte er sich im Anzug an den Esstisch und schnitt ein Frühstücksbrötchen auf, und als er mit der Marmelade kleckerte, fluchte er ein wenig, und dann ein wenig mehr und vielleicht lauter und obszöner, als es der Situation angemessen war, und er fühlte eine merkwürdige Erleichterung. Er wischte den Fleck mit einem feuchten Tuch von der Hose, aber ganz entfernen ließ er sich nicht; es blieb ein kleiner ausgetrockneter Marmeladentümpel.

In diesem Augenblick klopfte es. Herr Freytag schaute zuerst zur Tür, dann traute er seinen Ohren und schaute nach oben.

»Ja?«, rief Herr Freytag und Dawn Kafka schlug die grüne Wolldecke zurück. Im Nachthemd stand sie am Rand des Loches.

»Haben Sie sich was getan?«, fragte sie.

»Nein«, sagte Herr Freytag, »nein, nein.« Und das Fluchen, obwohl es sich gerade noch so gut angefühlt hatte, war ihm auf einmal ein wenig peinlich. »Hab ich Sie aufgeweckt?«, fragte er und schaute an ihren Beinen vorbei in die Dunkelheit ihres Zimmers; ein nacktes Bein war da, ein Gipsbein und zwei Krücken.

Dawn Kafka schüttelte den Kopf. »Ich hab nicht geschlafen.«

»Aber Sie sind im Nachthemd«, sagte er.

»Und Sie sind im Anzug«, sagte Dawn Kafka. Nach einer Pause fügte sie hinzu: »Einem schönen.«

»Danke«, sagte Herr Freytag. »Es ist mein bester.«

»Sie schimpfen in Ihrem besten Anzug und ich liege wach in meinem Nachthemd«, sagte Dawn Kafka. »Da stimmt doch was nicht.«

»Warum liegen Sie wach?«

»Warum schimpfen Sie?«

»Ach, ich weiß auch nicht«, sagte Herr Freytag. »Manchmal muss man eben schimpfen.«

»Und manchmal muss man eben wach liegen«, sagte Dawn Kafka. »Können Sie mir das aufschreiben, was Sie da eben geschimpft haben?«

»Auf den Gips?«

»Auf den Gips.«

»Wird gemacht«, sagte Herr Freytag und lächelte. Es war ein Lächeln, an dem er selbst ganz unbeteiligt war, das sich von allein ausbreitete und ihn mitzog. »Bei Gelegenheit.«

»Ist jetzt keine Gelegenheit?«

»Nein«, sagte Herr Freytag und schaute auf die Uhr. »Jetzt muss ich gleich gehen.«

»Sie haben nein gesagt, bevor Sie auf die Uhr geschaut haben«, sagte Dawn Kafka. »Wo gehen Sie hin? Zur Arbeit?«

»Zur Beerdigung.«

Dawn Kafkas Augen wurden groß und klar. »Die ist heute?«

»Ja«, sagte Herr Freytag, »die ist heute.«

»Kann ich mitkommen?«, fragte Dawn Kafka. Sie fragte, ohne zu überlegen, wie sie es gerne tat. So ein Lächeln, an dem man ganz unbeteiligt ist, dachte Herr Freytag, das musste ihr öfter kommen als ihm.

»Ich kann es Ihnen ja schlecht verbieten«, sagte er. »Aber es wird sicher langweilig für Sie. Sie haben Scardanelli ja gar nicht richtig gekannt.«

»Wen kennt man schon richtig«, sagte Dawn Kafka.

Und Herr Freytag, indem er rekapitulierte, was er von Scardanelli gewusst und nicht gewusst hatte, sah ein, dass das stimmte.

»Also, wenn Sie meinen«, sagte er. »Ziehen Sie sich was an.«

»Was Schwarzes?«

»Was Schwarzes.«

»Ich hab einen Hut, einen schwarzen«, sagte Dawn Kafka stolz. »Den kann ich aufsetzen.«

Dann legte sie die Wolldecke zurück, wie man den Vorhang einer Umkleidekabine zuzieht, und war aus Herrn Freytags Blickfeld verschwunden. Nur einen Augenblick später allerdings ging der Vorhang schon wieder auf und sie schaute leicht besorgt zu ihm hinunter.

»Sie warten doch, bis ich fertig bin?«

»Natürlich«, sagte Herr Freytag.
»Ich weiß ja«, sagte sie. »Ich wollte nur sichergehen.«
Dann war Schweigen hinter dem Vorhang.

Herr Freytag beendete sein Frühstück, kontrollierte den Fleck auf seiner Hose und versuchte noch einmal erfolglos, ihn zu entfernen. Als er seinen Schlüsselbund aus der Nachttischschublade nahm, fiel ihm die zerbrochene Schokolade der Grauerin ins Auge, und obwohl er nicht vorhatte, sie tatsächlich Dawn Kafka zu geben, steckte er sie in die Innentasche seines Jacketts. Dann zog er die Schuhe an, schwere, schwarze Festtagsschuhe mit Absatz, die die Holzdielen zum Knarren brachten, verließ seine Wohnung, sperrte die Tür ab und wartete am Treppenaufgang auf seine Begleitung.

Die Sonne fiel durch das schmale kleine Fenster auf die Stufen. In all dem Schmutz und all der Abgewetztheit, die sich sonst im Dunklen verbarg, sahen sie im Licht lebendig aus; nicht schön vielleicht, aber lebendig. Es war ein Gefühl, das weit über das nostalgische Heimweh hinausging, das ohnehin im frühen und im späten Licht der Sonne liegt. Es war, als ob er den Wasserturm atmen spürte unter seinen Füßen, ruhig und gleichmäßig, von Scardanellis Keller bis hinauf unter das Dach, wo Dawn Kafka angemessene Trauerkleidung anlegte. In diesem Augenblick war er froh, dass die Grauerin an den Decken und den Wänden, an den Stufen und den Fenstern, am tropfenden Heizkessel und den klemmenden Türen, am Knarren der alten Holzböden und am Staubgeruch in der Luft nie etwas ändern ließ. Die Handwerker, die sie versprochen hatte, würden auf sich warten lassen, aber das machte ihm nichts, und das überraschte ihn selbst. Vielleicht war die grüne Wolldecke die elegantere Lösung.

Oben drehte sich ein Schlüssel im Schloss, zweimal. Dann hörte Herr Freytag, wie Dawn Kafka aus ihrem Zimmer humpelte, mit Schritten wie Inseln, und jedes Mal, wenn sie auftrat, zog sich irgendwo in ihm ein kleiner Nerv zusammen, weil er befürchtete, sie könne erneut durch den Holzboden brechen und diesmal weniger glücklich landen. Als sie oben auf der Treppe erschien und ihm zulächelte, mit einer Erwartungsfreude, die dem Anlass vielleicht nicht ganz angemessen war, ging seine Befürchtung in Panik über. Er kam ihr die Treppe aufwärts entgegen, um sie hinabzugeleiten, blieb aber auf halbem Weg stehen, weil ihm dieses Vorhaben plötzlich lächerlich und bevormundend erschien. Dawn Kafka verharrte ihrerseits auf der obersten Treppenstufe.

»Soll ich ... soll ich Ihnen runterhelfen?«, fragte Herr Freytag und bot ihr aus drei Metern Entfernung seinen Arm zum Aufstützen dar. »Nicht, dass Sie hinfallen.«

»Herr Freytag«, sagte Dawn Kafka und er wusste, so wie sie es sagte, würde ein Gipsbeinsatz folgen. »Ich wäre tief verbunden.«

Herr Freytag legte daraufhin die verbleibende Distanz zurück, nur um festzustellen, dass die Treppe für zwei nebeneinander einherschreitende Leute zu eng gebaut war. Er konnte wenig mehr tun, als sie zwei oder drei Stufen von der Amerikanerin entfernt rückwärts wieder hinabzusteigen, langsam und mit weit ausgebreiteten Armen, um sie im Fall eines unglücklichen Schrittes vor einem Sturz bewahren zu können. Während des Abstiegs schaute sie ihm in die Augen, und er schaute in ihre, weil er nicht ausweichen konnte, ohne unhöflich oder unziemlich oder schlicht merkwürdig zu erscheinen, und sie lächelte, und er lächelte zurück und wusste nicht, was er sagen sollte, weil sie jung war und er war alt, und es war furchtbar.

»Was ist furchtbar?«, fragte Dawn Kafka.

»Oh«, sagte Herr Freytag. »Ähm«, sagte Herr Freytag. »Ihr Bein«, sagte er, »also vielmehr, die ganze Sache mit Ihrem Bein.«

»Ja«, sagte Dawn Kafka feierlich. »Es ist ganz entsetzlich.«

»Tut es Ihnen denn noch weh?«

»Nachts manchmal.«

»Und deshalb können Sie wohl nicht schlafen?«

Dawn Kafka schüttelte den Kopf. »Das liegt am Denken«, sagte sie. »Kennen Sie das, wenn Sie einfach nicht aufhören können, mit sich selbst zu reden im Kopf?«

»Ja«, sagte Herr Freytag, der den ganzen Treppenabstieg lang nichts anderes getan hatte. »Das kenne ich gut.«

»Es ist wie ein Echo«, sagte Dawn Kafka. »Ein Echo in einem selbst. Sogar, wenn man eigentlich schon aufgehört hat zu denken, denkt es irgendwo tiefer drinnen noch weiter.«

»Und was denken Sie da?«, fragte Herr Freytag. Inzwischen hatten sie sich die Treppe ohne nennenswerte Vorkommnisse in den ersten Stock hinab vorgearbeitet.

»Was man nachts eben so denkt«, sagte Dawn Kafka. »Dinge, die mal waren und Dinge, die nie sein werden, und beide machen einen wütend, oder wenn der Mond scheint, machen sie einen traurig. Und an den Tod denkt man manchmal.« Sie schwieg ein paar Treppenstufen lang. »Wissen Sie noch, wie wir die Welt retten wollten?«, sagte sie dann.

»Ja«, sagte Herr Freytag. »Im Mosaik.«

»Und wissen Sie, wie weit ich bisher gekommen bin?«

»Sagen Sie's mir.«

»Raten Sie.«

»Sie haben drei Leute gerettet. Und ein Schwein.«

»Falsch.«

»Ich weiß. Ich rate immer falsch.«

»Es funktioniert nicht«, sagte Dawn Kafka. »Das Retten. Es ist schwieriger, als ich es mir vorgestellt habe.«

»Ich weiß«, sagte Herr Freytag und dachte an Scardanellis Sambuca. »Es ist ein schwieriges Unterfangen. Ich war in letzter Zeit auch nicht sehr erfolgreich damit.«

»Ich weiß«, sagte Dawn Kafka mitfühlend. »Das haben Sie erzählt.«

»Wie haben Sie es sich denn vorgestellt? Das Retten?«

»Ich dachte, dass man überall die Gelegenheit hat, wenn man bloß will. Aber wissen Sie was? Es sitzen keine einsamen Jungen an der Bushaltestelle, mit denen man über die Liebe reden kann. Und die Schweine beim Metzger sind alle schon gemetzgert. Die kann man auch nicht mehr retten.«

»Tja«, sagte Herr Freytag. Es war das Weiseste und das Deutscheste, was ihm einfiel.

»Kennen Sie nicht jemanden, der gerettet werden muss?«, fragte Dawn Kafka. Sie sah ihn so hoffnungsvoll an, dass seine Antwort ihm leid tat.

»Leider nicht«, sagte er.

»Oder vielleicht kann ich Sie vor irgendwas retten?«

»Vor dem Konkurs, wenn Sie mögen«, schlug Herr Freytag vor und klang bitterer, als er beabsichtigt hatte. »Aber das dürfte etwas komplizierter sein, als Schweine vor dem Gemetzgertwerden zu retten.«

Und indem er diese Bedenken äußerte, nahm er die letzte Stufe und stand in der Turmhalle. Dawn Kafka tat es ihm gleich und mit großer Erleichterung ließ er die ausgebreiteten Arme fallen und wandte sich von ihr ab.

»Oh je«, sagte Dawn Kafka. »Geht Ihr Geschäft ein?«
»Ja«, sagte Herr Freytag, »das geht ein.«
»Warum?«
»Weil niemand mehr alte Bücher kauft.«
»Und was kann man da machen?«
»Nichts. Nichts kann man da machen.«
»Oh«, sagte Dawn Kafka. Es war das Weiseste und Internationalste, was ihr einfiel.

Hinter den verlassenen Eisenbahnschienen, die von Löwenzahn, Gleisranken und vergessenen Kräutern überwuchert waren, führte ein schmaler Feldweg zum Friedhof. Es war immer noch früh, als Herr Freytag und Dawn Kafka diese Richtung einschlugen. Aber bis zum Friedhof brauchte man eine Weile, und auch wenn die Amerikanerin abenteuerlustig vorausshumpelte: Auf Krücken gestützt, das Bein bis zum Knie eingegipst, der Gips knackend und seufzend unter der Last aufgesammelter Wörter, würde sie leicht die doppelte Weile brauchen.

Herr Freytag sah ihr beunruhigt zu. Die Anstrengung, beim Humpeln unangestrengt zu tun, wirkte sich mindernd auf ihre Gesprächsbereitschaft aus, aber Herrn Freytag, dem schweigendes Beisammensein nicht unbequem war, war das recht. Er spielte ihr Spiel mit, das von Tatendrang und Unangestrengtheit, und blieb immer einen Schritt hinter ihr zurück oder zwei. Sie gab eine sonderbare Erscheinung ab, klein und blass und dünn zwischen Junigraswiesen und Kornfeldern. Ihr schwarzes Beerdigungskleid schien ihr wie ihre Pläne, ihre Worte und überhaupt das ganze Leben etwas zu weit, und ihr Hut saß ihr auf dem Kopf wie ein gut gemeinter Scherz. Sie war eine sorglose Landstreicherin, eine von Heimweh umwehte Zigeunerkönigin, eine schicksalsgebeugte Figur, die auf ihre Krücken gestützt durch eine gemalte Landschaft strich; all das war sie, hiervon ein bisschen weniger und davon ein bisschen mehr, je nachdem, wie die Sonne sie traf und Herrn Freytags Blick.

Nach einer Weile bemerkte Herr Freytag, dass sie müde wurde, und kurz darauf merkte sie es auch und humpelte etwas langsamer. Herr Freytag schloss zu ihr auf.

»Gibt es eigentlich schwarze Blumen?«, fragte sie.
»Ich weiß nicht«, sagte Herr Freytag. »Ich glaube nicht.«

»Schade«, sagte Dawn Kafka. »Vielleicht kann man welche züchten. Die könnten dann auf Gräbern wachsen und bei Witwen und einsamen Leuten zu Haus und da würde niemand sie hässlich finden.«

Und das war alles, was sie den ganzen Feldweg entlang zu sagen hatte. Kein Wort sagte sie übers Sterben und über schlaflose Nächte und über die Rettung der Welt, und sie humpelte zusehends mühsamer, nicht mit den Beinen unbedingt, aber mit dem Gesicht.

»Sind Sie müde?«, fragte Herr Freytag. »Es ist jetzt nicht mehr weit.«

Und das war es tatsächlich nicht; ein paar Schritte noch und sie sahen das Friedhofstor in der Ferne, ganz klein und schwarz. Aber Herr Freytag hätte wohl auch sonst gesagt, es sei nicht mehr weit, das sagte man eben, wenn einer schlappmachte.

Der Mabonagriner Friedhof war in der Nachbarschaft einer Waldkapelle angelegt worden. Er sah aus wie aus dem Boden emporgewuchert, Stein für Stein aus der Erde gewachsen, Inschrift für Inschrift, alles so alt, dass es wieder jung wirkte. Die ursprüngliche Kapelle gab es nicht mehr, Dreißigjähriger Krieg oder Zweiter Weltkrieg, verirrte Soldateska oder verirrte Bomben oder die Scham etwas gänzlich Unspektakulären, irgendein Historiker wusste es sicherlich. Irgendwann hatte man sie auf dem Friedhofsgelände wieder aufgebaut, aber natürlich kann man ein altes Gebäude mit seiner ganzen Geschichte ebenso wenig wieder aufbauen, wie man einen vom Leben gezeichneten Menschen wieder zum Kind machen kann. Der Wald war geblieben, ein düsteres kleines Tannenwäldchen zur Rechten des Friedhofs, in das selbst im Sommer kaum Licht fiel. Trauergäste und Sonntagsausflügler ergingen sich dort.

Und Wölfe, sagte Dawn Kafka, bestimmt gäbe es Wölfe.

Vor dem Friedhofstor stand eine Steinbank mit Blick auf eine niedrig umzäunte Weide. Darauf graste, dicht aneinandergedrängt, eine kleine Schafherde. Herr Freytag schaute auf die Uhr. Trotz Humpelns hatten sie den Weg schneller zurückgelegt als angenommen; bis zur Beerdigung war es noch eine gute halbe Stunde hin. Er bedeutete der erschöpften Amerikanerin, auf der Bank Platz zu nehmen, mit einer Geste, als hätte er sie persönlich aufgestellt. Dawn Kafka kam der Aufforderung nach, ließ sich auf die steinerne Sitzfläche fallen, dass Herr Freytag zusammenzuckte, streckte breitbeinig die Füße von sich und stöhnte genüsslich. Herr Freytag nahm zögerlich auf dem verbleibenden Drittel der Bank Platz.

»Das fühlt sich an, als ob man auf einem Grabstein sitzt«, stellte Dawn Kafka fest. Herrn Freytag behagte es nicht, aber er musste zugeben, dass sie Recht hatte. Diesen morbiden Gedanken weiterzuverfolgen ließ sie ihm aber keine Zeit, sondern lenkte seine Aufmerksamkeit fast umgehend in lebendigere Gefilde.

»Schauen Sie mal«, sagte sie. »Schafe.«

»Ja«, sagte Herr Freytag, »die sind immer da. Die gehören dem ... die gehören dem ... ich weiß auch nicht, wie der eigentlich heißt.«

»Jedenfalls haben die Toten hier einen schönen Ausblick aufs Leben«, sagte sie und verlor sich für einen Augenblick in der pastoralen Idylle. Herr Freytag versuchte es ihr gleichzutun, aber so weit, dass er sich verlor, kam es nicht; das konnte er nicht, wenn jemand bei ihm war, das konnte er nur allein. Vielleicht las er deshalb so viel. Beim Lesen, wie beim Schlafen oder beim Sterben, war man verlässlich allein.

»Sehen Sie das eine?«, fragte Dawn Kafka und deutete, so schien es Herrn Freytag zumindest, auf ein unbestimmtes Schaf inmitten der Herde, vielleicht dieses, oder jenes, oder das da, das eine.

»Welches?«, fragte er.

»Das traurige.«

Herr Freytag ließ den Blick über die Herde wandern, sorgfältig und von links nach rechts, wie beim Lesen, und hielt nach dem traurigen Schaf Ausschau. Er fand es nicht.

»Welches meinen Sie?«

»Das da«, sagte Dawn Kafka. Diesmal war ihr Fingerzeig präziser, oder vielleicht lag es nur daran, dass Herr Freytag allmählich Bereitschaft entwickelte, ihre Sichtweise anzunehmen. »Das alte, das keine Freunde hat.«

Herr Freytag beugte sich vor und versuchte, über die Dinge im Vordergrund – in diesem Fall Schafe – hinauszusehen. Ganz hinten auf der Weide, abseits seiner Artgenossen, den Kopf gesenkt, aber nicht, um zu grasen, sondern ohne ersichtlichen Grund, stand ein einsames Schaf und bewegte sich nicht.

»Da hinten?«, fragte Herr Freytag.

»Genau«, sagte Dawn Kafka, ohne zu überprüfen, ob er in die richtige Richtung schaute; sie schien darauf zu vertrauen, dass er dasselbe sehen würde wie sie. Das einsame Schaf stand da wie in Trance, als sei es aus einem Kinderlied gefallen und durch den ersten Kontakt mit der Wirklichkeit in Schockstarre geraten. Es hatte dünne Beine, die ein wenig krumm waren, und seine Wolle war gelblich, weil Schafe nur in Kinderliedern weiß sind. Es schien etwas kleiner als der Rest der Herde zu sein, aber vielleicht lag das daran, dass es so weit von den anderen Schafen entfernt stand, die alle ihre kleinen Grüppchen gebildet hatten. Herr Freytag dachte an seine Schulzeit, die wie ein fernes Land schien. Er fragte sich, wie drüben in Amerika, wo die Kinder im Kinoformat träumen, wie Dawn Kafka dort auf dem Pausenhof Siege errungen und Niederlagen erlitten hatte, wie sie enttäuscht und gedemütigt und geliebt und gehasst worden war, und er sah das Schaf an und es sah traurig aus, natürlich sah das Schaf traurig aus.

»Das ist alt?«, fragte er.

»Sehen Sie nicht, wie traurig es guckt?«, entgegnete Dawn Kafka. »So traurig kann man nur gucken, wenn man schon lange gelebt hat. Ich kenn das von meinem Opa.«

Herr Freytag sah die Last der Jahre nicht, die dem traurigen Schaf die Beine durchdrückte, sie krumm und großväterlich machte, obgleich er sich durchaus bemühte.

»Gibt es überhaupt alte Schafe?«, fragte er. »Ich finde, da sieht keines jünger oder älter aus als das andere.«

»Wohl«, sagte Dawn Kafka und klang wie ein Schulkind, ein deutsches. »Gucken Sie mal, die jungen. Die können den Kopf nicht stillhalten, die gucken die ganze Zeit so wild in der Gegend rum. Und die alten liegen da bloß in der Sonne und kauen ihr Gras. Die gucken nicht mehr rum. Die denken, sie kennen schon alles.«

»Ich dachte, so Schafe durchlaufen nur zwei Lebensabschnitte«, sagte Herr Freytag.

»Welche denn?«

»Lamm. Und dann Schaf. Dachte ich.«

»Ich glaube, dazwischen gibt es noch mehr«, sagte Dawn Kafka.

»Meinetwegen«, sagte Herr Freytag. »Also das da, das traurige, das ist alt.«

»Ja.«

»Und Freunde hat es auch keine.«

»Sie sehen doch, wie es da ganz allein rumsteht.«

»Vielleicht will es nur seine Ruhe«, schlug Herr Freytag vor.

»Aber die hat es ja. Dann müsste es doch glücklich sein.«

»Vielleicht will es seine Ruhe, *weil* es traurig ist.«

»Wollen Sie Ihre Ruhe, wenn Sie traurig sind?«

»Ja«, sagte Herr Freytag. Er überlegte, wann er zum letzten Mal traurig gewesen war, richtig traurig, wie ein Kind traurig ist, und er konnte sich nicht darauf besinnen. Dann überlegte er, wann er zum letzten Mal glücklich gewesen war, und auch das fiel ihm nicht ein, oder er wagte nicht, sich zu erinnern. Und wenn er nicht glücklich war, dachte er, war er dann vielleicht die ganze Zeit traurig, nicht, wie ein Kind traurig ist, sondern wie ein altes Schaf?

»Ich will dann auch meine Ruhe«, gab Dawn Kafka zu. »Aber ich glaube, Schafe sind da nicht so dumm wie wir. Das ist nicht freiwillig allein, das sieht man doch. Sehen Sie, wie die anderen es ignorieren? Das ist denen unangenehm, wie es so traurig ist.«

»Jetzt geht aber Ihre Phantasie mit Ihnen durch«, sagte Herr Freytag, um sich nicht eingestehen zu müssen, dass er es sah.

»Ich glaube, es ist eine Schäfin«, sagte Dawn Kafka. »Eine alte, traurige Schäfin, die mal ein Kind hatte, nur eins in ihrem Leben, so ein kleines, flauschiges, staksiges weißes Lamm. Und wissen Sie, was dann passiert ist?«

»Nein«, sagte Herr Freytag. Er fragte sich, wo sie *staksig* aufgeschnappt haben mochte.

»Es ist gestorben«, sagte Dawn, »im Winter, in der Morgendämmerung, und das ist schon lange her, da war sie noch keine alte Frau, die Schäfin. Da hat sie manchmal noch wild in der Gegend rumgeguckt, und nur, wenn sie ihr Lamm gesehen hat, war sie auf einmal ganz still. Aber dann ist es gestorben, das Lamm, am Winter oder an der Morgendämmerung, und seitdem steht da das traurige Schaf und keiner guckt es an, und keiner will mit ihm sprechen, und es hat seine Stimme verloren und seinen Namen auch.«

Ihre eigene Erfindung rührte sie so sehr, dass ihr eine große stille Träne über die Wange lief. »Wir müssen dem traurigen Schaf einen Namen geben«, sagte sie und legte ihre Hand auf Herrn Freytags zusammengefaltete Knie, und Herr Freytag erschrak vor der Berührung. »Wissen Sie einen? Sie haben doch so viele Bücher gelesen.«

Herr Freytag überlegte, ein wenig zu übereifrig, um konzentriert bei der Sache zu sein, und so mochte kein Name aus seinen Büchern dem traurigen Schaf und seiner Geschichte gerecht werden.

»Tut mir leid«, sagte er. »Im Augenblick nicht.«

»Schade«, sagte Dawn Kafka und wischte die Träne weg. »Aber uns fällt bestimmt einer ein.«

So saßen sie auf der Steinbank vor dem Friedhof, die sich wie ein Grabstein anfühlte, und das traurige Schaf stand, wo es stand, und dann roch Herr Freytag den Tabak in der Luft, eine Note von süßem Lakritz lag darin, und da war Coppola. An seiner Seite ging eine hochgewachsene Frau; durch ihr dünnes blondes Haar, das allmählich weiß wurde, gingen Wellen von Juniwind, und neben ihr sah er noch dicker und würdevoller aus als in der Enge von Scardanellis Keller. Er nickte Herrn Freytag zu und Herr Freytag stand von der Bank auf und nickte zurück. Neben ihm erhob sich Dawn Kafka. Die Frau mit dem Juniwindhaar, die nur wenig kleiner war als Coppola selbst, gab ihm die Hand.

»Maria Coppola.«

»Freytag«, sagte Herr Freytag, »mit Ypsilon.«

»Mit Ipsilon ist es auch schöner«, sagte Dawn Kafka.

»Dawn Kafka«, sagte Herr Freytag, mit einer achtsamen Geste in ihre Richtung.

»Maria Coppola«, wiederholte Maria Coppola, und die beiden Frauen reichten sich die Hände. Coppola stand daneben und schwieg, rauchte seine Zigarre. Wenn er den Mund öffnete, dann nur, um den Rauch entweichen zu lassen; vielleicht sprach er, vielleicht waren es Rauchzeichen Scardanelli zu Ehren. Scardanelli war tot, fiel Herrn Freytag ein, obwohl er es die ganze Zeit gewusst hatte, aber erst der Stich, den er jetzt fühlte, machte es wieder wirklich.

»Kannten Sie ihn gut?«, fragte Maria Coppola.

»Wir haben im selben Haus gewohnt«, sagte Herr Freytag, als sei das eine Antwort, aber sie gab sich damit zufrieden. Kurz hatte Herr Freytag befürchtet, sie werde ihn angesichts dieser Enthüllung fragen, warum er nichts unternommen habe, warum er Scardanelli nicht die Sambucaflasche entrissen und ihn gerettet habe. Aber das tat sie nicht; sie lächelte ihn freundlich an und gemeinsam betraten sie den Friedhof. Herr Freytag hielt das Friedhofstor für Dawn Kafka auf, während sie hindurchhumpelte. Das Tor war mit eisernen Spitzen bewehrt, vielleicht um Wölfe abzuhalten.

Coppola und seine Frau blieben entgegen Herrn Freytags Erwartung die einzigen Trauergäste neben ihm und Dawn Kafka. Zu viert saßen sie in der Kapelle, die Coppolas in der ersten Reihe, während Herr Freytag mit seiner Begleitung weiter hinten Platz genommen hatte. Es war eine bewusste Entscheidung gewesen, weil er damit gerechnet hatte, es werde sich ein traurig wogender Ozean von Kindern, Kusinen und Onkeln in die Kirche ergießen, denen er seine Bedeutung in Scardanellis Lebensgeschichte ebenso unterzuordnen bereit war wie seinen Anspruch auf einen nah am Altar gelegenen Sitzplatz.

Aber jetzt war es schon nach elf Uhr und sie warteten immer noch auf den Pfarrer, und niemand sonst war gekommen. Dawn Kafka schlug schließlich vor, weiter nach vorn aufzurücken, und weil er den Vorschlag nicht selbst geäußert hatte, konnte Herr Freytag ihm guten Gewissens folgen. Er rutschte nach links aus der Bank, darauf bedacht, den Wechsel möglichst geräuschlos zu vollziehen, und Dawn Kafka trat rechterhand in den Gang. Dabei schmiegte sich das Geräusch ihrer Krücken auf dem steinernen Boden so symphonisch in das Knarren der Holzbank, das Herr Freytag beim Durchrutschen verursachte, dass es ihm kaum peinlich war. Auf entgegengesetzten Seiten der Bankreihen schlichen und krückten sie vorwärts, und Herr Freytag wollte sich in der zweiten Reihe niederlassen, hinter Coppola und seiner Frau. Aber Dawn Kafka humpelte unbeirrt ganz nach vorn mit ihren Schritten wie Inseln und ließ sich mit einem Beerdigungslächeln neben Maria Coppola nieder, und da musste er es ihr notgedrungen gleichtun. Er versuchte sich ebenfalls an einem Beerdigungslächeln, als er Platz nahm, aber ihm gelang nur die übliche, wie in Kunstharz erstarrte Maske, die er zur Entschärfung unangenehmer Situationen mit sich führte und meistens zu früh oder zu spät aufsetzte, um damit überzeugen zu können.

So saßen sie zu viert in der staubdurchtanzten Dunkelheit, die man im Juni nur in Bars und Kneipen und Gotteshäusern findet, und warteten auf den verspäteten Pfarrer, wie ein Gläubiger auf den Messias warten mag und ein Zweifler auf Antworten. Die Kapelle war spärlich und in Eile wieder aufgebaut worden; selbst was nicht aus Holz gefertigt war, wirkte hölzern. Nur die hallende Stille und das Licht, das durch das Buntglasfenster hinter dem Altar fiel, enthoben den Ort seiner Diesseitigkeit. Weil man die Welt hinter dem Buntglas nicht ausmachen konnte, schien das Licht direkt aus dem Jenseits in die Kapelle zu strömen und die kleine Trauergemeinde mit göttlicher Gnade oder höllischer Verzweiflung zu streifen.

»Wo sind denn die anderen?«, fragte Herr Freytag schließlich in unbestimmte Coppola-Richtung gewandt. Obwohl er es mit gedämpfter Stimme fragte, blieb der blasphemische Beigeschmack, der das Durchbrechen jenseitiger Stille begleitet, nicht aus.

»Welche anderen?«, fragte Maria Coppola.

»Die anderen Gäste«, murmelte Herr Freytag. »Scardanellis Leute.«

»Scardanellis Leute?«, wiederholte sie. Coppola drehte majestätisch langsam seinen Kopf und sah Herrn Freytag an.

»Seine Onkel«, sagte er, »seine Kusinen.« Und wie er es sagte, verstand er schon, dass Scardanellis dicke, zigarrenrauchende Onkel Seeungeheuer waren und seine Kusinen Taschendiebinnen und sein Leben eine einzige große Überfahrt auf einem Schiff, das über Mythen und poetische Ausschmückungen dahingeglitten war. Und die Coppolas verstanden, dass er verstand, und niemand sagte etwas, weil niemand mehr etwas sagen musste oder wollte oder konnte.

Dann schwang die Tür der Kapelle auf und hereinströmendes Sonnenlicht spülte die Trauergemeinde ins Diesseits zurück. Der junge Pfarrer, der nicht wie gewöhnlich durchs Mittelschiff zum Altar schritt, sondern den Gang entlanghastete und den vier Trauernden im Vorbeieilen ein genuscheltes »Tschuldigung« zuwarf, trug dabei erheblich zur Irdischwerdung der Situation bei. Und vielleicht war das unpoetisch und entbehrte aller Pietät, aber vielleicht hatte es auch sein Gutes; vielleicht ließen die Sonne und die Eile, das »Tschuldigung« des Pfarrers, sein wehendes Haar und der Lufthauch, den er mit sich brachte, den Tod für einen Augenblick weniger endgültig und Scardanelli weniger tot erscheinen.

Den Gottesdienst hielt der Pfarrer trotz seines unkonventionellen Auftritts ganz im Einklang mit der Tradition. Er hatte den Gedanken verinnerlicht, dass im Tod und vor Gott alle Menschen gleich waren, jedenfalls zeichnete er ein Bild von Scardanelli, das sich in seinen groben Zügen nicht wesentlich von jedem anderen Menschenleben abhob. Es war nicht von Seeungeheuern und Taschendieben die Rede, oder von Poesie; nicht vom Heizungskeller, nicht vom Sambuca und nicht davon, dass Scardanelli besser gewesen war als Schiller, hatte er ihn doch um ein ganzes Jahr überlebt. Auch dass sein kleines Kellerzimmer bald von pflichtbewussten Kulturtouristen frequentiert werden würde wie Dantes Haus in Florenz, fand keine Erwähnung.

Das war nicht die Schuld des Pfarrers; von den fünf Leuten, die in der Kapelle versammelt waren, war er wohl derjenige, der Scardanelli am wenigsten kannte, und konnte nicht wissen, dass all diese Geschichten mit ihm im Sarg lagen. Der Pfarrer war nicht Gott, er war nur Pfarrer, und er hatte sich etwas zu lange die Haare nicht schneiden lassen, und sein linkes Auge zwinkerte manchmal nervös, während er sprach und den Verstorbenen Gott empfahl, mit der Überzeugungskraft eines sympathischen, aber unerfahrenen Handelsvertreters. Aber dass seine Totenrede Scardanelli nicht gerecht wurde, dass sie nur Dinge enthielt, die in Ordnern und Mappen und Katechismen nachzuschlagen waren, das ließ sich nicht leugnen.

Herr Freytag dachte daran, was Professor Iljitsch gesagt hatte, dass die beste Totenrede immer der Tote selbst würde gehalten haben. Er stellte sich vor, wie Scardanelli draußen auf dem Friedhof, wo vermutlich schon Vorbereitungen für seine Einfriedung getroffen wurden, den Sargdeckel öffnete und aus der Grube stieg, wie er sonnenumrahmt in der Tür der Kapelle erschien und wie er sie gestikulierend und geschichtenerzählend durchmaß, um seinem Leben ein würdiges Ende zu setzen.

Cari turisti, sehen Sie hier vor Ihnen ausgebreitet das Leben des großen Poeten Federico Scardanelli, und erlauben Sie, *signore e signori*, dass ich es ausbreite für Sie ...

Dawn Kafka stieß ihm den Ellbogen in die Seite. »Er hat gar nicht gesagt, dass der Scardanelli ein Dichter war«, flüsterte sie.

Der Pfarrer schaute, ohne zu unterbrechen, aber mit verunsichertem Ausdruck, zu ihr herüber. Herr Freytag fragte sich, ob er verstanden haben konnte, was sie geflüstert hatte, oder ob nur das Flüstern selbst ihn verunsicherte, weil er dahinter automatisch Kritik an seiner Person vermutete und sich jetzt den Kopf darüber zerbrach, was die Amerikanerin in der ersten Reihe gesagt hatte und was er falsch gemacht haben mochte. Ihm selbst, das jedenfalls wusste Herr Freytag, wäre es an gleicher Stelle so ergangen.

»Vielleicht kommt das noch«, flüsterte er.

Dawn Kafka schüttelte den Kopf. »So was sagt man doch gleich als Erstes«, erklärte sie mit einem Schwenk in Richtung Entrüstung, der dem armen Pfarrer sicherlich nicht entging. Herr

Freytag, obwohl er den Mann aus Respekt vor dessen Geistlichkeit und Empathie mit dessen Menschlichkeit zu verteidigen suchte, musste ihr insgeheim beipflichten.

Dann lenkte sie ihren Ellbogen in die andere Richtung. »Sagt Ihr Mann auch noch was?«, fragte sie.

Maria Coppola schüttelte den Kopf. »Er ist kein großer Redner, der hier.«

»Und Sie?«

Frau Coppola zuckte die Achseln. »Ich kannte ihn nicht gut.«

»Der Pfarrer auch nicht«, entgegnete Dawn Kafka. »Und er vergisst all die wichtigen Sachen.« Sie wandte sich wieder Herrn Freytag zu. »Wollen Sie nicht Scardanellis Dichterehre retten?«

»Ich kann nicht«, wehrte Herr Freytag ab und fühlte sich wie ein Verräter. »Ich bin nicht vorbereitet.«

Dawn Kafka ließ sich davon nicht beeindrucken. »Dichter sind spontan«, sagte sie.

»Ja«, sagte Herr Freytag. »Aber Antiquare nicht.«

Dawn Kafka seufzte. »Dann muss ich es wohl tun.«

Auf dem Höhepunkt seiner Verunsicherung beendete der Pfarrer den Gottesdienst. Die Trauergemeinde erhob sich aus der ersten Reihe und folgte ihm zu Scardanellis letzter Ruhestätte. Draußen empfing sie strahlend mittäglicher Sonnenschein, nicht mehr gefiltert durch Buntglas und Frömmigkeit, und das Gras war so grün, es tat in den Augen weh. Sie prozessierten ein paar Schritte und erreichten dann die Kapelle. In der Mittagshitze und bei zusammengekniffenen Augen sah der Friedhof aus wie eine Stadt: Monumentale, weit auseinanderliegende Hochhäuser aus Stein, zu deren Füßen sich friedliche Gärten erstreckten, und breite, stille Wege überbrückten den menschenleeren Raum dazwischen.

»Kennen Sie eins von seinen Gedichten?«, fragte Dawn Kafka auf dem Weg zur Beisetzung. Herr Freytag schüttelte stumm den Kopf.

»Kein einziges.«

»Weil Ihr Gedächtnis nachlässt?«

»Weil ich kein einziges kenne.«

»Oh«, sagte Dawn Kafka und war still, eine Stille, die nicht Resignation bedeutete, sondern, dass sie die Herausforderung annahm. Ihre Krücken hinterließen kleine Kuhlen in der weichen Erde der Friedhofswege. Kleine Inseln.

Das Loch im Boden war mit grünem Stoff ausgekleidet, dunkler als das sonnenbeschienene Gras und etwas heller als die Wolldecke, die im Wasserturm das Loch zwischen Herrn Freytags und Dawn Kafkas Leben abdeckte. Der Sarg befand sich bereits in der Erde. Herr Freytag war zum letzten Mal als Kind auf einer Beerdigung gewesen und hatte damals größeres Interesse für den Bienenstich gehegt, der im Gemeindehaus aufgebahrt war, als für die eigentlichen Trauerfestlichkeiten.

Es überraschte ihn, dass der Sarg tatsächlich so aussah, wie man sich einen Sarg vorstellte: Schlicht und glatt und sargförmig und aus Holz, und er konnte nichts anderes sein als das, was er war. Herr Freytag war inzwischen gewohnt, dass die Vorstellungen, die er sich auf Grundlage seiner umfassenden Lektüre von Dingen gemacht hatte, selten mit der Wirklichkeit dieser Dinge übereinstimmte. Sie wich nicht völlig von diesen Vorstellungen ab, es waren nur Kleinigkeiten, die aber das Gesamtbild erheblich beeinflussten und in ihrer nackten, unverrückbaren Art irritierend auf ihn wirkten: Hier eine komplexe Verästelung anstelle einer geraden Linie, da eine moderne Neuerung, die alles schwieriger machte, weil sie alles einfacher machte, und wenn man den Notarzt rief, war ein Mann in der Leitung, der »Feuerwehr und Rettungsdienst« sagte und das Gespräch nicht mit »Bleiben Sie, wo Sie sind, wir schicken sofort einen Wagen« beendete. Aber ein Sarg war tatsächlich ein Sarg.

So stand er am Rand des Grabes, als stünde er da allein, sein Blick glitt langsam über den grünen Stoff und hinab in die Erde, die dunkel war und fest, und ganz ohne Wurzeln und Regenwürmer, und: Von da unten wächst Gras?, dachte er. Er stellte sich vor, wie sechs starke junge Männer mit melancholischer Miene und schwarzem Haar den Sarg über den Friedhof getragen und dann ins Grab hinuntergelassen haben mussten, wahrscheinlich während des Trauergottesdienstes, und war erleichtert, dass sich die Wahrhaftigkeit dieser Vorstellung nicht nachprüfen ließ.

Der Pfarrer sagte etwas, nichts weiter Wichtiges, und dann warfen sie kleine Schaufeln voll Erde auf den Sarg, und der dumpfe Aufschlag auf dem Holz klang, als käme er von innen. Maria Coppola und Herr Freytag taten es zügig; Coppola selbst stand lange mit der Schaufel in der Hand, bevor er sie schließlich behutsam sinken und die Erde herabrutschen ließ.

Zuletzt humpelte Dawn Kafka an den grün ausgekleideten Grabesrand, und Herr Freytag musste ihr die rechte Krücke abnehmen und ihr eine gefüllte Schaufel reichen. Da stand sie, ihr Gipsbein hing in der Luft, die linke Hand klammerte sich fest um den Griff der anderen Krücke, die sich durch den grünen Stoff ins Erdreich bohrte. Mit der Rechten hielt sie die Schaufel über das Grab, so lose, dass Herr Freytag befürchtete, sie müsse ihr jeden Augenblick aus der Hand rutschen und klirrend auf dem Sarg aufschlagen. Dawn Kafka schaute in die versammelte Trauergemeinde, schaute jeden an, und wenn sie den Blick löste, schaute sie nicht weg, sondern ließ ihn nur weiterwandern: von Herrn Freytag zu Coppola, von Coppola zu seiner Frau, von Maria Coppola auf den verunsicherten Priester, der schnell die Augen niederschlug, und schließlich ins Unbekannte. Und da hinein sprach sie ein Gedicht. Sie sprach scheinbar, ohne darüber nachdenken zu müssen, was sie sagte, und ohne ins Stocken zu kommen, und sie sprach leise, aber man verstand jedes Wort in der Stille des Friedhofs, bevor es davonflog; und sie sprach, wie ein Priester sprechen muss, wenn er ist, was er ist.

»Er war nämlich Dichter«, sagte sie dann. »Der Scardanelli.«

So wie sie sie aussprach, klangen die sechs Worte selbst wie ein Gedicht, und als die Erde auf den Sargdeckel aufschlug, war das der Punkt am Schluss. Sie fiel aber nicht auf einen Haufen, die Erde, sondern verteilte sich in Brocken und Krumen, und es klang wie eine abgeschnittene Musiknote und war eigentlich kein Punkt, nicht so richtig, nicht endgültig.

Sogar Coppola, der kein Deutsch konnte, schien zu erraten, worum es ging. »Grazie«, sagte er in die Stille hinein. Es blieb das einzige Wort, das er an diesem Tag sprach.

Das neunte Kapitel

Befasst sich mit Traurigkeit, gibt auf Nachfrage das schöne Wort Hüfte preis, verliert sich in den Worten toter Dichter, und dann verschwindet auf einmal jemand.

»Was war das?«, fragte Herr Freytag. Sie standen am Weidezaun, das Friedhofstor im Rücken, und schauten der Herde beim Grasen zu und dem traurigen Schaf beim Traurigsein. »Was Sie da aufgesagt haben.«

»Ein Gedicht«, sagte Dawn Kafka. »So ungefähr.«

»Von Ihnen?«

»Von mir.«

Herr Freytag lächelte. Es war ein Lächeln, das ganz von selbst kam, und er war ein bisschen stolz darauf, dass er nichts dazutun musste. Ein bisschen glücklich und ein bisschen traurig war er auch, und er fühlte sich neu, wie es einem nach Beerdigungen im besten Fall geht.

»Gar nicht schlecht.«

Dawn Kafka nickte. »Direkt postmodern.«

»Was studieren Sie eigentlich? Literatur?«

»Ich weiß auch nicht genau«, sagte sie. »Ich gehe so selten hin.«

»Was sagen Ihre Eltern dazu?«

»Die wissen das nicht. So ist es besser.«

»Und wieso gehen Sie so selten hin?«

Ihr Blick wanderte über die Schafe. »Zu viel Gerede«, sagte sie. »Und zu viele Menschen. Wenn jeder Student sein eigenes Fach hätte, ganz für sich allein, das wäre schön. Dann wäre es ruhig. Und jeder wäre irgendwie wichtig.«

»Aber immer allein sein«, sagte Herr Freytag. »Das ist doch auch nichts.«

»Für manche schon«, widersprach Dawn Kafka.

»Für Sie?«

»Ich weiß noch nicht. Vielleicht.«

Herr Freytag hätte ihr gesagt, dass sie sehr jung sei, dass man noch freiwillig allein sein könne, wenn man jung sei und dass es sich später oft unfreiwillig ergebe. Er hätte ihr gesagt, sie sei hübsch, weil er sie hübsch fand, und dass es ihr dieser Umstand erschweren würde, für immer allein zu bleiben; und dass die Liebe, wenn man es trotzdem mit dem Alleinbleiben versuche, keine Möglichkeit mehr sei, sondern eine Gefahr, und dass das nicht richtig sein könne; er hätte ihr gesagt, sie solle mehr ausgehen und was man sonst in seiner Ratlosigkeit jungen Leuten sagt, die sich nicht wie junge Leute benehmen wollen. Er hätte ihr all das gesagt, wäre er nicht in diesem Augenblick zu sehr mit sich selbst allein gewesen, zu gefangen in beunruhigenden Gedanken und aufgeschobenen Einsichten, um daran zu denken, wie viel Leben noch vor ihm lag und wie wenig erst hinter ihr. Er starrte in Richtung des traurigen Schafes und versuchte, seinen Blick auf sich zu ziehen. Aber das Tier bewegte den Kopf nicht.

»Sind Sie traurig?«, fragte Dawn Kafka. »Wegen Scardanelli.«

»Ja«, sagte Herr Freytag. »Natürlich.« Er wartete auf den Stich, aber der Stich blieb aus, und er fragte sich, ob er wohl traurig genug war, und bekam ein schlechtes Gewissen.

»Weil Sie ihn nicht gerettet haben?«

»Auch deshalb.«

»Sie wussten ja nicht, dass er gerettet werden musste«, sagte Dawn Kafka.

»Nein. Das wusste ich nicht.«

»Das muss man schon sagen. Sonst weiß das ja keiner.«

»Es ist manchmal schwer, das zu sagen.«

»Ein schwieriges Unterfangen.«

»Ein schwieriges Unterfangen, ja.«

»Es hat niemand geweint«, sagte Dawn Kafka. »Auf der Beerdigung.«

»Nein«, sagte Herr Freytag.

»Sie auch nicht.«

»Nein. Ich auch nicht.«

»Ich dachte, man weint auf Beerdigungen.«

Sie schlug mit der Krücke gegen den Holzzaun. Einige Schafe schauten zu ihnen herüber. Sie wiederholte den Schlag, einmal und noch einmal, in gleichmäßigen Abständen, wie Morsezeichen.

»Was wird das?«, fragte Herr Freytag.

»Ich will das traurige Schaf locken«, erklärte sie. »Dann kann ich zu ihm sprechen.«

»Es kommt nicht«, sagte Herr Freytag. Tatsächlich rührte sich das traurige Schaf nicht von der Stelle; dafür trabten ein paar andere Herdenmitglieder blökend und rumguckend und ohne recht zu verstehen, was vor sich ging, an den Zaun heran.

»Das kommt schon«, versicherte Dawn Kafka. »Es muss nur erst verstehen, dass es gemeint ist.« Und sie klopfte weiter, den Blick fest auf die auserwählte Empfängerin ihrer Morsenachricht gerichtet. Mehr Schafe strömten dem Zaun entgegen oder wandten ihre Köpfe der Amerikanerin und dem Antiquar zu, hoch und tief und bäh und böh, fragend und konkludierend durcheinanderblökend. Dann, zu Herrn Freytags Überraschung, hob hinten auf der Weide das traurige Schaf den Kopf.

»Sehen Sie?«, sagte Dawn Kafka. »Jetzt rufe ich es.«

Und es hätte ihn wohl nicht mehr gewundert, hätte sie im nächsten Augenblick sanft und einfühlsam und voller Schmerz zu blöken begonnen. Aber: »Hier!«, rief sie stattdessen, »hier!«, ein schlichtes, großes Wort, und das traurige Schaf kam. Langsam und scheu schlich es mit seinen krummen Beinen über die Wiese, wich den anderen Tieren auf seinem Weg aus und blieb erst stehen, als seine Nase den Zaun berührte. Dawn Kafka versuchte sich zu bücken, aber es ging nicht und etwas knackte, und Herr Freytag erschrak und sagte »Nicht!«, und da ließ sie es bleiben.

»Hallo, Schaf«, sagte sie also aus dem Stand. Auch aus der Nähe war das Schaf deutlich kleiner als etwa die beiden Artgenossen, die zu seiner Rechten und Linken die Nasen gegen den Zaun drückten. »Wir wissen, dass du traurig bist und dass schlimme Dinge passiert sind und dass du deinen Namen vergessen hast. Aber wir finden ihn für dich wieder. Er muss uns nur einfallen.«

Das Schaf schaute starr auf ihren Bauch und Herr Freytag bildete sich ein, in seinen schwarzen Augen tatsächlich einen traurigen Glanz wahrzunehmen. Links von ihm blökte es bäh und rechts von ihm blökte es böh. Das traurige Schaf dagegen nahm Dawn Kafkas Erklärung stillschweigend auf.

»Ich glaube, sie ist stumm«, sagte sie. »Vielleicht wird man stumm, wenn man seinen Namen verliert.« Sie lehnte die rechte Krücke gegen den Zaun. »Halten Sie mich fest«, bat sie Herrn Freytag. »Dann kann ich sie streicheln.«

»Wie soll ich Sie denn festhalten?«, fragte Herr Freytag verlegen; verlegen war er aber nur, weil er wusste, wie.

»Wie beim Tanzen«, sagte Dawn Kafka. »Nur hintenrum. Können Sie tanzen?«

»Nein.«

»Ich auch nicht. Stellen Sie sich hinter mich.«

Herr Freytag stellte sich hinter sie.

»Jetzt legen Sie die Hände da hin«, befahl sie.

»Wohin?«

»Wie heißt das auf Deutsch?«

»Hüfte.«

»Richtig. Auf die Hüfte.«

Nervös wie der Siebzehnjährige in der Tanzstunde, damals, als er noch einen Vornamen gehabt hatte, schob Herr Freytag seine Arme unter ihren hindurch und platzierte sie so locker auf ihren Hüften, dass er sicher war, nur den Stoff ihres Kleides zu berühren, nicht den Körper darunter.

»Es heißt festhalten«, sagte Dawn Kafka. »Sie müssen mich fester halten, sonst halten Sie mich nicht fest.«

Herr Freytag verstärkte seinen Halt. Er spürte den Hüftknochen und die Juniwärme, mit der das Blut unter der Haut floss.

»Danke«, sagte Dawn Kafka. Sie beugte sich vor, streckte die freie rechte Hand über den Zaun, während sie sich mit der linken auf die verbliebene Krücke stützte, und berührte das Fell des traurigen Schafes. Aber noch bevor sie zum Streicheln kam, zuckte das Tier zusammen, wandte sich ab und lief wieder auf den hinteren Teil der Weide zurück. Auch in seinem Erschrecken blieb es stumm. Dawn Kafka fiel fast vornüber und Herr Freytag fasste sie fester, obwohl er sie instinktiv fast losgelassen hätte.

»Whoa!«, sagte sie.

»Vorsicht!«, sagte Herr Freytag.

»Sie war so lange allein«, sagte Dawn Kafka, »dass sie nichts mehr vom Anfassen weiß.«

»Vielleicht ist sie nur Menschen nicht gewohnt«, sagte Herr Freytag.

»Ja«, sagte Dawn Kafka. »Vielleicht.«

»Kann ich Sie jetzt loslassen?«

»Wenn Sie wollen«, sagte Dawn Kafka. Da ließ er sie los, und die Welt fühlte sich auf einmal an, als wäre er kurz weg gewesen.

»Wenn jeder Student sein eigenes Fach hätte«, fragte er später auf dem Heimweg, »was wäre Ihres?«

»Keine Ahnung«, sagte Dawn Kafka. Sie klang müde. »Irgendwas Großes und Wichtiges.«

Gemeinsam kamen sie nach Hause. Die Tür zum Keller stand offen und man hörte, dass unten gewischt wurde. Es war fast wie früher, nur dass niemand mehr vor sich hin pfiff. Herr Freytag wusste, dass es die Grauerin war, natürlich wusste er das. Aber trotzdem war da ein Gefühl, ein vergegenwärtigtes Traumbild von Scardanelli, das neben diesem Wissen existieren konnte und sich von der Wirklichkeit nicht verdrängen ließ. Ihm war, als wären Gestern und Heute hier im Wasserturm, hier vor dieser Kellertür, übereinandergelagert.

Gerade als Herr Freytag innehielt, um den Wischgeräuschen zu lauschen, setzten sie abrupt aus.

»Sind Sie das?«, rief die Grauerin.

»Ja«, rief Herr Freytag zurück, weil er trotz der uneindeutigen Anrede davon ausging, dass sie es waren.

»Wie ging's vor sich?«, rief die Grauerin.

»Sehr feierlich«, rief Herr Freytag, »sehr poetisch.«

»Und waren viele Leute da?«

»Ja«, meldete sich Dawn Kafka zu Wort, bevor Herr Freytag antworten konnte. »Bestimmt hundert. Und jeder Vierte hat eine Rede gehalten.«

»Ist das die Amerikanerin?«

»Ja.«

»Hören Sie, Mädel, Sie haben aber eine schöne Stimme.«

»Danke!«, rief Dawn Kafka und machte Anstalten, zu knicksen. Was ihr die Umstände, ihr Bein und vielleicht auch ihre müden Augen, selbstredend nicht erlaubten. Aber Anstalten, die machte sie, obwohl die Grauerin es gar nicht gesehen hätte.

»Wie geht's dem Bein?«, rief die Grauerin.

»Schon besser.«

»Sehn'se. Haben Sie auch die Schokolade bekommen?«

»Hab ich!«, versicherte Dawn Kafka und sah ihren Begleiter an, den in diesem Augenblick die Erkenntnis ansprang, dass die Tafel in seiner Innentasche zerschmolz.

»Na«, kam es von unten, »dann will ich ihr das mal glauben, Herr Freytag. – Also viele Leute waren da?«

»Ja«, sagte Herr Freytag, »sehr viele.«

»Sehn'se. Da hab ich ja nu bestimmt nicht gefehlt.« Er hörte die Grauerin ihren Mopp auswringen, ein Geräusch, wie wenn in Zeichentrickfilmen nassgeweinte Taschentücher in Blecheimer gewrungen werden. »Bin einfach nicht zu gebrauchen für so Beerdigungen«, schloss sie. Und begann wieder zu wischen.

Herr Freytag half der Amerikanerin die Treppe hoch, kaum eleganter als zuvor beim Abstieg, aber mit neu gefestigtem Vertrauen in seine diesbezüglichen Fähigkeiten.

»Was für Schokolade?«, fragte sie auf dem Weg.

»Oh«, sagte Herr Freytag, »das. Ja, entschuldigen Sie. Ich habe welche in der Tasche, die sollte ich Ihnen geben eigentlich.«

»Das macht nichts«, sagte Dawn Kafka, »die heben wir auf. Für das traurige Schaf. Von Schokolade wird man glücklich.«

»Gut«, sagte Herr Freytag, »das machen wir.«

Sie stiegen unters Dach, und dort, vor ihrer Zimmertür, schaute sie ihn an und machte es ihm so leichter, sie anzuschauen. Ihre Augen waren immer noch müde, älter als der Tag. Diesmal war er sich nicht sicher, ob sie lächelte.

»Also dann«, sagte er.

»Dass ihr Deutschen nicht mehr *Auf Wiedersehen* sagen könnt«, sagte sie.

»Auf Wiedersehen«, sagte Herr Freytag.

Und dann sah er sie zwei Wochen nicht.

Als er seine Wohnung betrat, in vielfältige, sich nicht ergänzende Gedanken versunken, fiel sein Blick zuerst auf Scardanellis Manuskript auf dem Schreibtisch, das umgeben war von aus der Flut geretteten Bücherstapeln. Er versuchte, den Blick wie zufällig aussehen zu lassen, so als beobachte ihn jemand; vielleicht war es der Drang, sich selbst zu rechtfertigen, oder vielleicht war es das Loch in der Decke. Und dann kam er sich plötzlich albern vor in seiner Ehrfurcht.

Wo sind die toten Dichter?, dachte er. Die sind am Leben und wohlauf irgendwo. Und ärgern sich schwarz, wenn man sie nicht liest.

In der Stille der Wohnung hörte er Dawn Kafka über sich herumhumpeln, hörte sie mit Tellern hantieren und mit Besteck, und hörte das leise Zischen und Knistern und Knacken von Zwiebeln in heißem Öl. Der Geruch von Gebratenem strömte durch die Wolldecke, strömte durch das Loch in ihren Leben und verbreitete sich. Er legte sich über alles und brachte den Mittag zurück, der schon vorbei war, den sie auf dem Friedhof verbracht hatten, am Weidezaun und auf dem Feldweg, und er machte den Nachmittag schwer und gemütlich.

Herrn Freytag knurrte der Magen. Ihm war wehmütig ums Herz, er fühlte sich wie ein Kind und ein bisschen auch wie verheiratet, obwohl er das nie gewesen war und nicht wusste, nur ahnte, wie es sich anfühlte.

Er machte sich Bratkartoffeln und aß sie im Stehen, umgeben vom Zwiebelgeruch, der so vielen behaglichen Erinnerungen anhaftet. Vielleicht würde auch Scardanellis Manuskript ihn annehmen. Nach dem Essen hob er einige Seiten, zwanzig höchstens, vom Stapel, und setzte sich in seinen Lesesessel, schwer vom erinnerten Mittag und Bratkartoffeln. Dann, der Feierlichkeit des Augenblicks bewusst, entfernte er das unbeschriebene Deckblatt und das erste Gedicht aus Scardanellis Lebenswerk lag bloß.

Es war ein sehr kurzes Gedicht und reimte sich nicht, weder am Ende noch sonst irgendwo, und es fing auf Italienisch an und tat dann in den letzten drei Zeilen auf einmal einen Sprung ins Deutsche, in ein unvollkommenes Deutsch, das der zerfahrenen Poesie seines Gegenstandes vielleicht besser habhaft wurde als ein sauberer, fehlerloser Ausdruck. Worum es sich handelte bei diesem Gegenstand, war für Herrn Freytag nicht klar ersichtlich, aber das machte nichts; Gedichte muss man nicht im Ganzen verstehen, sondern jedes Wort für sich. Verstanden hat man ein Gedicht nicht, wenn man weiß, wovon es handelt; verstanden hat man es, wenn es ein Gefühl hervorruft, wenn man sich nicht bemüht, dieses Gefühl mit den Gefühlen des Dichters abzugleichen oder sie in eine allgemein zugängliche Weltsprache zu übersetzen.

Sie waren nicht in der Weltsprache geschrieben, Scardanellis Gedichte; sie waren in keiner Sprache so ganz zu Hause. Es waren Wasserturmgedichte in Wasserturmsprache, und der Wasserturm war nicht die Welt, aber Scardanellis Welt war er schon, und Herrn Freytags und die der Amerikanerin. Und vielleicht gab es jenseits des Wasserturms andere Menschen, die diese Welt bewohnten und diese Sprache sprachen; vielleicht zögerlich, noch nicht fließend, vielleicht mit ihrem eigenen Dialekt oder vielleicht nur in Träumen.

Herr Freytag las zehn Gedichte, verstand die deutschen Passagen nicht besser oder schlechter als die italienischen und sah Bilder von großer Anmut und Einsamkeit, von denen er nicht wusste, ob sie ihm innewohnten oder den Worten. Er sah überflutete Städte unter weiten, blauen Himmeln, verlassene Marktplätze, die zugleich riesige Sonnenuhren waren, Fabriklabyrinthe, über deren Mauern rauchende Schlote aufragten, dürre Birkenwälder im Schnee, die summende Hitze unendlicher Wüsten, und nirgends, nirgends sah er einen Menschen. Nicht einmal er selbst war wirklich da; er sah die Bilder wie Reiseberichte aus fremden Köpfen, Fotos, die ein Unbekannter geschossen hat, und natürlich war ihm Scardanelli der Hausmeister, Scardanelli der Freund nicht fremd und nicht unbekannt, aber Scardanelli der Dichter war es sehr wohl. Herr Freytag ging mit ihm auf Reisen, ohne zu fragen, wohin.

Als die Reise vorbei war, stand er auf, legte die Seiten zurück auf den Stapel und deckte das Deckblatt über diese seltsame Welt, die Scardanelli in Bernstein gegossen hatte. Über ihm war Stille eingekehrt, kein Laut und kein Licht drang durch die grüne Decke. Nur der Zwiebelgeruch hing noch immer in der Luft. Herr Freytag setzte sich zurück in den Sessel, schloss die Augen und wartete auf die Touristen.

Am Donnerstagmorgen öffnete Herr Freytag das Antiquariat *Alter Kaiser* wieder wie gewohnt und fand im Briefkasten ein paar dicke gelbe Umschläge. Er nahm sie mit an seinen überladenen Arbeitstisch in der Mitte des Ladens, suchte einen Brieföffner in dem Durcheinander und öffnete fein säuberlich eine Sendung nach der anderen. Aus den Umschlägen kamen Verlagsprogramme, Kataloge mit Neuerscheinungen und aktuelle literarische Magazine zum Vorschein. Er begann das Material umgehend zu sichten. Um ihn herum schritten die üblichen stillen Vormittagsgäste die Regale ab, pflichtentbundene Studenten und alte Herren mit Vollbärten und Hüten, die sich von ihren einkaufenden Frauen gelöst hatten, sehr interessiert waren und meistens nichts kauften. Hin und wieder kam jemand mit einem Fund aus der Wühlkiste herein und bereicherte Herrn Freytag um eine ärmliche Summe, und dann kam er sich vor wie ein Bettler, der am Straßenrand der modernen Literatur saß und die Hand ausstreckte. Er durchkämmte unterdessen, den Kugelschreiber im Anschlag, Abbildungen und

Preislisten und Rezensionen, auf der Suche nach neuen, von der modernen Welt geliebten Büchern, deren Ankaufs man sich auch als Liebhaber französischer Heißluftballonräuber und italienischer Gräfinnen nicht schämen musste. Hier malte er einen Kringel um ein Buch, unterstrich da einen Satz und kritzelte dort ein Fragezeichen an den Rand, aber ein Erweckungserlebnis widerfuhr ihm nicht.

Während er das Programm des Lubenreuther Verlagshauses durchblätterte, schaute er auf und sah hinüber zu dem schmalen Regal für Zeitgenössisches, das neben dem Schaufenster stand; das daran befestigte Pappschild war um einige wenige Buchstaben breiter als das Regal selbst.

Ich werde ein breiteres Regal brauchen, dachte er. Und dann zwei. Und dann immer mehr.

Und die Kringel, die er nach diesem Gedankengang malte, waren noch lustloser und die Fragezeichen noch dringlicher als zuvor. Trotzdem schrieb er sich Buchtitel auf und Verlagsadressen und die Namen von Leuten im Vertrieb und Telefonnummern, einfach, damit es sich anfühlte, als habe er etwas bewirkt. Irgendwo auf den letzten Seiten des Lubenreuther-Programms entdeckte er Hinweise zur Einsendung von Manuskripten. Er dachte an Scardanellis dichterisches Vermächtnis, das daheim unveröffentlicht auf seinem Schreibtisch lag, und für einen Moment, mehr Phantasie als Plan, schien es eine gute Idee.

Warum nicht, dachte er. Aber dann zweifelte er an Scardanellis Markttauglichkeit, wie er gerade an der Markttauglichkeit all dessen zweifelte, was ihm lieb war, und er gab den Gedanken auf und las die Einsendungshinweise nicht.

Als am Nachmittag Professor Iljitsch kam, wiesen die Zeiger der Wanduhr die richtige Zeit und ihr Lächeln saß an der richtigen Stelle. Herrn Freytag war das eine vertraute Insel in seinen Neuerungsbemühungen, die ihn keineswegs befreiten, sondern quälten, weil Neuerung ihm wider seine eigentliche Natur zu gehen schien.

»Was lesen die Leute bloß heute, Frau Professor?«, fragte er.

»Was modern ist, Herr Freytag«, sagte Frau Professor. »Wie zu allen Zeiten.«

Und Herrn Freytag wurde klar, dass die *Abentheuerliche Geschichte* auch einmal modern gewesen war, damals, vor langer Zeit, und die Leute hatten sie gelesen und geliebt.

Später, als er nach Hause kam, traf er die Grauerin auf der Treppe und fragte, was sie gerade lese.

»Die Zeitung«, sagte sie.

»Und sonst?«

»Nichts sonst. Aber meine Fußpflegerin, die liest immer so Liebeszeugs. Und selber findet sie keinen Kerl«, sagte die Grauerin. »Weil sie nie vor die Tür geht. Grad wie die Amerikanerin.« Sie sah die Treppe hoch und schüttelte den Kopf. »Wie sie da auf die Beerdigung ist mit ihnen, ich glaub wohl, das war das erste Mal, dass sie überhaupt raus ist hier.«

»Sie hat ja auch das Bein«, sagte Herr Freytag.

»Ach, das Bein.« Die Grauerin winkte ab. »Das war doch vorher genauso. Und wenn die wollte, könnte die längst wieder laufen. Will sie bloß nicht.«

»Oder vielleicht bekommen Sie nur nicht mit, wenn sie rausgeht?«

Sie sah ihn erbittert an, und Herrn Freytag wurde zu spät bewusst, was das für eine ungeheure Unterstellung war.

»Was in *meinem* Haus vorgeht, Herr Freytag«, sagte sie, »das bekomme ich mit.«

»Natürlich«, sagte Herr Freytag entschuldigend. Nach einer unangenehmen Pause wünschte er ihr einen schönen Abend und sie entgegnete brummend dasselbe. Dann, sie ging bereits ihrer Wege, drehte sie sich noch einmal um.

»Sie, Herr Freytag«, sagte sie. »Meinen Sie, den Scardanelli tät's stören, wenn ich sein Bett neu aufziehen würd? Derweil ich da unten aufputz. Irgendwann kann da ja vielleicht doch wieder ein Mieter rein.«

Herr Freytag, auf dem Weg nach oben, blieb stehen. »Nein«, sagte er über die Schulter und dachte an das Manuskript in seiner Wohnung. »Bestimmt nicht.«

»Nicht wahr?«, sagte die Grauerin. »Ist ja kein Totenbett.« Und energisch polternd stieg sie die Treppe hinab.

Herr Freytag las mehr von Scardanellis Gedichten, jeden Abend ein paar Seiten. Aus dem Antiquariat hatte er sich ein altes italienisches Wörterbuch mitgenommen, aus den Tagen, in denen selbst Gebrauchslektüre so schön eingebunden gewesen war wie Liederbücher, und versuchte jetzt, die italienischen Passagen der Gedichte zu entschlüsseln.

Mangels Kenntnis der grammatikalischen Strukturen gelang ihm das aber nur ungenügend und allenfalls gelegentlich brach ein klarer Abschnitt aus dem Klangwirbel hervor, in den Scardanellis nachgelassene Worte Herrn Freytag hineinrissen.

Er las sie sich laut vor, und obwohl er sich sicher war, dass seine Stimme die grüne Wolldecke nicht durchdrang, las er sie vielleicht auch der Amerikanerin vor, die oben in ihrem Dachzimmer beharrlich den Anschein aufrecht erhielt, es gäbe sie gar nicht. So rückte sie für Herrn Freytag nach den Ereignissen der letzten Wochen noch mehr in die Nähe eines Traumes. Es war ein Traum von der Sorte, bei der man aufwacht, bevor er zu Ende ist, und nach dem Aufwachen kann man nicht sagen, ob es ein guter oder ein böser Traum gewesen ist; aber man möchte zurück und ihn weiterträumen, einfach nur, um es herauszufinden.

Dawn Kafkas plötzliches Verschwinden, denn so kam ihm ihre Abwesenheit vor, ließ ihm keine Ruhe. Höchstens nachts hörte er manchmal ihre Fußtritte auf den Brettern, die seine Zimmerdecke bedeuteten und ihren Fußboden, und die sie sich teilten, seit sie in jener Sonntagnacht von der Bühne gefallen war. Aber auch nachts schien durch die grüne Wolle kein Licht und Fußtritte allein waren kein Beweis von Leben, wenn sie in der Dunkelheit verklangen, wie eine Kerze erlischt. Herr Freytag sorgte sich um die Amerikanerin und sehnte sich nach ihr, obwohl es, ganz nüchtern betrachtet, für keines von beidem einen Grund gab.

Einmal glaubte er, sie weinen zu hören, von seinem Lesesessel aus, in Scardanellis Bernsteinwelt versunken; aber am nächsten Morgen war er sich sicher, dass er sich geirrt haben musste. Es gibt auf der Welt so viele Geräusche, die sich anhören, als ob einer weint: Den Wind und die Bäume und das Knacken in der Wand, den Nachtzug, der in der Ferne vorbeirauscht, kleine Vögel mit unscheinbarem Gefieder, und manchmal kann der, der vermeintlich weint, einer sein, der lacht. Diese Geräusche sind in der Nacht zu Hause. Beim Frühstück sind sie vergessen.

Tagsüber versuchte Herr Freytag sein Antiquariat, das ja nichts anderes war als eine verwilderte Buchhandlung, in Gedanken neu zu ordnen. Er rechnete mehr, als er las, und es machte ihn unglücklich und schlecht gelaunt. Professor Iljitsch heiterte ihn auf mit ihrem Teezeitlächeln und ihrer unermüdlichen Suche nach

Antoniewskij, wie verloren und aussichtslos diese Suche auch sein mochte. Herr Freytag schämte sich ein wenig vor ihr und erzählte ihr nichts von seinen Plänen für die neue Buchhandlung, weil er sich fühlte, als lasse er sie mit diesen Plänen bei ihrer Suche im Stich.

»Hat Ihr Freund eigentlich eine schöne Beerdigung gehabt am Dienstag?«, fragte sie.

Herr Freytag spürte den Stich, den man spürt, wenn etwas Wichtiges einen einholt. Aber der Stich war schwächer, sanfter als noch in der Woche zuvor, und er wusste nicht, ob das bedeutete, dass die Dinge besser wurden oder dass er vergaß.

»Ja«, sagte er. »So schön eben eine sein kann.«

Professor Iljitsch nickte. In ihren Augen spiegelten sich, zu klein und zu weit entfernt, um noch mit Trauer behaftet zu sein, die Beerdigungen ihres eigenen Lebens. Mittlerweile mussten es viele sein.

»Sie haben keine Rede gehalten?«

»Nein«, sagte Herr Freytag. »Aber eine Freundin.«

»Das ist schön«, sagte Professor Iljitsch. »Und die Rede war gut?«

»Sie war sehr kurz.«

»Kurz ist gut. Kurz wie das Leben.«

»Das Leben ist lang«, sagte Herr Freytag. »Für die meisten.«

»Das ist ja kein Widerspruch«, sagte Professor Iljitsch und lächelte.

»Man müsste ein Dichtermuseum aus seiner Wohnung machen«, überlegte Herr Freytag laut. Obwohl er ihn dafür ausgab, wusste er, dass der Gedanke nicht sein eigener war.

»Ach nein«, wehrte Professor Iljitsch ab. »Museen tun Dichtern nicht gut.«

Aber Lesern, dachte Herr Freytag, Lesern tun sie gut. Wenn er abends nach Hause kam, stieg er manchmal die Kellertreppe hinab, in Scardanellis Zimmer, und spielte Museum. Er stellte sich in die Mitte des Raumes, schlenderte mal diesem Regal zu, mal einem anderen, berührte aber nichts und nahm auch nichts mehr mit. Er malte sich kleine Vitrinenschilder für einzelne Gegenstände aus und wurde traurig dabei, traurig genug, um in der Wucht dieses Traurigseins, die alles Kleinliche hinwegriss, seine Erleichterung zu finden. Es war das richtige Gefühl am richtigen Ort.

Dawn Kafka blieb weiter verschwunden. Herr Freytag hielt es nicht für angemessen, der Sache nachzugehen, etwa an ihre Tür zu klopfen und sich nach ihrem Befinden zu erkundigen. Den Rückzug eines Menschen, fand er, müsse man respektieren. Man sei nicht befugt, diesen Rückzug zur Befriedigung der eigenen Neugier zu stören, indem man zum Beispiel ohne gültiges Anliegen an eine Tür klopfte, die jemand wohl nicht ohne Grund hinter sich geschlossen hatte. Das hielt er für ganz und gar unangemessen.

Aber er tat es.

An einem Montagabend, zwei Wochen nach Scardanellis Beerdigung, kam er nach Hause, reichte der Grauerin ihren Lottoschein in die Wohnung, stieg die Treppe bis zu seiner eigenen Wohnung hoch, und dann stieg er noch etwas weiter, unter das Dach. Er räumte sich keine Zeit ein zu zögern und klopfte, kaum dass er den letzten Schritt vollendet hatte, an Dawn Kafkas Tür. Von drinnen kam keine Antwort.

»Verzeihung?«, rief er und klopfte noch einmal.

Er hörte ein Bett knarren.

»Verzeihung«, wiederholte er, diesmal in abschließendem Tonfall, und wandte sich um.

»Die Tür ist offen«, rief Dawn Kafka. Ihre Stimme klang gedämpft und erstickt durch die Tür.

»Soll ich reinkommen?«, rief Herr Freytag zurück. Seine Zweifel an der Eindeutigkeit einer eindeutigen Aussage saßen dank seiner literarischen Vorbelastung zu tief, als dass er das Wagnis eingegangen wäre, einfach einzutreten. Da aber keine Antwort erfolgte, blieb ihm schließlich nichts anderes übrig, als der Oberfläche der Dinge zu vertrauen. Vorsichtig drückte er die Klinke herunter und öffnete die Tür. Dunkelheit empfing ihn, schlechte Luft und ungesunde Stille.

»Sind Sie krank?«, fragte Herr Freytag.

»Nein«, sagte Dawn Kafka. Ihre Stimme klang immer noch, als dringe sie durch eine geschlossene Tür. »Bloß müde.«

»Darf ich reinkommen?«

»Sie sind doch schon drin.«

»Ich meine, richtig reinkommen.«

»Na gut«, sagte sie, »dann kommen Sie mal richtig rein.«

Und Herr Freytag kam richtig rein. Er schloss die Tür hinter sich und trat an ihr Bett und es war wie damals im Krankenhaus, nur dass es dunkler war, und das machte alles viel einfacher. Die Vorhänge vor dem Fenster waren zugezogen; es überraschte ihn, dass es überhaupt welche gab. Dawn Kafka war nicht der Schlag Mensch, den man hinter Vorhängen vermutete. Sie lag im Bett, die Decke trotz der Sommerhitze bis zum Kinn hochgezogen. Wenn man nur ihren Kopf sah, wirkte sie noch kleiner, als sie ohnehin war. Ihr Blick war zur Tür gewandt, aber nur, so schien es Herrn Freytag, weil die Ausrichtung des Bettes ihr keine andere Wahl ließ. Während sich seine Augen allmählich an die Dunkelheit gewöhnten, verblasste das Sommerabendlicht zu einer Erinnerung und die Konturen des Zimmers wurden klarer. Aus dem Augenwinkel sah er einen leeren Schreibtisch, ein altes Kassettenradio auf dem Boden und die Umrisse von zwei Regalen; er rief sich zur Ordnung und überprüfte ihren Inhalt nicht auf Bücher, wie er es sonst beim Betreten eines fremden Zimmers instinktiv tat. Neben dem Bett stand ein kleiner Nachttisch, auf dem er die *Abentheuerliche Geschichte* ausmachte und sich dabei so geschmeichelt fühlte, als habe er das Buch selbst geschrieben.

»Guten Abend«, sagte er, vielleicht nach konventionellen Maßstäben etwas zu spät in der Konversation, aber für Höflichkeit ist es in Wahrheit niemals zu spät.

»Guten Abend«, sagte Dawn Kafka. »Ist es Abend?«

»Ja.«

»Oh.« Sie lächelte. Es war ein unheimliches Lächeln; auch diesmal kam es ganz von selbst, ohne Mühe, aber wie etwas, das sie gern unterdrückt hätte. »Hier drin ist jetzt immer Nacht.«

»Sie sollten vielleicht die Vorhänge aufziehen.«

»Nein.« Dawn Kafka schüttelte den Kopf und schlug ihn dabei rechts und links schwach in ihr Kissen.

»Warum nicht?«

»Da ist die Welt dahinter«, sagte sie. »Die will ich nicht sehen. Die ist mir peinlich im Moment. Ich tu so, als ob es sie nicht gibt.«

»Und funktioniert das?«

»Nicht besonders gut.«

»Dachte ich mir«, sagte Herr Freytag. »Habe ich selbst schon probiert.«

Sie nickte ernst, als teilten sie ein Geheimnis, das nicht ausgesprochen werden musste, weil sie beide es kannten. Mit dem Kopf auf dem Kissen ließ es sich schwieriger nicken als schütteln, das lernte Herr Freytag dabei.

»Warum ist Ihnen die Welt peinlich?«, fragte er.

Dawn Kafka schwieg lange und Herrn Freytag war es schon unangenehm, dass er die Frage gestellt hatte; zu persönlich, dachte er, das fragt man nur Freunde.

»Weil so viel passiert in ihr«, sagte sie dann, und da waren sie Freunde. »Und manchmal denke ich, ich bin die Einzige, die nicht mitmachen darf. Der überhaupt nichts Großes und Wichtiges passiert. Das muss einem doch peinlich sein.«

Herr Freytag schwieg so bedeutungsvoll wie ratlos, während sie die *Abentheuerliche Geschichte* vom Nachttisch nahm und im trüben Licht darin blätterte.

»Sie müssen probieren mitzumachen«, sagte er, »einfach probieren.« Dabei war er sich bewusst, dass er nicht der glaubwürdigste Überbringer dieser Botschaft war.

Dawn Kafka sah ihn an. Die Ratlosigkeit in ihrem Blick wuchs. »Wie denn?«

»Einfach mitmachen«, sagte er hilflos.

Es war wie eines dieser inspirierenden, lebensbejahenden Gespräche, die in der Handlung inspirierender, lebensbejahender Bücher einen entscheidenden Wendepunkt darstellen. Nur dass es ganz fürchterlich schief ging.

Dawn Kafka hatte zu blättern aufgehört und hielt das Buch so dicht an ihr Gesicht, dass es hinter dem Einband verschwand.

»Meine Theuerste«, las sie, *»es giebt auf dieser Welt viel Dinge, viel schöne und auch manch häßliche, und die verzeihliche Sünde sey mir gestattet, daß ich mich rühme, sie vom Korbe meynes Ballones wohl alle besehen zu haben. Von leuchtendem Sternenhimmel herab sah ich die Fichtenwälder der nordischen Lande, die sich ferner über Land erstrecken als noch unsere größten Städte, und ich sah all die Wunderthiere, die im Schein des Mondes darinnen umherstreifen. Über den schneebedeckten Gipfeln fern östlicher Gebirge, auf denen die heidnischen Mönche in bunten Kleidern einhergehen, sah ich rot dieselbe Sonne aufgehen, die auch über unserem Lande emporsteigt, und doch war es eine andere. Ich sah gigantische Vögel ziehen, groß wie Bierkutscherpferde, ich sah Seeräuberschlachten auf offenem Meer ausgefochten und nur knapp entging ich den donnernden Geschützen. Ich sah die Schlösser und Paläste der großen Könige und die Maskenbälle in den Gärten der Semiramis. Ich sah die großen Piramiden, deren Geheimnis im Wüstensande begraben liegt, ich sah die kühnsten Soldaten und die herrlichsten Frauen, und bey all dem, meine Theuerste, sah ich doch nie, was ich jetzt sehe, da ich hier stehe und in Eure Augen blicke.«*

Herr Freytag hatte schweigend dagesessen, während sie las, zu jedem Satz wissend genickt, und ein weltvergessenes Lächeln hatte sich auf seine Lippen gelegt. »Ja, das ist schön«, sagte er, als sie geendet hatte und das Buch sinken ließ. »Die erste Begegnung mit der Gräfin, nicht wahr? Eine meiner Lieblingsstellen.«

Dawn Kafka schien seine schwärmerische Begeisterung nicht zu teilen. Reine Verzweiflung sprach aus ihren Augen, als sie von der Passage aufsah.

»Aber wie soll man da denn mithalten?«, fragte sie. »Maskenbälle und Wundertiere und Seeräuber, das gibt es hier nirgends. Und wenn ich einen Heißluftballon hätte, müsste ich ihn in Raten abbezahlen und er hätte ein Nummernschild und eine Unfallversicherung und richtig weit könnte ich gar nicht damit fliegen, weil ich Montag Seminar habe und Mittwochmorgen auch und Freitag einen wichtigen Termin.« Sie seufzte. »Und italienische Gräfinnen und Heißluftballonräuber? Nicht mal die gibt es noch.«

»Da haben Sie Recht«, sagte Herr Freytag. »Aber die gab es vielleicht noch nie.«

Dawn Kafka hatte sich im Laufe ihrer Rede im Bett aufgesetzt und immer schneller und lauter gesprochen. Jetzt sank sie seufzend auf ihr Kopfkissen zurück und lag da wie aufgebahrt. »Wie soll man denn noch was Großes anstellen«, beklagte sie sich, und es war nicht ganz klar, bei wem, »wenn es einfach nichts Großes mehr gibt?«

Herr Freytag wusste es nicht.

Ihr Bein, das beichtete sie später, war mittlerweile verheilt, aber sie war nicht im Krankenhaus gewesen und trug noch immer den Gips.

»Das kann aber nicht gesund sein«, sagte Herr Freytag.

»Ich will auch gar nicht gesund sein«, sagte sie trotzig.

In der Nacht hörte er sie herumlaufen, die weit auseinanderliegenden, einsam verhallenden Aufsetzer ihres rechten Fußes, bis er einschlief. Er wusste nicht, ob es ihn mehr oder minder beunruhigen sollte als die bettlägerige Stille der letzten zwei Wochen.

Als er am Morgen aufwachte, war Ruhe. Er frühstückte und ging zur Arbeit. Nach elf Uhr vormittags, als er schon im *Alten Kaiser* saß und nicht genug Bücher verkaufte, öffnete die Amerikanerin im Wasserturm ihre Zimmertür, humpelte allein die Treppe hinab, nahm den Bus zum Krankenhaus und ließ sich ihr Gipsbein abnehmen. Er erfuhr es nachher von der Grauerin, als er abends nach Hause kam, denn natürlich war ihr ein Ereignis solcher Größenordnung nicht entgangen.

»Und jetzt hockt sie gleich wieder da oben«, schloss die Grauerin ihren Bericht und wies ihm, halb anklagend, halb auffordernd, den Weg die Treppenstufen hinauf. »Die muss doch mal raus, Herr Freytag. In dem Alter.«

Herr Freytag zuckte die Achseln.

»Ja, Sie«, kommentierte die Grauerin. »Sie können das nicht verstehen.«

»Nein«, sagte Herr Freytag. »Wahrscheinlich nicht.«

Das zehnte Kapitel

Handelt von zwei Schlafwandlern und einer Fiebertraumnacht.

Der Sommer wurde älter, die Nächte wurden heißer und schlafloser und fühlten sich manchmal, wenn man um drei Uhr morgens noch wach lag, wie Fieberträume an. Das ist das Klima, in dem fixe Ideen zu Plänen reifen und Träumereien zu Entschlossenheit.

Herr Freytag saß in seinem Sessel in einer solchen Fiebertraumnacht, nachdem er sich stundenlang im Bett herumgewälzt hatte, und las mit glasigen Augen und ohne hinter die Worte zu dringen in Scardanellis Manuskript. Über ihm die rastlosen Schritte der von Gips und Krücken befreiten Amerikanerin, keine Schritte wie Inseln mehr, Schritte wie sich jagende Gedanken, ein fieberhaftes Geräusch, das die Hitze der Nacht noch zu intensivieren schien. Dann auf einmal hörte er ein schwaches Klopfen, das er nicht einmal als ein solches wahrnahm, bis zum ersten Mal seit Scardanellis Beerdigung die grüne Wolldecke wieder zurückgeschlagen wurde und Dawn Kafkas Gesicht aus der Dunkelheit auftauchte wie eine Geistererscheinung.

»Können Sie auch nicht schlafen?«, fragte sie am Rand kniend, denn sie konnte jetzt wieder knien.

»Nein«, sagte Herr Freytag, dessen Fähigkeit, aufzuschrecken oder sich zumindest zu wundern, unter dem Einfluss von Hitze und Müdigkeit erheblich zurückgegangen war. »Es ist einfach zu heiß.«

Dawn Kafka nickte. »Wissen Sie, was ich glaube?«, sagte sie. »Ich glaube, im Sommer sind die Nächte so heiß, *damit* wir nicht schlafen können. Damit wir wach bleiben und Sommerabenteuer erleben.«

»Sommerabenteuer«, wiederholte Herr Freytag, »du liebe Güte.«

Dawn Kafkas Kopf schob sich weiter in die Wohnung. »Was lesen Sie da?«, fragte sie mit Blick auf die Zettelsammlung auf seinem Schoß.

»Manchmal hilft es beim Einschlafen«, antwortete Herr Freytag und legte Scardanellis Manuskript neben den Sessel, in einem

Winkel, den er aus der Deckenposition für nicht einsehbar hielt. »Aber heute nicht.«

»Was hilft beim Einschlafen?«

»Das Lesen.«

»Und was lesen Sie da?«

Herr Freytag gab auf – auch, weil er fürchtete, sie könne sich in ihrer Neugier noch weiter aus dem Loch herauslehnen und fallen.

»Gedichte«, sagte er. »Von Scardanelli.«

Dawn Kafka riss die Augen auf. »Sie haben doch gesagt, sie kennen gar keine.«

»Da kannte ich auch noch gar keine.«

Ihre aufgerissenen Augen leuchteten vor romantischer Spinnerei. »Haben Sie die jetzt erst gefunden? Ganz unten in seiner Kleidertruhe? Oder in einem Briefumschlag unter seiner Matratze? War der Umschlag an eine Frau adressiert?«

»Nein. Sie lagen in seinem Schreibtisch.«

»Oh«, sagte Dawn Kafka ein wenig enttäuscht. »Und sind sie gut?«

»Ich bin mir nicht ganz sicher.«

»Worum geht es?«

»Das ist schwer zu sagen.«

»Darf ich eins lesen?«

»Ich weiß nicht so recht.«

»Was machen Sie jetzt damit?«

»Machen?«, fragte Herr Freytag. »Wie, machen?«

»Sie könnten ein Buch draus machen.«

»Sie meinen veröffentlichen?«

»Ein Buch draus machen klingt schöner.«

»Aus Gedichten macht man heute kein Buch mehr«, sagte Herr Freytag. »Die gehen ungelesen zurück.«

»Sie könnten es wenigstens versuchen.«

»Ja«, sagte Herr Freytag, »vielleicht.« Und er tat so, als sei ihm selbst der Gedanke noch nie gekommen.

»Ich könnte Ihnen helfen«, schlug Dawn Kafka vor, oder vielleicht war es eine Bitte, es klang ein bisschen nach beidem.

Herr Freytag wiederholte sein Vielleicht wie ein Mantra. Er saß in seinem Sessel und sie an ihrem Loch, ihrer beider Loch, und sie schauten sich an.

»Ich hab eine Idee«, sagte Dawn Kafka. »Wollen Sie spazieren gehen?«

»Ja«, sagte Herr Freytag, »warum nicht.«

In einer weniger heißen Nacht wäre ihm vielleicht die Frage in den Sinn gekommen, ob spazieren zu gehen schon ihre Idee war oder nur die erste Bedingung zur Umsetzung dieser Idee; aber in einer weniger heißen Nacht hätte er auch nicht ohne weitere Überlegungen »Ja, warum nicht« gesagt.

Dawn Kafka zog den Kopf zurück und war verschwunden, aber auf ganz andere Weise, als sie zwei Wochen lang verschwunden gewesen war. Auch die schnellen Schritte, die Herr Freytag auf den Holzdielen knarren hörte, hatten nichts von der fiebrigen Rastlosigkeit, mit der sie in den letzten Nächten im Zimmer auf und ab geschritten war und die ihn an Käfige und Gedichte über Panther hatten denken lassen. Die grüne Wolldecke blieb aufgeschlagen liegen, oben ging eine Tür, dann Schritte auf der Treppe und noch bevor Herr Freytag seine Schuhe gefunden hatte, klopfte es. Er öffnete in Socken und Morgenmantel, wenngleich es das Wetter für Morgenmäntel nicht war, aber eine Frage des Anstands war es sehr wohl, die auch in Fiebertraumnächten ihre Gültigkeit nicht verlor.

Dawn Kafka stand vor ihm, mit leichten Schuhen an den Füßen, in einem blumengemusterten Sommerkleid, die Beine frei für den Sommer, die Arme nackt und dünn und in schwereloser Bewegung, als sie ihm sagte, er solle sich beeilen.

»Es ist doch aber ein Spaziergang«, verteidigte Herr Freytag seine Müßigkeit, und spätestens als er das sagte und es angesichts ihres Verhaltens nicht ganz zu stimmen schien, hätte er misstrauisch werden sollen. »Einen Augenblick.«

Er schloss die Tür wieder, hängte den Morgenmantel an die Garderobe, stieg aus seinem Pyjama und, nach kurzer Überlegung, in einen leichten Sommeranzug, das einzige leichte Kleidungsstück, das er besaß. Als er sich im Sessel niederließ, um seine Schuhe anzuziehen, klopfte es erneut, freundlich, aber unnachgiebig und sehr, sehr ungeduldig.

»Ja«, rief Herr Freytag, »sofort!«

Es wäre ein Wunder, dachte er, wenn die Grauerin von all dem Tumult nicht gleich aufwachen würde; aber in einer Fiebertraumnacht geschehen auch Wunder. Er band sich die Schuhe, überlegte, ob er etwas mitnehmen sollte, seine Aktentasche vielleicht, oder einen Regenschirm oder wenigstens einen Mantel, den er über dem Arm tragen konnte. Es fühlte sich merkwürdig und ungewohnt an, das Haus nur mit den Kleidern am Leib und ohne ein Ziel zu verlassen. Schließlich begnügte er sich damit, sein Portemonnaie in die Hosentasche zu stecken, und den Wohnungsschlüssel und eine Packung Papiertaschentücher, und er löschte das Licht und trat ins Treppenhaus.

»Da sind Sie ja endlich!«, rief Dawn Kafka.

»Nicht so laut«, mahnte Herr Freytag.

»Wieso?«, fragte sie. »Wir machen doch nichts Verbotenes.«

»Aber es fühlt sich ein bisschen so an.«

Dawn Kafka nickte begeistert. »Nicht wahr? Wie ein Sommerabenteuer.«

»Sommerabenteuer«, sagte Herr Freytag, die Klinke noch in der Hand. »Du liebe Güte.«

Dann schloss er die Tür hinter sich.

–

Die Luft draußen war kühl und frisch, nicht aufgeladen von der Hitze und den belanglosen kleinen Gedanken des Tages, die sich hinter den Mauern des Wasserturms gestaut hatten. Die Nacht war sternklar, ein junger Mond stand am Himmel. Der Wind roch nach Gras und trug eine Sehnsucht aus unbekannter Ferne heran, die sich quälerisch leicht auf die Seele legte. In jedem Schritt, in jedem Windhauch spürte Herr Freytag seine Müdigkeit. Er kam sich wie ein Schlafwandler vor.

Sie schlugen den Feldweg ein, der zum Friedhof führte, einvernehmlich und ohne dass jemand sprach; auf wessen Veranlassung hin, war ihm nicht ganz klar. Es schien der richtige Weg zu sein, sie waren ihn schon einmal gegangen, und das beruhigte Herrn Freytag, weil es diesem Nachtspaziergang ein vertrautes Element bescherte. Sie gingen gleichauf diesmal, jetzt, da Dawn Kafka ihre Krücken abgelegt hatte, und wie auf dem Weg zu Scardanellis Beerdigung gingen sie schweigend. Von Zeit zu Zeit sah Herr Freytag zu ihr hinüber. Das Mondlicht und die verstrichene Zeit hatten die Welt ringsum verändert, aber Dawn Kafka war noch immer die sorglose Landstreicherin, sie war die heimwehgetriebene Zigeunerkönigin, eine nächtliche Ausbrecherin vielleicht, die auf der Flucht nicht rennen musste, weil sie Zeit hatte, weil sie jung war. Sie schwebte fast. Von der Unsicherheit des Gipsverbands und der Tage, an denen sie sich vor der Welt versteckt hatte, schien nichts zurückgeblieben zu sein.

»Ihnen geht's gut?«, fragte Herr Freytag. Er schämte sich beinahe, die andächtige Stille durch eine derart banale Erkundigung zu entweihen, aber es musste gefragt werden.

»Mir geht's gut«, sagte Dawn Kafka, wobei ihr das Kunststück gelang, diese nicht weniger banale Erwiderung deutlich bedeutsamer klingen zu lassen. Vielleicht lag das daran, dass es stimmte, was sie sagte, und daran, dass es nicht immer gestimmt hatte.

»Das ist schön«, sagte Herr Freytag und stellte die Balance zwischen Bedeutsamkeit und Banalität wieder her. Schweigend gingen sie weiter.

Der Feldweg führte zum Friedhofstor, wie er immer zum Friedhofstor geführt hatte, wie vielleicht jeder Feldweg, wenn man ihm lange genug folgt, zu einem Friedhofstor führt. Es war verschlossen. Sein gittriger Schatten fiel auf die Weide gegenüber, auf der immer noch Schafe grasten; im Mondlicht waren sie weiß.

»Die können auch nicht schlafen«, sagte Dawn Kafka. »So ist das im Sommer.« Mit einer Zielstrebigkeit, die Herrn Freytag alarmiert hätte, hätte er sie in seiner Müdigkeit richtig wahrgenommen, ging sie auf den Zaun zu. Er folgte ihr.

»Dass die nachts überhaupt draußen sind«, wunderte sie sich. »Wenn niemand auf sie aufpasst.«

»Ach«, sagte Herr Freytag. »Was soll denn passieren?«

Dawn Kafka schaute zu dem kleinen Tannenwäldchen hinüber, das an den Friedhof angrenzte. »Wölfe«, sagte sie. In ihrer Knappheit hatte diese Erklärung etwas einleuchtend Schauriges.

»Es gibt hier keine Wölfe mehr«, sagte Herr Freytag, wenn es ihm auch leid tat, das sagen zu müssen; es hätte ihr, dachte er, die Welt vielleicht etwas größer gemacht. Aber sie schien sich von seinem Widerspruch ohnehin nicht beeindrucken zu lassen.

»Es gibt immer Wölfe«, sagte sie. »Die liegen bloß auf der Lauer, wenn man sie nicht sieht.«

Dann standen sie da am Weidezaun, zwei Schlafwandler in einer entvölkerten Welt, und obwohl niemand ein Wort darüber verlor, hielten sie beide Ausschau nach dem traurigen Schaf. Herr Freytag fand es auf seinem angestammten Platz hinten auf der Weide, den Kopf gesenkt. Es erweckte den Eindruck einer, die müde ist und nicht schlafen kann; was aber wahrscheinlich nur daran lag, dachte Herr Freytag, dass jemand das Tier betrachtete, der selbst müde war und nicht schlafen konnte.

»Sie sieht so einsam aus«, sagte Dawn Kafka.

»Ja«, sagte Herr Freytag. Die Bekümmerung in ihrer Stimme rührte ihn mehr als der Gedanke, wem sie diese Bekümmerung widmete.

»Nachts sollte man nicht einsam sein«, sagte Dawn Kafka. »Da ist es am schlimmsten.«

Und schon war sie über den Zaun geklettert.

»Kommen Sie?«, fragte sie unschuldig.

Herr Freytag sah die beruhigende Vertrautheit von Feldweg und Friedhofstor und Schafweide schwinden, und seine Müdigkeit schwand plötzlich auch. »Was machen Sie denn da?«, flüsterte er, obwohl es albern war, zu flüstern; es war weit und breit niemand in der Nähe, nur Schafe und die Amerikanerin und Wölfe vielleicht.

»Wir retten sie », sagte Dawn Kafka. »Wir nehmen sie mit. Dann muss sie nicht mehr einsam sein und nicht mehr traurig. Dann sind wir zu dritt.«

»Sind Sie des Wahnsinns?«, rief Herr Freytag, und er flüsterte immer noch beim Rufen. »Sie können hier doch nicht einfach ein Schaf von der Weide schleppen!«

»Nein«, sagte Dawn Kafka, »kann ich nicht. Das ist ein schwieriges Unterfangen. Deshalb müssen Sie mir ja helfen.«

Herr Freytag versuchte sich nicht einmal an einem Lächeln. »Das ist doch nicht Ihr Ernst«, sagte er und schaute sich nervös in der menschenleeren Nacht um.

»Doch«, sagte Dawn Kafka. »Und wie. Über so was macht man keine Scherze.« Sie lächelte jetzt, aber sie sah in der Tat äußerst ernst dabei aus; in ihren Augen saß dieser Ernst, aber zugleich lächelten auch ihre Augen, und das verwirrte Herrn Freytag.

»Sie sind ja nicht ganz bei sich«, sagte er bemüht barsch.

»Bin ich wohl. Aber Sie, Sie sind nicht ganz bei mir. Dabei haben Sie es versprochen.«

»Was versprochen?«

»Mir bei Rettungen behilflich zu sein.«

»Das hat nichts mit Retten zu tun«, zog sich Herr Freytag aus der Affäre und wurde beim Versuch, immer leiser zu flüstern, immer lauter. »Das ist Diebstahl.«

»Wir stehlen ihr doch nichts«, konterte Dawn Kafka und ließ sich begeistert auf das Flüsterspiel ein; vielleicht, dachte Herr Freytag, weil Flüstern die ganze Sache noch mehr zu einem

Sommerabenteuer machte. In ihren Augen glomm das unschuldige Feuer einer Kunsträuberin, die unglücklich in Van Goghs Sonnenblumen verliebt war. »Wir geben ihr was wieder. Ihren Namen. Und wir nehmen ihr die Einsamkeit. Wir pappeln sie wieder auf.«

Aufpappeln, dachte Herr Freytag und musste fast lachen.

»Wir stehlen das *Schaf*«, sagte er nachdrücklich.

»Wem?«

»Na«, sagte er, »die gehören dem ... die gehören dem ... ich weiß auch nicht, wie der eigentlich heißt.«

»Da sehen Sie's.« Dawn Kafka streckte eine Hand über den Zaun nach ihm aus. »Sie haben versprochen«, wiederholte sie, und er konnte ihren Augen nicht ausweichen. »Am Sterbebett haben Sie es mir versprochen.«

»Am Krankenbett.«

»Ich hätte sterben können.«

»Hätten Sie nicht.«

»Hätte ich wohl. Kann man immer.«

»Trotzdem sagt man nicht ...« Herr Freytag unterbrach sich. »Ihr Bein ist doch eben erst abgeheilt. Das brechen Sie sich gleich wieder. Und dann sitzen wir hier mit einem gebrochenen Bein und einem gestohlenen Schaf auf der Weide und können auf die Polizei warten.« Er pausierte einen Augenblick, um sicherzugehen, dass diese ernüchternde Vorstellung in ihr Bewusstsein einsank, irgendwo zwischen Kindheitserinnerungen und Zukunftsidealen und Sommerabenteuern. »Was *dazu* die Grauerin sagt«, schloss er hilflos.

Dawn Kafkas Arm hing noch immer ausgestreckt über dem Zaun, eine Brücke über endlose Meere, die von sicheren Ufern zu unbekannten Gestaden führte. Sie berührte seinen Arm, und ihre Hand war kühl, die Kühle drang durch Herrn Freytags dünnes Jackett. Aber es war eine Kühle wie die der Sommernacht, und sie war nach der wütenden Hitze des Tages keineswegs unangenehm.

»Bitte«, sagte sie. »Es wäre wie in einem alten Buch. Wie Maskenbälle und Wundertiere und Seeräuber. Ich wäre eine italienische Gräfin. Und Sie wären ein Heißluftballonräuber.«

Es wäre das Leben, wie man sich das Leben vorstellt, dachte Herr Freytag. Und das Leben ist nie, wie man sich das Leben vorstellt. Deshalb erzählt man sich ja Geschichten. Er legte seine Hand über ihre, wie um einen Pakt zu schließen, aber dann, als habe er sich an ihrer Sommernachtskühle verbrannt, zog er sie wieder zurück.

»Wie stellen Sie sich das vor?«, fragte er. »Wo soll es denn hin, das Schaf?«

»Es kann in meinem Zimmer wohnen«, sagte Dawn Kafka, und es klang so einfach, wie sie es sagte, so aufrichtig und so gutmütig, dass Herrn Freytag fast Tränen aufstiegen. Er hatte nicht gewusst, dass man mit fast fünfzig Jahren noch Tränen hat. Einen Kloß im Hals jedenfalls hatte er. »Und nachts grasen wir es. Gras wächst doch überall.«

»Weiden«, korrigierte Herr Freytag und räusperte sich. »Wir weiden es.«

Und dann, obwohl es ihm albern erschien und gefährlich, und seine Knochen knackten dabei, hob er das rechte Bein und schwang es über den Zaun. Da stand er dann plötzlich, einen Fuß im Gras eines Sommerabenteuers, und es half alles nichts, er musste den anderen nachsetzen, und das passiert Schlafwandlern manchmal, wenn sie nicht aufpassen in Fiebertraumnächten.

Dawn Kafka sah ihm zu, wie er besorgt seine Hosenaufschläge inspizierte. Ohne Vorwarnung tat sie einen Schritt auf ihn zu und umarmte ihn kurz und wortlos und herzlich. Herr Freytag traute sich nicht, die Umarmung zu erwidern. Er ließ sie nervös, mit steif an den Seiten herabhängenden Armen über sich ergehen.

»Kommen Sie«, flüsterte Dawn Kafka und wandte ihr blasses Gesicht von ihm ab; wie auf der erdabgewandten Seite des Mondes gingen hinter diesem Gesicht Dinge vor, die niemand ahnte. Mit den Augen folgte Herr Freytag ihrer Gestalt, folgte dem geblümten Sommerkleid, das in die Dunkelheit des hinteren Weidegeländes eintauchte wie in einen seltsamen Traum lange nach Mitternacht. Er zögerte immer noch. Aber dann ging ein Ruck durch seinen Körper und er folgte ihr auch mit den Füßen, nicht aus Entschlossenheit oder aus Überzeugung, sondern wie ein Schlafwandler voll Vertrauen durch eine Welt stolpert, um die er im Schlaf nicht weiß. Die Nachtschafe in ihrem weißen Fell wandten ihm die Köpfe zu, dem Heißluftballonräuber im weißen Anzug, und säumten seinen Weg durch diesen seltsamen Traum.

Am Ende der Weide sah er Dawn Kafka niederknien neben einem weißen Fleck, der schwächer und getrübter zu schimmern schien als die übrigen Tiere. Sie streichelte das traurige Schaf und drückte es an sich, und Herr Freytag trat an sie heran, ging neben ihr in die Hocke, streckte zweimal die Hand aus und zog sie wieder zurück, bevor er sich schließlich durchrang, sie ebenfalls auf das Fell des Schafes zu legen, ganz in die Nähe der streichelnden Hand der Amerikanerin.

»Wir müssen sie tragen«, sagte Dawn Kafka, während sie fortfuhr, zu streicheln. »Von alleine bewegt sie sich nicht.«

»Tragen?«, wiederholte Herr Freytag, und so, wie er es aussprach, klang die Wirklichkeit in den Traum durch.

Dawn Kafka nickte. »Sie müssen sie vorne nehmen«, sagte sie, »Sie sind größer. Ich nehme die Hinterbeine.«

»Trägt man Schafe so?«, fragte Herr Freytag zweifelnd. Ihm stand ein Bild von einem Schäfer vor Augen, der sich ein Schaf über den Rücken geworfen hatte wie ein Bündel Holz; in einem alten Liederbuch, glaubte er, hatte er das gesehen. »Brechen die nicht in der Mitte durch?«

»Sie müssen sie nur richtig halten.«

»Und wer zeigt mir, wie ich es richtig halte?«

»Ich.«

»Sie wissen, wie man ein Schaf hält.«

»Nein«, gab Dawn Kafka zu. »Aber die meisten wichtigen Sachen kann man eigentlich schon, bevor man weiß, dass man sie kann. Feuer schlagen und auf Bäume klettern und Liebe machen und so. Das hat man im Blut. Das macht man automatisch richtig, wenn man's probiert.«

»Ihr Selbstvertrauen möchte ich haben.«

»Ich auch«, sagte Dawn Kafka.

Sie fasste das traurige Schaf, das seinen Namen verloren hatte, an den Hinterbeinen, und Herr Freytag platzierte seine Hände unbeholfen auf den wolligen Vorderflanken. Das Schaf zeigte keine Reaktion. Es schaute nicht einmal vom Boden auf. Über seinen Rücken hinweg sahen die beiden Schlafwandler sich an, ein Heißluftballonräuber in finanziellen Schwierigkeiten und eine italienische Gräfin, die sich vor der Welt schämte.

»Es wird blöken«, sagte Herr Freytag. »Es wird blöken und treten und Lärm schlagen.«

»Wird sie nicht«, erinnerte ihn Dawn Kafka. »Sie ist doch stumm.«

»Darauf würde ich mich nicht verlassen.«

»Auf irgendwas muss man sich verlassen«, sagte Dawn Kafka. »Auf drei.«

Und sie hockten da und hielten das Schaf und nichts geschah.

»Wer zählt?«, fragte Dawn Kafka.

»Sie«, sagte Herr Freytag.«

»Eins«, sagte Dawn Kafka. Sie sahen sich in die Augen.

»Zwei«, sagte Dawn Kafka. Herr Freytag verstärkte vorsichtig und graduell seinen Griff um das Schaf und erwartete jeden Augenblick, dass es vor Schmerz aufschreien müsse, aber es blieb still. Vielleicht war es tatsächlich stumm.

»Drei«, sagte Dawn Kafka.

Und noch immer geschah nichts.

»Vielleicht ist das keine gute Idee«, sagte Herr Freytag. Zu seiner Zufriedenheit klang der Einwurf sehr gewichtig, wie er so in die Dunkelheit und die Stille hineinschwebte.

»Nein«, sagte Dawn Kafka. »Vielleicht nicht.«

Dann hoben sie das traurige Schaf gemeinsam vom Boden hoch. Herrn Freytag rutschte vor lauter Überraschung über diesen Erfolg das Tier gleich wieder aus den Armen, und in panischer Reaktionsschnelle schlang er sie unter den Vorderbeinen durch und schloss die Arme um den Körper, der Bauch war so weich, ein Geruch nach Stroh, nach Ställen und Zoogehegen in seiner Nase, ein Geruch, der so gelb war wie die Wolle bei Tag, und es wunderte ihn, dass Schafe draußen auf der Wiese, an der Luft, in einer schwerelos leichten Sommernacht, trotzdem nach Stall rochen, und dann wurde ihm klar, dass nicht die Schafe nach Stall rochen, sondern die Ställe nach Schaf, oder vielleicht roch nur dieses eine, roch nur das traurige Schaf nach Stall und Winter und Gefangenschaft. Herrn Freytags Gesicht war dem Tier so nah, dass Wolle fast sein gesamtes Gesichtsfeld ausfüllte. Hoffentlich hat es keine Krankheitserreger, dachte er. Und schwer war es, schwer, obwohl es so klein und mager war für ein Schaf; wie ein Lamm, das gegen seinen Willen erwachsen geworden war. Irgendwo jenseits des Fells hörte er Dawn Kafka lachen.

»Sehen Sie?«, rief sie. »Sie wissen doch, wie man ein Schaf hält!«

»Da bin ich anderer Meinung«, sagte Herr Freytag. »Und das Schaf sicher auch.«

Das Schaf schien sich jedoch bisher überhaupt keine Meinung zu seiner Rettung – oder seinem Diebstahl – gebildet zu haben, oder dazu, unter welchen Umständen sie vonstattenging. Es hielt still und blieb stumm. Nur der Kopf bewegte sich jetzt, nahm

Herr Freytag aus dem Augenwinkel wahr, und er bildete sich ein, so etwas wie erwachende Neugier in dieser Bewegung zu sehen. Plötzlich, als wäre er aus dem Fiebertraum erwacht, als wäre ihm wieder eingefallen, dass er nicht einer Romanfigur bei der Schafrettung zusah, sondern höchstselbst und in aller Wirklichkeit daran teilnahm, stand ihm klar und scharf vor Augen, was er da tat. Und einmal mehr und wieder ganz anders spürte er den Stich, den man spürt, wenn etwas Wichtiges einen einholt.

»Wir müssen es absetzen«, sagte er. »Das ist doch verrückt. Selbst wenn wir es bis zum Wasserturm schaffen, und das schaffen wir nicht. Das ist doch verrückt.«

»Manchmal ist verrückt gut«, sagte Dawn Kafka.

»Meistens nicht«, sagte Herr Freytag.

Und mit den Armen um den Hinterleib des traurigen Schafes ging sie rückwärts dem Zaun entgegen. Herr Freytag, beide Arme um den Rumpf des Tieres geschlungen, hatte keine andere Wahl, als ihr nachzufolgen. Das Schaf ließ all das noch immer mit stoischer Ruhe über sich ergehen.

Vielleicht versteht es gar nicht, was hier vorgeht, dachte Herr Freytag.

»Vielleicht versteht sie, dass sie gerettet wird«, sagte Dawn Kafka.

Langsam, vorsichtig, ähnlich der Art, auf die sie vor wenigen Wochen noch auf Krücken gehumpelt war, bewegte sie sich vorwärts, oder rückwärts; Herr Freytag, sonst zielsicher mit Worten, wusste nicht, welches hier passte. Er humpelte hinterher (oder voran), die Arme um das Schaf geschlungen, den Stallgeruch in der Nase, ein wenig um seinen weißen Anzug besorgt, ein wenig um sein Ansehen und ein wenig um Dawn Kafka und ihr Bein, um ihr neu erwachtes Weltvertrauen und seinen Mangel daran. Sie schritten zwischen den anderen Schafen hindurch, den gesäumten, flankierten, bewachten Traumweg, auf dem sie gekommen waren, und links bäh und rechts böh, aber verhalten, wie gemurmelte Kommentare während einer Theateraufführung.

Sogar die jungen Tiere hatten aufgehört, wild in der Gegend herumzugucken und sich den beiden Schlafwandlern zugewandt, als ob sie spürten, dass hier etwas Erhabenes geschah, ein historisches Ereignis seinen Lauf nahm, dass vor ihren Augen, mit dem ersten Mosaikstein, die Rettung der Welt begann.

Dann stieß Dawn Kafka gegen den niedrigen Zaun

»Und jetzt?«, fragte Herr Freytag. »Wie kommen wir da rüber mit dem Schaf?«

»Wir müssen sie rüberheben«, sagte Dawn Kafka. »Dann steigen wir hinterher.«

»Ach was«, sagte Herr Freytag, »das geht doch nicht.« Er war durchaus erleichtert ob dieser Aussicht.

»Doch«, sagte Dawn Kafka. »Das geht.«

Und es ging; gerade so, aber es ging. Mit vereinten Kräften und abenteuerlichen Verrenkungen (Sommerabenteuer, dachte Herr Freytag, Sommerabenteuer) hievten sie das magere Tier über den Zaun und setzten es im Gras auf der anderen Seite ab, und es war ein Wunder, dass Herrn Freytag dabei nicht die Bandscheibe heraussprang. Kaum dass ihnen das Kunststück gelungen war, stieg Dawn Kafka hinterher, zuerst mit dem einen Bein, dann mit dem anderen, und ließ sich neben das traurige Schaf ins Gras sinken. Herr Freytag verharrte eine Weile unschlüssig auf der anderen Seite des Zaunes. Aber der Nachtwind wurde immer leichter, die Welt jenseits der Weide immer größer und geheimnisvoller, Dawn Kafka rief nach ihm aus der Ferne dieser großen, geheimnisvollen Welt, rief nach ihm mit der Stimme einer italienischen Gräfin, und das war der Moment, in dem er sich schließlich in einen Heißluftballonräuber verwandelte. Mit einem chemischen Gemisch aus Angst und freudiger Erregung in der Brust, das zischte und sprudelte und ihm wie überschäumende Brause in alle Glieder strömte, hob er seinerseits das linke Bein über den Zaun. Gerade, als er den Fuß auf der anderen Seite ins Gras setzte, hörte er das Bellen in der Ferne. In einer blitzartigen Reaktion, die kein Chemiebuch verzeichnet, löste sich das schäumende Gemisch in seiner Brust restlos in Angst auf.

»Das ist der Hund«, flüsterte er panisch.

»Nein«, gab Dawn Kafka zurück, auch sie jetzt im gehetzten Flüsterton, »das ist ein Wolf.«

»Der hat uns gleich. Der springt uns an die Kehle.« Herr Freytag schwang das andere Bein über den Zaun und stolperte fast dabei. Er spürte, wie ihm schlecht wurde. Die Welt, die große, geheimnisvolle Welt, zog sich um ihn zusammen wie eine Plastikplane, bis nichts mehr von ihr übrig war, bis es nur noch ihn selbst gab. »Wir müssen das Schaf hierlassen.«

Dawn Kafka sprang auf. »Damit der Wolf es kriegt? Nichts da.«

»Jetzt ist aber Schluss mit dem Quatsch!«, fuhr Herr Freytag sie an. »Das ist kein Spiel und kein Gedicht hier, wir klauen ein Schaf, und das ist kein Wolf, das ist der Hund, und …«

»Das ist eine Rettung«, sagte Dawn Kafka. »Rettungen sind eben ein schwieriges Unterfangen. Seien Sie doch mal ein bisschen mutig.«

Und ohne dass sie sich absprechen mussten, nahmen sie das Schaf wieder auf, es wog schwerer und schien gleichzeitig leichter geworden zu sein, das machte vielleicht die Angst. Dawn Kafka schulterte das Hinterteil des Tieres, fast wie in Herrn Freytags altem Liederbuch, und Herr Freytag lastete sich das andere Ende auf, und dann rannten sie los, während das Bellen näher kam. Herr Freytag traute sich nicht, das Schaf loszulassen, sie würden stolpern, dachte er, alle beide, wenn er es unvermittelt losließ. Aber wie gern hätte er es losgelassen. Das Friedhofstor zog an ihnen vorbei, verschwommen und schemenhaft wie die Geister, die man im Kinderzimmer am Bett stehen sieht, wenn man nachts zur falschen Zeit und ohne die Decke über dem Kopf aufwacht.

Dann waren sie auf dem Feldweg, die milde Nachtluft kam ihnen entgegen, und hinter ihnen lag nichts mehr. Herr Freytag hörte den Hund noch immer bellen, aber er bildete sich ein, dass das Geräusch nicht näher kam. Er traute sich nicht, sich umzudrehen. Da ist nichts, sagte er sich, da ist nichts.

»Ist er noch da?«, rief Dawn Kafka.

»Ich weiß nicht«, rief Herr Freytag zurück.

»Was glauben Sie?«

»Ich weiß nicht!«, wiederholte Herr Freytag.

Sie rannten noch immer, Felder und Wiesen und Wohlgerüche flogen an ihnen vorbei. Herr Freytag spürte kaum, wie sich seine Füße bewegten. Eine unwirkliche Müdigkeit lag noch immer über seinem Gesicht, seinen Augen, seinen Ohren, der ganzen Wahrnehmung. Er fühlte sich wieder, als schaue er einer erfundenen Figur beim Fliehen zu, für einen Augenblick sogar mit unerschütterlicher Sicherheit. Für einen Augenblick hörte er auf zu existieren und es gab nur noch das Schaf und den Hund und Dawn Kafka, es gab nur noch die dritte Person; es gab nur noch die Geschichte.

Schließlich hörten sie auf zu rennen, aber sie setzten das Schaf erst ab, als sie den Wasserturm erreicht hatten. Dann ließen sie sich ins Gras fallen, neben die Eisenbahnschienen, die nach

Gottweißwohin führten, und schauten zum heller werdenden Nachthimmel auf. Keiner von beiden wusste, wie spät es war, und welcher Wochentag, und keiner dachte darüber nach.

»Wir können doch nicht einfach hier liegen bleiben«, keuchte Herr Freytag. »Vielleicht jagt uns der Hund immer noch nach.«

»Das war ein Wolf«, keuchte Dawn Kafka. »Aber den haben wir abgehängt.«

»Und das Schaf. Wenn jemand das Schaf sieht.«

»Wir tragen es hoch.«

»Ja.«

»Gleich.«

»Jetzt.«

»Bevor die Frau Grauer aufwacht.«

Und sie blieben liegen. Zwischen ihnen lag das gerettete Schaf und schaute mit bekümmertem Ausdruck in Richtung Wasserturm.

»Jetzt haben wir sie gerettet«, sagte Dawn Kafka. »Aber ihren Namen haben wir immer noch nicht wiedergefunden. Wissen Sie einen?«

Herr Freytag wusste keinen, nein, dazu war er zu erschöpft und zu durcheinander. Er drehte den Kopf zur Amerikanerin herum, das Gras war kühl und feucht an seiner Wange, und versuchte, ihren Blick aufzufangen. Aber ihre Augen waren auf den Himmel gerichtet, dessen nächtliches Blau sich in der aufziehenden Morgendämmerung allmählich verlor. Der Fiebertraum klang aus.

»Ach, das macht nichts«, sagte sie in die verblassenden Sterne hinein. »Da oben gibt es Sterne, die müssen hunderttausend Jahre warten, bis ihnen jemand einen Namen gibt.«

Das eilfte Kapitel

Konfrontiert Herrn Freytag mit neuen und alten Büchern, ringt ihm ein widerliches Ö ab und lehnt ihm einen Kopf an die Schulter.

Sie erhoben sich aus dem Gras, kurz vor Sonnenaufgang, die Rücken nass von Tau und Schweiß. Herrn Freytags weißer Anzug hatte grüne Flecken, wie kleine Grasinseln im tauenden Schnee, aber es war ja Sommer. Herr Freytag in seinem Grasinselanzug stand da und wusste nicht, wie viel Zeit verstrichen war. Er wusste nicht, ob das Sommerabenteuer vorbei war. So wie er am Morgen des Vortags noch nichts von den Ereignissen der Fiebertraumnacht gewusst hatte, wusste er an diesem Morgen nicht, was in der nächsten Nacht geschehen würde, und das ließ ihn daran zweifeln, dass irgendetwas jemals vorbei sein konnte.

In stummem, müdem Einverständnis hoben sie erneut das Schaf vom Boden hoch. Dabei trafen sich ihre Blicke und er sah, dass Dawn Kafka glücklich war, dass das dämmernde Morgenlicht sie nicht zu ernüchtern drohte, wie es ihn schon zu ernüchtern begonnen hatte. Er fühlte sich wie nach einer durchzechten Nacht, in der er so viel gesagt und gedacht und getan hatte, dass es ihm jetzt am Morgen so vorkam, als sei das alles jemand anders gewesen, die Romanfigur Herr Freytag, der Heißluftballonräuber Herr Freytag; und was immer die angestellt hatten, das musste der wirkliche Herr Freytag jetzt ausbaden. Ihm tat alles weh, vom Rennen und vom Schaftragen und vom fehlenden Schlaf, und ihm war noch nie so schmerzlich bewusst gewesen, dass er zwei Arme hatte, wie jetzt, als sie das traurige Schaf erneut anhoben.

»Geht's?«, fragte Dawn Kafka.

»Es geht«, sagte Herr Freytag gepresst.

Vor der Tür zum Wasserturm mussten sie das Tier noch einmal absetzen. Herr Freytag kramte nach seinem Schlüssel, den er genau wie das Portemonnaie in seiner anderen Tasche wie durch ein Wunder nicht verloren hatte auf der kopflosen Flucht. Dann biss er die Zähne zusammen und schweigend und konzentriert darauf bedacht, die knarrenden Stufen zu meiden, trugen sie das traurige Schaf die Treppe hoch unters Dach. Obwohl diese Bemühung scheiterte – es gab nicht eine Stufe auf der Treppe, die *nicht* knarrte – gelang ihnen, ebenfalls wie durch ein Wunder, das unbehelligte Vorbeikommen an der Grauerin; vielleicht hatte die Hitze der Nacht ihre sonst so geschärften Sinne getrübt. Sie hörten, wie sich ihre Wohnungstür öffnete, aber da waren sie schon weiter die Treppe hoch, außer Sichtweite.

»Herr Freytag, sind Sie das?«, rief die Grauerin.

»Ja«, rief Herr Freytag.

»Trampeln Sie mir nicht so!«, rief die Grauerin und schloss die Tür wieder. In diesen kleinen Morgenwundern klang noch verhalten die Fiebertraumnacht nach, in der solche und ganz andere Dinge geschehen können, in der ruheliebende Antiquare mutig über Weidezäune steigen und Amerikanerinnen, die es nach Großem dürstet, traurige Schafe retten.

Sie setzten das Schaf auf dem Holzboden vor Dawn Kafkas Zimmer ab, und Dawn Kafka öffnete die Tür. »Komm«, sagte sie ermutigend, bückte sich zu dem Tier herab, legte ihre kleine Hand auf seinen Rücken, und tatsächlich stakste es auf seinen krummen Beinen zögerlich in den dunklen Raum.

»Das gibt eine Katastrophe«, murmelte Herr Freytag.

»Das gibt keine Katastrophe«, sagte Dawn Kafka.

»Und wie es die gibt«, sagte Herr Freytag. »Sie hatten eben noch nie eine.«

»Ich hatte schon mindestens zwölf«, sagte Dawn Kafka.

Sie küsste ihn auf die Wange und ließ ihn in seiner Verwirrung zurück.

Hätte er ihn am Abend zuvor gestellt, hätte Herrn Freytags Wecker in genau dem Augenblick geklingelt, in dem er seine Wohnung betrat. Die Fiebertraumnacht hatte sein Zeitempfinden so durcheinandergewirbelt, dass es einige Tage brauchen würde, um sich wieder davon zu erholen. Er warf einen Blick auf die Uhr, zog kurz in Erwägung, das Antiquariat geschlossen zu lassen, wurde dann aber vernünftig und setzte sich in seinem grasbefleckten Sommeranzug zum Frühstück. Den Anzug tauschte er anschließend gegen seine gewohnt gedeckte Antiquarskleidung ein. Gerade knöpfte er sich ein frisches Hemd zu, da wurde auf einmal die grüne Wolldecke zurückgeschlagen und Dawn Kafka, mit roten, halb zufallenden Augen, erschien in ihrem Nachthemd am Rand des Lochs.

»Entschuldigung«, sagte sie, als Herr Freytag zusammenzuckte und sich bedeckte, obwohl er längst bedeckt war. »Ich dachte nur, ich glaube, ich fürchte, wir müssen jetzt auf die Decke verzichten, wenn es Ihnen nichts ausmacht. Am Ende läuft sie da drüber, weil doch die Decke aussieht wie Gras, und dann fällt sie runter und bricht sich noch mehr als ich.«

»Wer?«, fragte Herr Freytag. »Ach, das Schaf.«

»Ja«, sagte Dawn Kafka, »das Schaf.«

»Wissen Sie was?«, sagte Herr Freytag wenig euphorisch. »Darüber sprechen wir, wenn ich aus dem Geschäft zurückkomme. Von mir aus lassen Sie das Loch offen, während ich fort bin. Aber darüber sprechen wir noch.«

»In Ordnung«, sagte Dawn Kafka und gähnte. »Gute Nacht.«

»Gute Nacht«, sagte Herr Freytag.

Kaum hatte er die Ladentür aufgeschlossen und hinter dem Schreibtisch Platz genommen, traf per Post eine Lieferung neuer Bücher ein, die er vor ein paar Tagen aufgegeben hatte; es waren einige Kartons voll. Herr Freytag, der sich einen ereignislosen Vormittag gewünscht hatte, quittierte mit Märtyrermiene den Empfang. Dann setzte er sich wieder an seinen Schreibtisch, ohne die Pakete zu öffnen; wie sie da standen, erinnerten sie ihn an das einkartonierte Archiv sonderbarer, wahrscheinlich unnützer Dinge in Scardanellis Wohnung. Er verschränkte die Arme auf der Tischplatte, bettete den Kopf darauf und schlief ein. Es war ein kurzer, nicht besonders tiefer, aber sehr schwerer Schlaf, von der Art, wie man ihn sonst um vier Uhr nachmittags hält.

Die Ladenglocke weckte ihn, und instinktiv schämte er sich schon, bevor er ganz gewahr wurde, dass er eingeschlafen war. Er schaute auf und sah Professor Iljitsch. Zuerst erschrak er und glaubte, es sei Nachmittag; schließlich hatte er auch geschlafen, wie man am Nachmittag schläft. Aber ein Blick zur Uhr belehrte ihn eines Besseren und machte ihm klar, dass die Professorin sich offenbar nicht mehr an ihr übliches Zeitfenster hielt. Herr Freytag ging trotzdem davon aus, dass sich ihr Suchraster nicht verschoben hatte. »Leider nichts Neues von Antoniewskij«, sagte er.

»Was Neues von Antoniewskij.« Sie lächelte. »Das wäre schön.«

»Ach nein«, sagte Herr Freytag. »Wenn der zweihundert Jahre lang durchgeschrieben hätte, wäre er heute auch nichts Besonderes mehr.«

Auf dem Weg zum Schreibtisch stieß sie an einen der ungeöffneten Kartons, ein kurzes, hohles Geräusch, wie wenn man an eine Gipswand klopft.

»Und was haben Sie da?«, fragte sie.

»Was Neues«, musste Herr Freytag zugeben. »Haben Sie sich was getan?«

»Nein, nein. Ich stolpere jetzt schon so lange ahnungslos durch die Welt, da tu ich mir nichts mehr bei.« Sie blieb stehen und begutachtete den Karton. »Was Neues«, sagte sie. »So, so.«

»Genau«, sagte Herr Freytag, der den Drang verspürte, sich zu rechtfertigen. »Also, zeitgenössisch.« Das klang besser, das klang seriöser. »Ich führe jetzt mehr zeitgenössische Literatur. Aber nur, weil es sein muss.« Er hielt in ihrem Gesicht nach Anzeichen von Enttäuschung oder Wehmut Ausschau. Aber er fand keine.

»Ja«, sagte sie. »Das muss sein.«

»Finden Sie?« Herr Freytag vollführte eine abwertende Geste in Richtung der Bücherkartons. »Aber das taugt doch nichts, das ganze neumodische Zeug.«

»Wir sind alte Leute, Herr Freytag«, sagte Professor Iljitsch. »Vielleicht taugen wir bloß nicht mehr für das ganze neumodische Zeug.«

Später öffnete er die Kartons und räumte schweren Herzens ein zweites Regal für Zeitgenössisches frei. Zuvor hatte es all die obskuren, schwer zuzuordnenden Fälle seines Sortiments beherbergt. Jetzt befestigte er über dem obersten Regalfach ein behelfsmäßiges Pappschild in Druckbuchstaben und begann dann, die neue Ware einzusortieren, alphabetisch, nach den Namen der Autoren, weil er keines der Bücher gut genug kannte, um ein Ordnungsprinzip nach Inhalten zu riskieren. Es waren fabrikneue, eingeschweißte Bände, und er entfernte von jedem einzelnen die Folie; schon allein, weil er es für ein Grundprinzip der Höflichkeit hielt, Kunden die Möglichkeit zu geben, in einem Buch zu blättern, bevor sie es kauften.

Die Bücher rochen nach weißen, in Neonlicht getauchten Lesesälen, in denen Papier nur Papier war. Herr Freytag hoffte, dass dieser Geruch nicht das Mikroklima des Antiquariats verändern würde; vielleicht, überlegte er, hätte er die Ware in ihrem eingeschweißten Zustand belassen sollen, Höflichkeit hin oder her. Aber jetzt war es zu spät. Er begutachtete die Bücher flüchtig, bevor er sie im Regal verschwinden ließ, las die Klappentexte, bei manchen den ersten oder den letzten Satz, aber aus nichts davon wurde er so recht schlau. Merkwürdige Dreiecksgeschichten, die sich um natürliche Bedürfnisse in übernatürlichen Sphären drehten; Detektivgeschichten, die am Ende keine Aufklärung lieferten; preisgewürdigte Bleiwüstenliteratur, deren Verdienst darin bestand, die belanglosen Seiten des Lebens mit naturalistischer Präzision wiederzugeben; Liebesgeschichten ohne Liebe, Phantastereien ohne Phantasie und immer wieder Seiten, die sich, obwohl sie dicht bedruckt waren, merkwürdig leer anfühlten.

»Na ja«, sagte Herr Freytag nach getaner Arbeit und rief sich ins Gedächtnis, dass er zu alt war für das ganze neumodische Zeug. »Wenn es gekauft wird.«

Dann setzte er sich zurück an den Schreibtisch und wandte sich von dem neu bestückten Regal ab, von all den makellos hell erstrahlenden Buchrücken. Zur Beruhigung nahm er zum ersten Mal seit Wochen wieder die *Abentheuerliche Geschichte* zur Hand, die Taschenbuchausgabe; die Prachtausgabe, märchenhaft schön bebildert von Heinrich Hessfeldt, lag immer noch auf Dawn Kafkas Nachttisch. Beim Blättern geriet er ins Nachwort dieser Ausgabe, das er noch nie gelesen hatte, denn Vorworte und Nachworte las er grundsätzlich nicht. Entweder erklärte der Autor darin seine eigene Geschichte kaputt oder ein gelehrter Mensch hatte das Buch gelesen und versuchte aus dieser Tatsache eine wichtige Angelegenheit zu machen. Eine gute Geschichte kam ohne Erklärungen aus, fand Herr Freytag. Jetzt aber ließ er sich doch von einem gelehrten Menschen in wichtigen Angelegenheiten unterrichten. Er las:

Sind schon die frühen Prosawerke Vernaires in der zeitgenössischen Rezeption für zu phantastisch und abstrus befunden worden, so gilt dies für die Abentheuerliche Geschichte *im besonderen Maße. Gerade dieser Roman markiert – zur Unzeit – eines der modernsten literarischen Produkte des Schriftstellers und wird deshalb zu seinen Lebzeiten und noch Jahrzehnte danach mißverstanden und abgelehnt. Erst seit Mitte des zwanzigsten Jahrhunderts wird dem Werk in Fachkreisen gesteigerte kanonische Bedeutsamkeit zugestanden.*

»Hm«, sagte Herr Freytag laut in den Raum.

Manchmal passiert es, dass man zufällig ein Buch aufschlägt, an einer ganz beliebigen Stelle, und das eigene Leben, Gedanken, die man gerade gehabt, Dinge, die man gerade erlebt hat, setzen sich dort so nahtlos fort, dass es einem schwerfällt, an Zufälle zu glauben. Und hatte nicht der Pfarrer, der Erstkommunionspfarrer gesagt, in Zeiten großer Unsicherheit und Seelennot solle man die Bibel aufschlagen, ganz zufällig, an einer ganz beliebigen Stelle, und den Finger blind auf einen Vers setzen, und der Finger werde geleitet und finde durch göttliche Fügung den richtigen Vers und Trost und Antwort darin?

Herr Freytag hatte das schon damals, als er noch einen Vornamen gehabt hatte, geglaubt; und er hatte geglaubt, dass es sich nicht auf die Bibel beschränkte, dass es auch mit jedem anderen Buch funktionieren musste.

»Hm«, sagte Herr Freytag. Dann fielen ihm die Augen zu, er bettete den Kopf auf das Taschenbuch und schlief, dessen beruhigenden Dachbodengeruch in der Nase, wieder ein.

Als er am Abend nach Hause kam, erwartete er halb, dass die vorausgesagte Katastrophe in seiner Abwesenheit längst eingetreten sein musste. Die Grauerin, ihrer selbstauferlegten Wischpflicht für heute ledig, stand in der erleuchteten Kellertür und sah ihm entgegen, als sei er persönlich verantwortlich für die Hitze der Tage und die Schlaflosigkeit der Nächte und für die Wölfe im Friedhofswäldchen sowieso. Er überreichte ihr ihren Lottoschein, denn es war ein Montag, und wünschte einen guten Abend. Dann schickte er sich an, die knarrende Treppe zu seiner Wohnung hochzusteigen, die die Angewohnheit hatte, bei Tageslicht weniger zu knarren als in nächtlicher Dunkelheit.

Aber die Grauerin hielt ihn auf.

»Konnten Sie auch nicht schlafen gestern Nacht, Herr Freytag?«

»Nicht besonders«, sagte Herr Freytag wahrheitsgemäß und drehte sich zu ihr um.

»Sehen Sie«, sagte die Grauerin, »ich hab Sie doch noch poltern hören auf der Treppe.«

»Ja«, sagte Herr Freytag ebenfalls wahrheitsgemäß. Er versuchte ihr an den Augen abzulesen, ob sie das traurige Schaf unter dem Dach schon gefunden hatte. Dabei bemühte er sich zugleich, einen möglichst unbefangenen Ausdruck aufzusetzen, damit ihm die Ereignisse der Fiebertraumnacht nicht aus Versehen aus dem Gesicht sprachen. »Ich habe einen Spaziergang gemacht. Draußen war die Luft so kühl.«

»War wohl ein langer Spaziergang«, sagte die Grauerin im Tonfall einer Unterstellung, aber das musste nichts heißen; sie sprach auch über das Wetter im Tonfall einer Unterstellung. »Hat's wenigstens geholfen?«

»Ein bisschen«, sagte Herr Freytag. »Heute Nacht schlafe ich bestimmt besser.«

»Wollen wir's hoffen, Herr Freytag«, sagte die Grauerin. »Wollen wir's hoffen. Grüßen Sie mir die Amerikanerin.« Sie schaltete das Licht im Keller aus und schloss die Tür.

»Wenn ich sie sehe«, sagte Herr Freytag. Und er stieg schnell, nicht hastig, aber vielleicht doch ein wenig zu schnell, die verbleibenden Stufen hoch.

Die Amerikanerin sah er gleich, als er die Wohnung betrat. Sie saß am Rand des Loches und ließ die Beine durch die Decke baumeln, wie sie es gerne tat. Herr Freytag sog probehalber die Luft ein, aber es roch im Zimmer kaum nach Schaf. Vielleicht hatte Dawn Kafka ihre Scham vor der Welt überwunden, jetzt, da sie endlich ein kleines Stück gerettet hatte, das erste Steinchen in ihrem Mosaik. Vielleicht hatte sie die Vorhänge geöffnet, und das Fenster, und lüftete gut. Tatsächlich schien ihm ihr Zimmer heller zu sein als sonst.

»Hatten Sie einen guten Tag im Geschäft?«, fragte sie, als Herr Freytag zu ihr aufschaute. Auch sie selbst schien heller als in den vorigen Wochen.

»Leidlich gut«, sagte Herr Freytag und stellte seine Aktentasche ab. »Ich habe Schlaf nachgeholt. So eine Arbeit habe ich, dass ich das kann.«

»Ich kann nicht schlafen«, sagte Dawn Kafka und baumelte aufgeregt mit den Beinen. »Ich glaube, ich kann nie wieder schlafen. Mir geht's so gut, dass ich wachbleiben muss.«

»Das ist schön«, sagte Herr Freytag, obwohl er es vielmehr beunruhigend fand, und ließ sich auf dem Bett nieder.

»Der Schäfin geht's auch gut«, sagte sie glücklich. »Die liegt auf unserer Decke und frisst Gras von draußen. Nur einen Namen hat sie immer noch nicht.«

»Gras von draußen«, wiederholte Herr Freytag ungläubig. »Meinen Sie wirklich, das kriegt keiner mit, dass Sie da oben ein Schaf haben?« In seinem Inneren hatte die Fiebertraumnacht gänzlich aufgehört nachzuklingen; er hatte sie mit seinem Nachmittagsnickerchen im Antiquariat weggeschlafen. »Das fängt doch an zu blöken und zu stinken. Das kann doch nichts werden.«

»Und wie das was wird.« Dawn Kafka ließ sich nicht beirren. »Sie ist stumm, ich sag's Ihnen doch. Nicht einmal hat sie heute geblökt. Das ist ein schönes Wort, blöken.«

»Nein«, sagte Herr Freytag gereizt, »es ist ein hässliches Wort, blöken. Mit diesem widerlichen Ö.«

»Sind Sie böse?«

»Ja.«

»Mit mir?«

»Ein bisschen.«

»Böse«, sagte Dawn Kafka. »*Das* ist ein hässliches Wort. Mit einem widerlichen Ö.« Und sie lächelte ihm zu und er hätte sie am liebsten in den Arm genommen oder die Aktentasche gegen die Wand gepfeffert, er wusste nicht, was.

»Wollen Sie hochkommen?«

»Ja«, sagte Herr Freytag, »na schön.« Und er kam hoch.

Er nahm sie nicht in den Arm und auch die Aktentasche pfefferte er nirgendwo hin. Er kam zu Dawn Kafkas Tür herein wie ein Bittsteller, trat unschlüssig neben sie und schaute auf sie herab, auf ihren Rücken, und wie die Wirbelsäule hervortrat unter ihrem Kleid und sich in den dünnen Stoff drückte. Sie kniete bei dem Schaf, das auf seiner grünen Wolldecke am Fenster lag, und strich ihm über das gelbe Fell. Das Fenster stand offen und das abendliche Sonnenlicht offenbarte Staub in allen Ecken und Flecken an den Wänden, und durchgelesene Buchrücken im Regal. Aber es tat es dem Zimmer gut, dass man die Welt hinter den Vorhängen wieder sehen konnte und dass ihr Licht hereinfiel und die eigenartige Szene mit Antiquar, Amerikanerin und traurigem Schaf für wirklich erklärte.

»Viel glücklicher sieht es aber nicht aus«, sagte Herr Freytag.

»Ein bisschen schon«, sagte Dawn Kafka.

»Kann man Schafe überhaupt im Zimmer halten?«

»Im Winter sind sie doch auch im Stall. Und nachts lassen wir sie ja raus.«

»Wir?«, wiederholte Herr Freytag.

Dawn Kafka rutschte auf bloßen Knien zu ihm herum, ohne dabei die Hand vom Rücken des Schafes zu nehmen. »Wollen Sie denn nicht mitkommen?«

»Ich schlafe nachts«, sagte Herr Freytag. »Ich mache keine Spaziergänge und ich stehle keine Schafe von der Weide, für gewöhnlich, und ich führe sie auch nicht aus, nachdem ich sie gestohlen habe. Sondern ich schlafe. Für gewöhnlich.«

»Aber allein kann ich sie doch nicht die Treppe runtertragen«, sagte Dawn Kafka. Sie sah ihn erschrocken an. Da wurde ihm klar, dass sie zu keiner Zeit die Möglichkeit in Betracht gezogen hatte, er könne ihr bei ihren weiteren Unternehmungen nicht helfen wollen, und ihr Erschrecken darüber, dass es diese Möglichkeit gab, kam einer Glaubenserschütterung gleich. Als ihm das klar wurde, spürte er ihn erneut, den Stich, den man spürt, wenn etwas Wichtiges einen einholt. Und im selben Moment, in dem er verstand, wie sehr sie auf ihn vertraute, verstand er vollständig, wie gern er sie hatte, und all dieses Erschrecken und Verstehen und Erkennen war ein so großes Gefühl, dass es ein wenig schmerzte. Es war ein Gefühl, das unausgesprochen vorbeizog und wieder verblasste, vielleicht, weil es nur falsche Worte dafür gab und kein richtiges. Aber es hatte Dinge geändert in seinem Inneren, und vielleicht würde es auch äußere Dinge ändern, und etwas davon blieb zurück in ihm; wie ein Stein, den man ins Wasser wirft und er verschwindet, aber er verschwindet gar nicht wirklich, sondern er sinkt tief und zieht Kreise.

Er räusperte sich. »Nein«, sagte er. »Ein Schaf allein tragen, das können Sie natürlich nicht.«

»Sie müssen mir helfen. Sie haben versprochen.«

»Es«, korrigierte Herr Freytag. »Ich habe *es* versprochen.« Und die kleine Korrektur gab ihm die angenehme Illusion zurück, dass die Welt sicher war und sich kontrollieren ließ; aber indem er den Satz aussprach, erneuerte er zugleich sein Versprechen.

»Ich weiß«, sagte Dawn Kafka. »Wenn ich aufgeregt bin, vergesse ich Sachen, die ich eigentlich weiß.«

»Wir müssten natürlich an Frau Grauer vorbei«, sagte er und hätte sich auf die Zunge beißen mögen, weil er *wir* gesagt hatte. Er schaute Dawn Kafka an, sie schaute hoffnungsvoll zurück, und sie wussten beide, dass sie gewonnen hatte.

»Das hat gestern doch auch geklappt«, sagte sie.
»Ja. Aber was gestern geklappt hat, klappt morgen noch lange nicht.«
»Und heute?«
Herr Freytag lächelte nicht und dann lächelte er doch.
»Heute vielleicht.«

Sie warteten bis nach Mitternacht. Herr Freytag war zurück in seine Wohnung gegangen, saß in seinem Sessel und las kein Buch, sondern eine Zeitung. Immer wieder schaute er von der Lichtpfütze auf seinem Teppich zu dem Loch in der Decke auf, durch das das Licht fiel. Die fehlende grüne Wolldecke, die das Portal zwischen den Welten bisher abgedeckt hatte und jetzt als künstliche Liegewiese für das Schaf diente, gab ihm das ungute Gefühl, dass er jederzeit beobachtet werden könne.
»Es ist halb eins«, sagte er um halb eins.
»Ja«, kam Dawn Kafkas Stimme von oben, »ich weiß.«
»Ich muss morgen früh aufstehen«, sagte Herr Freytag.
»Ja. Ich auch.«
»Müssen Sie nicht.«
»Muss ich wohl. Wenn Sie früh aufstehen, muss ich auch früh aufstehen. Wir wohnen doch jetzt in derselben Wohnung.«
»In der gleichen Wohnung«, sagte Herr Freytag.
»Und wir teilen uns dasselbe Leben.«
»Das gleiche«, sagte Herr Freytag. »Notgedrungen.« Er sagte es, als lese er aus dem Wörterbuch ab, um seine Panik angesichts ihrer Äußerung zu überspielen.
»Ich finde es schön so«, sagte Dawn Kafka von irgendwoher, wahrscheinlich aus der Nähe des offenen Fensters, durch das ein Teil ihrer Worte weggetragen wurde, der Welt zum Gewinn und Herrn Freytag zum Verlust. »Sie nicht?«
»Doch«, sagte Herr Freytag, obwohl es ihn Überwindung kostete; erstens, weil es die Wahrheit war und zweitens, weil er nicht wusste, ob es die Wahrheit war. Er schaute zu den Umrissen des unbekannten Kontinents an der Decke auf, der wie das traurige Schaf keinen Namen hatte. »Ich finde es manchmal auch schön so.«
Ohne Vorwarnung erschien Dawn Kafkas Gesicht an der Ostküste des Kontinents und schob sich ins Landesinnere. »Wirklich?«, fragte sie.

Herr Freytag nickte mit stummer Gravität. Gerade, weil er mehr Worte kannte als manch anderer, konnte er unterscheiden, wann Worte nötig waren und wann nur störendes Beiwerk.

»Warum sagen Sie dann solche Sachen?«, fragte sie.

»Was für Sachen?«

»Notgedrungen, haben Sie gesagt.«

»Ach«, sagte Herr Freytag, »das ist doch bloß ein Wort.«

»Und dann tun Sie so, als könnten Sie mich nicht leiden.«

»Ich kann Sie doch leiden.«

Dawn Kafkas Gesicht las sich jetzt wie eine Anklageschrift. »Das haben Sie vorhin wohl vergessen.«

»Das habe ich wohl«, entschuldigte sich Herr Freytag, ohne sich zu entschuldigen. »Wenn ich mich aufrege, vergesse ich Sachen, die ich eigentlich weiß.«

Die Anklageschrift löste sich in einem Lächeln auf.

»Es ist halb eins«, sagte Dawn Kafka, ohne auf die Uhr zu schauen.

»Ja«, sagte Herr Freytag, »ich weiß.«

»Und Sie müssen früh aufstehen morgen.«

Herr Freytag seufzte. »Also schön«, sagte er und erhob sich aus dem Sessel. »Aber es muss schnell gehen und wir müssen leise sein.«

»Das traurige Schaf ist stumm«, erinnerte sie ihn. »Und Sie sagen auch nicht viel. Eigentlich müssen Sie nur auf mich aufpassen.«

Herr Freytag nickte. »Aber das ist anstrengend genug.«

Sie nahmen das traurige Schaf in mittlerweile vertrauter Weise auf und trugen es so leise wie möglich die Treppe hinunter. Nach Mitternacht war der Wasserturm eine trügerische Welt, in der alles nach unkalkulierbaren Regeln knarrte und quietschte und in der sich kleine Geräusche zu unermesslicher Lautstärke und endloser Länge steigerten. Unter der Wohnungstür der Grauerin drang kein Licht ins Treppenhaus, als sie das Schaf vorbeitrugen, und natürlich wurde das Tier auf diesem Teil der Strecke besonders schwer und knarrte das Holz in besonders bösartiger Tonlage. Herr Freytag glaubte, auch den Fußboden auf der anderen Seite der Tür knarren zu hören, oder vielleicht den Lattenrost eines Bettes, wie er knarrt, wenn sich jemand aufsetzt.

Aber erneut kamen sie ungescholten an den Gemächern der Grauerin vorbei, und dann ging es nur noch eine Treppe herunter und durch die Tür und ins Freie. Sie trugen das traurige Schaf durch die laue Sommerluft, bis zu der Stelle, an der sich Herr Freytag in der letzten Nacht seinen weißen Anzug ruiniert hatte. Dort setzten sie das Tier behutsam ab und schauten seinen sinnlosen Bemühungen zu, die Lage zu begreifen, in der es sich befand. Es gab schließlich auf, senkte den Kopf und graste.

»Meinen Sie eigentlich, sie weiß, dass wir sie gerettet haben?«, fragte Dawn Kafka. Die Unsicherheit in ihrer Stimme verriet Herrn Freytag, dass auch bei ihr die Wirkung der Fiebertraumnacht allmählich nachzulassen drohte. »Sie muss es doch wissen. Sie muss sich doch irgendwie gerettet fühlen. Sonst würde sie einfach weglaufen. Oder?«

»Sie muss sich vielleicht erst daran gewöhnen«, sagte Herr Freytag, bemüht, ihre Zweifel zu zerstreuen, obwohl es auch seine eigenen waren. »Wenn man Gefangene aus dem Gefängnis entlässt, haben die auch manchmal Schwierigkeiten, sich an die Freiheit zu gewöhnen. Die macht ihnen Angst. Weil die Welt auf einmal so groß ist.«

»Sie sind ein Poet«, sagte Dawn Kafka.

»Nein«, sagte Herr Freytag. »Ich bin Antiquar.«

Dann standen sie stumm wie das traurige Schaf und schauten ihm beim zögerlichen Grasen zu. Herr Freytag fühlte sich unvernünftig und das erinnerte ihn an die Zeit, als er noch einen Vornamen gehabt hatte, und es war gut. Dann fragte er sich, wie lange Dawn Kafka ihre Unvernunft und ihren Vornamen noch würde behalten können, bis sie beides an die Welt verlieren würde, und da wurde ihm mit einem Mal klar, dass er ihren Vornamen noch nie benutzt hatte. Selbst als sie durch seine Decke gebrochen und über den Weidezaun geklettert war, selbst, als sie den nächtlichen Feldweg entlang gerannt waren, ein Schaf auf dem Arm und einen Wolf auf den Fersen, hatte er ‚Sie' zu ihr gesagt, und sie hatte es zu ihm gesagt, aber das war ihm kaum aufgefallen; seit dreißig Jahren hatte niemand mehr Du zu ihm gesagt, er war schließlich Herr Freytag.

»Stört es Sie, dass ich Sie zu Ihnen sage?«, fragte er, einfach nur, um irgendetwas zu sagen. Sein Kopf wog so schwer in der Stille der Sommernacht.

»Nein«, sagte sie und lehnte ihren Kopf an seine Schulter. Sie klang schläfrig, oder vielleicht war der weiche, tiefe Ton, den sie anschlug, einfach der Ton, den man anschlägt, wenn man mit dem Kopf an der Schulter eines Freundes lehnt. Herr Freytag mochte von diesem Ton gelesen, ihn sich sogar ausgemalt haben, aber benennen konnte er ihn nicht. »Es passt zu Ihnen. Wie die Anzüge, die Sie tragen. Und die alten Bücher, die Sie verkaufen.«

Herr Freytag spürte einen Anflug schlechten Gewissens. »Ein bisschen habe ich schon damit aufgehört«, sagte er. »Heute sind neue Bücher gekommen.«

»Was für neue Bücher?«, fragte Dawn Kafka. Ihr Kopf blieb auf seiner Schulter, aber in ihrer Stimme, ihrer sonderbar schläfrigen Stimme war etwas, als hätte sie ihn angehoben.

»Ach«, sagte Herr Freytag. »Was die Leute eben so lesen heute.«

»Aber die alten behalten Sie auch? Die Heißluftballonräuber und die italienischen Gräfinnen?«

»Ja«, sagte Herr Freytag entschlossen. »Die behalte ich auch.«

»Dann ist es gut«, sagte sie, und das Etwas in ihrer Stimme legte den Kopf zurück auf seine Schulter. »Die müssen Sie nämlich behalten. Das ist Ihre Spezialität, Heißluftballonräuber vor dem Vergessen retten. Und italienische Gräfinnen.«

»Und verunglückte Amerikanerinnen«, sagte Herr Freytag.

»Und traurige Schafe«, sagte Dawn Kafka. Sie warf einen Blick auf das Tier, das sich vorübergehend mit seiner undurchschaubaren Lage arrangiert hatte und das Gras neben den Gleisen abfraß, und die Kräuter dazwischen. Vielleicht, überlegte Herr Freytag, waren es Heilkräuter mit lindernder Wirkung auf getrübte Gemüter; vielleicht hatte er als Oberrettungshauptmann einen besonderen Sinn für Stellen, an denen sie wuchsen, auch wenn er sie nicht beim Namen kannte. Dawn Kafka war still geworden.

»Verunglückt«, sagte sie nach einer Weile. »Was heißt das genau, verunglückt?«

Herr Freytag drehte den Kopf und begegnete ihrem Blick. Über das glückliche Leuchten hatte sich eine melancholische Müdigkeit gelegt.

»Verunglückt«, sagte er. »Das ist, wenn einen das Glück im Stich lässt und ein Unfall passiert. Und man wünscht sich nachher, man wäre nicht so dumm gewesen und malt sich aus, wie man eigentlich alles ganz anders hätte machen müssen, wenn man vorher gewusst hätte, was passieren würde.«

»Aber man kann doch nichts dafür«, sagte Dawn Kafka.

»Nein«, sagte Herr Freytag. »Man kann nichts dafür.«

Das zwölfte Kapitel

Worin es so weitergeht, obwohl es so nicht weitergehen kann.

Mit der Rettung des traurigen Schafes hatte die Rettung der Welt begonnen und Dawn Kafka hatte tausend Ideen, wie das Mosaik zu erweitern war. Herr Freytag hörte sich die Ideen an, und zu den meisten nickte und lächelte er höflich, um den Einfallsreichtum der Amerikanerin zu honorieren, und dann sagte er Aber. Manchmal nickte und lächelte er allerdings nicht, denn es waren einige Mosaiksteine darunter, die ihm so wahnwitzig erschienen, dass er es für nicht angebracht hielt, auch nur vage Zustimmung anzudeuten, wie er es damals unüberlegterweise an Dawn Kafkas Krankenbett getan hatte. Er kannte sie schließlich; jetzt kannte er sie.

Aber in der Fiebertraumnacht hatte er längst die Grenze zum Wahnwitz überschritten, ob es ihm passte oder nicht, ob er dazu nicken und lächeln mochte oder nicht. Diese Grenzüberschreitung arbeitete sich ihren Weg voran in ihm, und je mehr Ideen Dawn Kafka ihm mit leuchtenden Augen unterbreitete, desto mehr fühlte er sich in seinem Widerstand gegen das Mosaik geschwächt. Irgendwann, früher oder später, würde er Ja sagen müssen zu etwas. Aber das schob er auf.

»Sollten wir nicht erst mal das Schaf zu Ende retten?«, fragte er. »Mit dem haben wir schon genug zu tun, ohne dass wir uns noch mehr aufbürden.«

Sie weideten es weiterhin bei Nacht, draußen an den Gleisen, und obwohl es ihnen bisher gelungen war, das Tier unbehelligt an der Grauerin vorbeizuschmuggeln, wusste Herr Freytag, dass es nicht ewig so weitergehen konnte.

»Das geht nicht ewig so weiter«, sagte er eines Nachts leise. Es war schwer, so etwas zu sagen, während das Schaf im Mondschein friedlich Heilkräuter fraß und Dawn Kafka ihm glücklich beim Fressen zusah, aber es musste gesagt werden.

»Nein, geht es nicht«, sagte Dawn Kafka. »Aber das macht doch nichts.« Herr Freytag, der mit Widerspruch gerechnet hatte, war überrascht. »Nur schön wäre es schon.«

»Ja«, sagte Herr Freytag, »vielleicht wäre es das. Aber«, sagte er schließlich, »das ist doch kein Leben für ein Tier. Eingepfercht da oben in Ihrem Zimmer.«

»Auf der Weide war sie auch eingepfercht«, sagte Dawn Kafka. »Eingeschaft.«

Herrn Freytag war bewusst, dass er im Begriff war, etwas zu zerstören, aber er blieb standhaft. »Das ist doch nicht vergleichbar«, sagte er. »Auf der Weide hatte es Gras und frische Luft, und Artgenossen hatte es auch. Ein Schaf ist ein Herdentier. Das braucht Artgenossen, sonst geht es ja ein.«

»Wir sind doch seine Artgenossen«, sagte Dawn Kafka.

»Nein«, widersprach Herr Freytag, der es stets hasste, widersprechen zu müssen. »Wir sind Menschen. Menschen und Schafe sind keine Artgenossen.«

»Aber wir verstehen sie«, sagte Dawn Kafka. Sie deutete auf das Schaf, das neben den Gleisen im Mondschein stand und graste, als gehöre es nicht in die Wirklichkeit, sondern in irgendein zweihundert Jahre altes Gedicht. »Das ist doch viel wichtiger. Wir verstehen ihre Betraurigung. Die anderen Schafe verstehen das nicht.«

Kann ein trauriges Wesen jedes andere traurige Wesen verstehen, fragte sich Herr Freytag, ist das der kleinste gemeinsame Nenner des Lebens?

Laut sagte er: »Es heißt Traurigkeit.«

»Nein«, widersprach Dawn Kafka, und ihr bereitete das Widersprechen weniger Schwierigkeiten als ihm. »Es heißt Betraurigung.«

»Und überhaupt«, sagte Herr Freytag, »bin ich nicht traurig.«

»Doch«, sagte Dawn Kafka, »sind Sie wohl.«

Und ohne Vorwarnung näherte sie ihr Gesicht einen Nasenabstand an seines an und sah ihm in die Augen, als spräche der Beweis seiner Traurigkeit, der ihr dort offenbar entgegenschien, für sich selbst und bedürfe keiner weiteren Erläuterung.

Herr Freytag erschrak über diese Annäherung, fasste sich aber schnell wieder. »Das ist Melancholie allerhöchstens«, sagte er, »das ist kultivierte Traurigkeit, die ist nicht richtig traurig, die ist nicht richtig echt.«

»Meine ist echt«, sagte Dawn Kafka. »Wenn ich traurig bin, das ist echt. Und wenn das traurige Schaf traurig ist, das ist auch echt. Vielleicht stimmt einfach mit Ihrer Traurigkeit irgendwas nicht.«

Als Herr Freytag am nächsten Morgen die Treppe herunterkam, fing ihn die Grauerin ab. »Sie, Herr Freytag«, sagte sie. »Ich träum jetzt immer so komisches Zeugs nachts.«

»So?«, fragte Herr Freytag aus Höflichkeit, obwohl er von Träumen fürs Erste genug hatte.

»Aber so *ganz* komisches Zeugs, nee du«, holte die Grauerin aus. »Immer poltert's draußen im Treppenhaus, die Treppen rauf und runter, aber ganz grauslig, und ich lieg hier im Bett, und ich weiß, das ist der Scardanelli. Wie man im Traum halt Dinge weiß. Und das denk ich dann, und dann graust's mir so vor dem Gedanken, dass ich aufwache, und alles ist ruhig draußen. Und dann schlaf ich wieder ein, na, und was glauben Sie, dann geht's auch gleich wieder los mit dem Poltern. Sie, Herr Freytag, das ist doch nicht normal, so was.«

»Hm«, sagte Herr Freytag und versuchte, nicht allzu schuldbewusst auszusehen.

»Man möchte ja fast schon an Geister glauben.«

»Ach«, sagte Herr Freytag beschwichtigend.

»Wie Sie wieder übersprudeln heute«, sagte die Grauerin und ging beleidigt zurück in ihre Wohnung. Herr Freytag ging ins Antiquariat. Da saß er dann und dachte an Scardanelli. Er hatte eine Weile nicht an ihn gedacht und auch im Manuskript nicht weitergelesen. Jetzt, der Traum der Grauerin mochte schuld sein, holten ihn alte Überlegungen wieder ein und formten sich zu einem potenziellen Mosaikstein.

Man muss veröffentlichen, dachte er.

»Wie wär's mit dem hier?«, fragte Dawn Kafka.

»Nein«, sagte Herr Freytag. »Nein, nein. Der ist viel zu groß.«

Sie saßen in ihrem Zimmer auf dem Boden, nahe dem Loch, und blätterten die Verlagskataloge durch. Nebenbei schnitt Dawn Kafka schmale Rechtecke aus Pappe zurecht und kraulte gelegentlich das traurige Schaf hinter den Ohren.

»Was heißt das, zu groß?«, fragte sie.

»So ein Verlag nimmt keine Unbekannten«, sagte Herr Freytag. Mit Fragen nach Sinn und Zweck der Papprechtecke hielt er sich dezent zurück.

»Woher wissen Sie das?«

»Das weiß man eben«, sagte Herr Freytag. »Das sieht man am

Programm. Außerdem steht hinten, sie wollen keine Gedichte.«

»Aber sie verkaufen doch welche«, protestierte Dawn Kafka. Zum Beweis schlug sie die Lyrikabteilung im Lubenreuther-Katalog auf.

»Ja«, sagte Herr Freytag. »Von Bekannten.«

»Schade«, sagte Dawn Kafka. Sie legte die Papprechtecke und den Katalog beiseite und schlug einen neuen auf.

Das Schaf fraß nicht viel in dieser Nacht; es wirkte lethargisch und deprimiert. Lebensmüde, dachte Herr Freytag. Es erschien ihm kaum noch ungewöhnlich, dass ihm so menschliche Begriffe in Verbindung mit einem Tier in den Kopf kamen. Es war schließlich auch ein sehr seltsamer Kopf, da machte er sich nichts vor. Dawn Kafka nahm seine Hand, während sie dastanden, an den ausrangierten Gleisen, und ihm zusahen. Er wehrte sich nicht.

Später las er ihr aus Scardanellis Manuskript vor. Sie müsse ja wissen, was sie sich da eigentlich zu retten bemühten, hatte sie gesagt, und, na gut, ein Gedicht, hatte er gesagt, eins nur, und dann wurden es vierzehn. Er saß unten in seinem Sessel und sie lag oben in ihrem Bett, aber es fühlte sich an, als säße er bei ihr auf dem Bettrand, und er wusste nicht recht, was er von diesem Gefühl halten sollte. Zwischen dem zehnten und dem elften Gedicht hörte er ihr Bettzeug rascheln. Inmitten des dreizehnten wurde er gewahr, dass sie eingeschlafen war, aber trotzdem las er das vierzehnte auch noch.

Als er am nächsten Morgen aufstand, hatte er vier Stunden geschlafen, vielleicht fünf, und obwohl er nicht sonderlich ausgeruht war, wurde er schnell wach. Wie so oft in letzter Zeit kamen ihm die Ereignisse der dunklen Stunden im Tageslicht unwirklich und phantastisch vor. Vielleicht träume ich auch, dachte er, wie die Grauerin. Vielleicht ist die Amerikanerin nur ein Geist, oder ich bin einer. Er zog sich an, frühstückte, und verließ die Wohnung, ohne einen Blick zur Decke zu werfen. Aber er musste sich dazu zwingen.

Frau Professor Iljitsch war einige Tage nicht ins Antiquariat gekommen. An diesem Nachmittag erschien sie wieder, zur gewohnten Zeit, aber ohne ihr Teezeitlächeln, vielmehr in höchster Aufregung. In der Hand hielt sie eine zusammengerollte Zeitschrift.

»Herr Freytag«, sagte sie. »Haben Sie es gelesen?«

»Entschuldigen Sie«, sagte Herr Freytag. »Ich bin vom Weltgeschehen zurzeit etwas abwesend. Was ist denn passiert?«

Antoniewskij, erklärte Professor Iljitsch, natürlich Antoniewskij. Im Nachlass irgendeines russischen Oligarchen sei dessen literarisch interessierter Neffe auf ein Manuskript gestoßen, bei dem es sich möglicherweise um die geheimnisumwitterte Autobiographie des Nationaldichters handeln könne, die man bisher als verschollen oder schlicht nichtexistent eingestuft hatte. Das Manuskript solle jetzt verschiedenen unabhängigen Experten zur Prüfung vorgelegt werden.

»Wer weiß«, sagte Herr Freytag, »vielleicht kriegen Sie es auch.«

»Ach, Herr Freytag«, sagte sie. »Das wäre zu schön.«

Das dreizehnte Kapitel

Handelt von zu schönen und zu vielen Dingen.

»Warum sagt man das eigentlich?«, fragte Dawn Kafka, als Herr Freytag ihr die sensationelle Neuigkeit erzählt hatte. »Wie kann denn etwas zu schön sein?«

»Das ist abgekürzt«, erklärte Herr Freytag. »Zu schön, um wahr zu sein.«

»Aber es könnte doch wahr sein.«

Sie lag bäuchlings auf dem Boden und bastelte weiter an ihren Papprechtecken. Das traurige Schaf sah ihr mit ermattetem, leicht fiebrigem Blick dabei zu.

»Das Schaf ist krank«, sagte Herr Freytag. »Es guckt ganz glasig.«

»Die Hitze tut ihr nicht gut«, sagte Dawn Kafka etwas zu unbekümmert und schnitt konzentriert Pappe ein. »Das ist alles.«

»Die Luft tut ihr nicht gut«, sagte Herr Freytag, »das Eingesperrtsein tut ihr nicht gut, die Menschen tun ihr nicht gut. Das alles hier tut ihr nicht gut, und das wissen Sie.«

Dawn Kafka wich seinem Blick aus. Sie nahm sich eines der ausgeschnittenen Rechtecke vor, zückte einen großen Filzstift und begann zu schreiben.

»Mitternachtsweg«, las Herr Freytag. Er fragte nicht. Dawn Kafka griff nach dem nächsten Rechteck und drückte den Stift etwas zu fest auf.

»*Rue de l'Amour*«, las Herr Freytag mit nicht ganz perfekter Aussprache.

»Das bedeutet ‚Straße der Liebe'. Auf Französisch«, sagte Dawn Kafka, und kaum ein anderer Satz hätte besser zu ihrem giftigen Tonfall gepasst.

»Ich weiß«, sagte Herr Freytag. »Was machen Sie da eigentlich?«

»Ich nehme Verbesserungen vor«, gab sie zur Auskunft, noch immer in gekränktem Tonfall. Herr Freytag fragte sich, ob *Verbesserungen vornehmen* auf ihrem Gips gestanden haben mochte. Das dritte Rechteck beschriftete sie mit *Johanna-Kafka-Straße*.

»Das ist nämlich meine Mutter«, sagte sie.

Auf die darauffolgende Pappe schrieb sie *Emma-Grauer-Gasse.*
»Das ist nämlich die Frau Grauer«, sagte sie.
»Ich weiß«, sagte Herr Freytag, dem inzwischen aufgegangen war, dass die Rechtecke die Maße von Straßenschildern hatten.
»Fällt Ihnen noch eine ein?«, fragte Dawn Kafka schließlich. Es war ein Versöhnungsangebot.
Herr Freytag zuckte mit den Achseln. Dann fiel ihm etwas ein.
»Scardanelli-Straße«, sagte er.
»Sehr gut«, sagte Dawn Kafka und schrieb es hin. »Sie müssen mir übrigens helfen nachher. Allein komme ich nicht so weit hoch.«

Der Zustand des traurigen Schafes schien sich zu bessern, als sie es zur üblichen Nachtzeit grasen ließen; und es fraß mit großem Appetit. Dawn Kafka sah dem Mitternachtsmahl des Tieres mit Erleichterung und nicht ohne Genugtuung zu.
»Sehen Sie?«, sagte sie. »Es geht ihr gut.«
»Natürlich«, sagte Herr Freytag. Er verspürte, obwohl er nie geraucht hatte, mit einem Mal das unerklärliche Bedürfnis nach einer Zigarette. »Im Freien.«
»Es ist schön, dass man das hier so sagt«, fand Dawn Kafka. »Im Freien« Sie strich dem traurigen Schaf übers Fell. Es ließ sich davon nicht stören.
Herr Freytag sagte nichts. Er dachte nach.
»Was denken Sie?«, fragte Dawn Kafka.
»Zu viel«, sagte er. »Viel zu viel.«
Das Schaf hatte seine Mahlzeit beendet und legte sich ins Gras. Es schien zu schlafen. Wahrscheinlich schlief es nicht.
»Eigentlich wollte ich sie mitnehmen auf Weltrettung«, sagte Dawn Kafka und streichelte das reglose Tier mit ihrem Blick. »Aber wir bringen sie wohl lieber wieder hoch.«
»Ich würde auch lieber wieder hoch«, sagte Herr Freytag.
Aber er kam trotzdem mit auf Weltrettung.

Dawn Kafka hatte einen Rucksack geschultert, aus dem oben ihre Pappschilder hervorlugten. »Dass Straßen immer nur nach wichtigen Leuten heißen müssen«, erklärte sie. »Oder nach Schlachten. Oder so Sachen. Da habe ich mir neulich gedacht, die könnten doch auch nach schönen Sachen heißen. Oder nach wichtigen Leuten, die keiner kennt. Nach schönen Unbekannten.«

Sie nahmen den Weg, den Herr Freytag jeden Morgen einschlug, wenn er zur Arbeit ging. Das war nicht der kürzeste Weg, aber der angenehmste; lang genug zum Denken, nicht lang genug, um zu viel zu denken. Nach etwa zwanzig Minuten hatten sie die Altstadt von Mabonagrin erreicht. Es war eine Werknacht, die Straßen waren leer und die Häuser dunkel, sogar die Studenten schliefen. Dawn Kafka war merkwürdig schweigsam, nachdem sie ihre Erklärung abgegeben hatte.

»Geht es Ihnen gut?«, fragte Herr Freytag.

»Ja«, sagte sie. Aber es stimmte nicht ganz, das merkte er.

Das erste Straßenschild, an dem sie Verbesserungen vornahmen, wies in die Schimpftor-Straße.

»So ein hässlicher Name«, sagte Dawn Kafka.

»Das war aber ein wichtiger Mann, der Schimpf«, widersprach Herr Freytag, ohne tatsächlich zu widersprechen.

»Wirklich? Was hat er gemacht?«

»Na«, sagte Herr Freytag, »der hat doch ... der hat diesen ... ich weiß auch nicht, was der eigentlich gemacht hat.«

Und dann, obwohl er viel zu alt dazu war, baute er ihr eine Räuberleiter und wunderte sich über sich selbst. Ihr Fuß schmiegte sich in seine hohlen Hände und ihr Gewicht war spürbarer, als er gemessen an ihrem zierlichen Bau erwartet hatte; aber er war eben viel zu alt. In seinem Rücken knackte etwas und seine Kniescheiben fühlten sich beweglicher an, als sie sein sollten. Über ihm mühte Dawn Kafka sich ab. Mit der einen Hand klammerte sie sich am Schild fest, in der anderen hielt sie den Mitternachtsweg.

»Ich rutsche«, flüsterte sie.

»Machen Sie schnell«, flüsterte Herr Freytag zurück, der sich wie ein jugendlicher Herumtreiber fühlte und dem dieses Gefühl keineswegs angenehm war.

»Dann rutsche ich trotzdem«, flüsterte sie. »Wo ist das Klebeband?«

Sie klemmte sich das Pappschild unter den Arm und begann, mit der freien Hand in ihrer Tasche zu wühlen. Nach einigen Verrenkungen hatte sie das Klebeband gefunden – und prompt rutschte sie ab, und Herr Freytag löste vor Schreck und weil ihm das Gewicht zu viel geworden war, die Räuberleiter auf, und sie brach sich gleich wieder das Bein; das jedenfalls ahnte er derart lebhaft voraus, dass er zuerst glaubte, es sei tatsächlich passiert. Aber es war alles in Ordnung, sie war nur auf den Hintern gefallen.

»Das wird ein grüner Fleck«, sagte sie leise, richtete sich auf und rieb sich die schmerzende Stelle.

»Ein blauer Fleck«, korrigierte Herr Freytag.

»Nein«, korrigierte sie zurück. »Meiner wird grün.«

Dann versuchten sie es noch einmal. Zwei Räuberleitern später saß das Schild schließlich an seinem Platz, etwas schief zwar, aber die Leute würden bloß glauben, es sei windig, sagte Dawn Kafka. Damit war die Verbesserung der Schimpftor-Straße offiziell abgeschlossen und sie war jetzt der Mitternachtsweg, auch wenn es schon lange nach Mitternacht war.

»Ich weiß jetzt wieder, was der gemacht hat«, sagte Herr Freytag, als sie zurücktraten und ihr Werk begutachteten. »Der Schimpf.«

»Was denn?«

»Der hat das Schimpftor gebaut.«

»Ganz alleine?«, fragte Dawn Kafka. »Hat ihm nicht wenigstens einer die Leiter gehalten?«

Sie gingen weiter. Irgendwo zwischen den Sternen grinste ein toter deutscher Dichter so breit, dass ihm fast die Zigarre aus dem Mund fiel.

Im weiteren Verlauf der Nacht setzten sie eine Handvoll kleiner Mosaiksteine. Die Sedanstraße zum Beispiel beförderten sie zur Rue de l'Amour, die Bismarckstraße wurde zur Johanna-Kafka-Straße und die Henkertwete zur Emma-Grauer-Gasse. Die Weiherstraße mochte Dawn Kafka nicht verbessern. »Die lügt so schön«, sagte sie, denn nirgendwo in der Nähe verlief ein Weiher; sie schwor aber, sie könne trotzdem einen hören, nur des Namens wegen, und das mache die Lüge so schön.

Dann bogen sie in die Schillerstraße ein, wo sich das Antiquariat *Alter Kaiser* befand. Herr Freytag war sehr müde und Dawn Kafka hatte nur noch ein Schild im Rucksack.

»Das ist mein Laden«, sagte Herr Freytag, als sie daran vorbeigingen, und er klang so stolz, als habe er den Laden selbst gebaut. Dawn Kafka blieb stehen und schaute durch die fleckige, verstaubte Fensterscheibe ins dahinterliegende Dunkel.

»So viele Bücher«, sagte sie.

»Die können Sie doch gar nicht sehen, so finster, wie's da drin ist.«

»Ich stell sie mir eben vor«, sagte Dawn Kafka und schaute weiter.

»Kommen Sie«, sagte Herr Freytag. Er gähnte. »Genug jetzt.«

»Wir haben noch ein Schild«, sagte sie, ohne den Blick von den imaginierten Schätzen seines Ladens abzuwenden. »Wie heißt die Straße?«

»Schillerstraße«, sagte Herr Freytag, und dann wurde er wieder wach, als ihm mit einem Mal aufging, wie wunderbar das zusammenpasste.

»Scardanelli war nämlich besser als Schiller«, erklärte er, als er seine Hände zur letzten Räuberleiter der Nacht zusammentat und sich bemühte, seinen Rücken und die schmerzenden Knie zu ignorieren. »Schiller ist mit sechsundvierzig gestorben. Scardanelli ist siebenundvierzig geworden. Scardanelli hat gewonnen. Schiller muss weichen.«

»Weiche, Schiller«, sagte Dawn Kafka und überklebte den berühmten Dichter mit dem Namen seines weniger berühmten Kollegen.

»Woher haben Sie das?«, fragte Herr Freytag.

»Aus Ihrem Buch«, sagte Dawn Kafka. »‘Weiche, Unhold!‘ Das sagt der Heißluftballonräuber ...«

»... zum verräterischen Wirt, ja«, ergänzte Herr Freytag, und für einen Augenblick war die Welt in Ordnung.

Dann machten sie sich auf den Heimweg.

Am nächsten Morgen wachte Herr Freytag mit einer Idee auf. Sie fühlte sich nicht an, als gehöre sie wirklich ihm, als sei es seine eigene; sie war mehr vom Schlag der Ideen, die Dawn Kafka zu pflücken pflegte wie Pusteblumen, deren kleine Fallschirmsamen sie ihm dann ins Gesicht blies, wo sie sich festsetzten. Vielleicht war über Nacht ein Löwenzahn in ihm gewachsen.

Im Treppenhaus hielt ihn die Grauerin auf, mit gesenkter Stimme und verschwörerischem Tonfall. »Sie, Herr Freytag«, sagte sie. »Wäscht die sich da oben eigentlich nicht mehr, die Amerikanerin?«

Herr Freytag, in Gedanken ganz bei seiner Idee, war überrumpelt. »Was?«, fragte er, »was, wieso?«

Die Grauerin sah ihn an, als sei er nicht recht bei Sinnen.

»Ja, riechen Sie denn das nicht?«

»Riechen?«, fragte Herr Freytag unschuldig und schnupperte. Tatsächlich hing eine leichte Bauernhofsnote, ein Zoogehegegeruch in der warmen Luft.

»Das kommt bestimmt von draußen«, gab er zu mutmaßen vor.

Die Grauerin sah ihn skeptisch an. »Meinen Sie? Es wird stärker, wenn man die Treppe hochsteigt, das bild ich mir doch nicht ein.«

»Bei mir oben rieche ich nichts«, sagte Herr Freytag und das wiederum war nun wieder die reine olfaktorische Wahrheit, denn er war inzwischen so gewöhnt an den Geruch, dass er ihn nicht mehr wahrnahm.

»Vielleicht sind Sie erkältet«, sagte die Grauerin und sah ihn durchdringend an. Herr Freytag knickte ein.

»Ja«, sagte er, »vielleicht ist es bloß das.«

»Das geht so nicht«, sagte die Grauerin. »Da muss man was machen.«

Besorgt verließ Herr Freytag den Turm.

Als er in die ehemalige Schillerstraße einbog, warf er einen unauffälligen Blick auf das neue Straßenschild und stellte fest, dass die Umbenennung bisher nicht revidiert worden war. Dann ließ er sich dazu hinreißen, dem Pappkarton einen unauffälligen Dichtergruß zu erweisen, den man mit einem beiläufigen Kopfkratzen hätte verwechseln können.

Professor Iljitsch erschien zur üblichen Zeit. Als sie eintrat, überlegte er, ob er seine Idee – wenn es denn seine war – in die Tat umsetzen sollte oder nicht, und während sie Begrüßungsworte tauschten, stand er am Scheideweg und haderte. Dann schließlich entschied er sich für den tugendhaften Weg, oder vielleicht war es der lasterhafte; in jedem Fall war es der mutige.

»Und, Frau Professor?«, fragte er, »wurden Sie erwählt?«

Sie lächelte. Es war ein noch nicht ganz fertiges Lächeln. »Erwählt?«

»Als Gutachterin. In der Antoniewskij-Geschichte. Sie wissen schon.«

»Oh.« Sie verstand. »Herr Freytag. Es wäre zu schön gewesen.«

»Eine Schande«, sagte Herr Freytag. »Und eine Dummheit dazu. Sie sind doch Expertin.«

»Vielleicht ist es besser, Herr Freytag«, sagte sie. »Ich wäre so überwältigt, das Manuskript überhaupt in Händen zu halten, ich könnte wahrscheinlich gar nichts Gescheites damit anfangen.«

»Aber Sie würden doch gern?«

»Für mein Leben gern.«

Jetzt war der Augenblick gekommen.

»Wissen Sie, Frau Professor«, sagte Herr Freytag und lehnte sich verschwörerisch über den Schreibtisch, »ich habe da nämlich Kontakte.«

»Kontakte?«, fragte Professor Iljitsch und lehnte sich ihm ihrerseits entgegen.

»Bei mir im Haus, da wohnt eine amerikanische Studentin. Aus, äh, Chicago«, erläuterte Herr Freytag. Während er das erfand, wurde ihm erst bewusst, dass er sich über Dawn Kafkas tatsächliche Herkunft in völliger Unkenntnis befand. »Und in Chicago ... Sie sind sicher vertraut mit der Arbeit des großen Antoniewskij-Kenners Maxim Beardsley?«

»Beardsley?«

»Wie der Bart.«

»Nein, Herr Freytag. Mir gänzlich unbekannt.«

»Also, das ist nämlich so«, fuhr Herr Freytag fort und wunderte sich über seine eigene Erfindung. »Der Beardsley, dem liegt das Manuskript vor, und er ist überzeugt davon, dass es echt ist, und er ist sogar so überzeugt, dass er schon eine Übersetzung ins Englische unternimmt.«

Die Augen der Professorin weiteten sich.

»Er ist natürlich außerstande, das Manuskript oder auch nur eine Kopie davon aus der Hand zu geben.«

»Natürlich.«

»Aber er wäre sicherlich bereit, seine Übersetzung mit einer bewanderten Kollegin zu teilen«, sagte Herr Freytag. »Meine Amerikanerin, ich meine, die Amerikanerin, die bei mir im Haus wohnt, die, ähm, die hat ein enges Verhältnis zu ihm. Fachlich, meine ich. Wenn ich sie nun bäte, ihm zu schreiben in der Sache, und sie bäte ihn ...«

»Herr Freytag«, sagte Professor Iljitsch doppelsinnig. »Das wäre wirklich zu schön.«

Das vierzehnte Kapitel

Worin niemand aus Chicago kommt, der Wissenschaft ein großer Dienst erwiesen wird und es nach alten Kleidern stinkt.

»Chicago?«, fragte Dawn Kafka.

»Warum nicht«, sagte Herr Freytag beleidigt.

»Spätestens da hätte sie doch merken müssen, dass Sie lügen.«

»Wieso das?«

»Niemand kommt *wirklich* aus Chicago. Und niemand kommt wirklich aus Rom, und niemand kommt wirklich aus Moskau, und niemand kommt wirklich aus Berlin. Nur in Romanen. Im wirklichen Leben bleiben die alle da.«

»Seltsame Ansichten haben Sie«, sagte Herr Freytag.

»Kennen Sie jemanden?«, fragte sie ungewohnt angriffslustig.

»Warum nicht?«, sagte Herr Freytag noch einmal. »Vielleicht kommen Sie aus Chicago, und Frau Professor kommt aus Moskau und Scardanelli kommt … kam aus Rom.«

»Und die Frau Grauer kommt aus Berlin«, ergänzte Dawn Kafka mit einer Ernsthaftigkeit, hinter der das Grinsen lauerte. Aber es brach nicht durch.

»Ganz genau«, sagte Herr Freytag. »Helfen Sie mir also?«

»Wie soll ich Ihnen denn helfen?«, fragte sie. »Ich kenne keinen Professor Beardsley aus Chicago. Wahrscheinlich gibt es nicht mal einen Professor Beardsley in Chicago.«

Herrn Freytag war mit einem Mal, als hätten sie die Rollen getauscht, als stünde vor ihm nicht die Amerikanerin, die ihn zu Schafdiebstahl und gutwilligem Vandalismus angestiftet hatte, sondern eine frühere, wenige Wochen jüngere Ausgabe seiner selbst, die von solchen verrückten Plänen nichts hören wollte. Er fragte sich, was dieser Rollentausch über ihn aussagte, und was in diesen wenigen Wochen eigentlich geschehen war, und er war ein bisschen euphorisch und gruselte sich ein wenig.

»Verstehen Sie nicht?«, sagte er. »Ich habe das alles erfunden. Und jetzt muss ich eben weiter erfinden.«

Dawn Kafka murmelte etwas, Herr Freytag war sich nicht sicher, in welcher Sprache. Ihre Aufmerksamkeit galt weniger seinen Erfindungen als vielmehr dem traurigen Schaf, das am Fenster stand und mit leerem Blick hinausschaute.

»Ich glaube, sie verliert Wolle«, sagte sie.

»Das ist normal«, sagte Herr Freytag, aber er war sich nicht sicher.

Dawn Kafka sah aus, als wolle sie weinen. »Ich weiß nicht, was ich machen soll. Ich bin eine schlechte Weltretterin.«

»Sind Sie nicht«, sagte Herr Freytag, aber auch dabei war er sich nicht sicher.

Sie sah ihn an; in ihren Augen zerfiel ein Mosaik. »Bin ich doch.«

Und ein zweites Mal traute er sich nicht zu leugnen, und das tat ihnen beiden weh.

»Also, Ihre Professorin«, sagte sie dann und zwang sich, den Blick vom Fenster abzuwenden. »Was wollen Sie denn noch weiter erfinden für die?«

»Den Antoniewskij«, erklärte Herr Freytag. »Es muss ja nicht der ganze sein. Ich schreibe ein paar Seiten und Sie übersetzen die ins Englische und dann kommen sie eben aus Chicago, wer will denn das nachprüfen.«

»Vielleicht schütten wir noch ein bisschen Kaffee drüber«, schlug Dawn Kafka vor. »Übersetzer verschütten immer ihren Kaffee.«

»Ja«, sagte Herr Freytag. »Vielleicht.«

Ihr entfuhr ein Geräusch wie Schluckauf. »Kaffee macht alles kaputt.«

»Geht es Ihnen gut?«

»Nein.«

»Soll ich Sie allein lassen?«

»Nein. Bleiben Sie da.«

Herr Freytag nickte und blieb da.

»Stört es Sie, wenn ich mich hinlege?«, fragte Dawn Kafka leise.

»Wenn Sie wieder aufstehen«, sagte Herr Freytag und musterte sie beunruhigt.

»Nachher«, versprach sie, »morgen, irgendwann.«

Ohne jede Scham, als sei er gar nicht im Raum, stieg sie aus ihren Sachen und zog ein Nachthemd über. Herr Freytag schaute demonstrativ aus dem Fenster, bis sie ins Bett gestiegen war und sich zurechtgelegt hatte.

»Haben Sie Stift und Papier?«, fragte er dann.

Sie gestikulierte vage. Er folgte dem Fingerzeig und fand, was er suchte. Dann rückte er den Stuhl um wenige, unaufdringliche Zentimeter näher an ihr Bett und begann – eine traurige Amerikanerin am Kopfende, ein trauriges Schaf am Fußende – Antoniewskijs Autobiographie zu schreiben. Als seine Inspiration nachließ, stellte er fest, dass Dawn Kafka eingeschlafen war. Er erhob sich nahezu geräuschlos vom Stuhl, nur das Papier raschelte ein wenig, und strich der Schlafenden flüchtig übers Haar.

Am nächsten Abend schrieb er weiter. Er schrieb einen Mosaikstein. Jedenfalls glaubte er das.

»So viel!«, sagte Frau Professor Iljitsch einige Tage später, als er ihr die handgeschriebenen Seiten überreichte. Sie sagte es mit einem Erstaunen, das ihre Teezeitstimme kaum trug.

»Es ist ja nur ein Auszug«, sagte Herr Freytag bescheiden. »Es war natürlich auf Englisch. Ich habe es übersetzt, so gut ich konnte.«

»Herr Freytag!«

»Wenn Sie lieber das Original einsehen möchten, die Originalübersetzung, meine ich, also, wenn Sie Professor Beardsleys...«

»Herr Freytag«, sagte Professor Iljitsch. »Auf keinen Fall. Unter gar keinen Umständen.« Und ein bisschen weniger energisch fügte sie hinzu: »Sie kenne ich doch viel besser. Da wird mir Ihre Sprache vertrauter sein.«

»Es soll ja nicht meine Sprache sein«, sagte Herr Freytag und verplapperte sich ein bisschen und freute sich, dass er als einziger wissen konnte, dass er sich verplappert hatte. »Sondern die von Antoniewskij.«

»Jetzt ist es Ihrer beider«, sagte Professor Iljitsch und durchblätterte die handgeschriebenen Seiten. »Sie haben eine schöne Schrift, Herr Freytag. Aber wirklich, solche Mühe ...«

»Keine Mühe«, wehrte Herr Freytag ab. »Ein Dienst an der Wissenschaft.«

»Dienst bedeutet Mühe«, beharrte Professor Iljitsch.

»Manchmal auch Freude«, beharrte Herr Freytag zurück.

Sie lächelte. »Die Wissenschaft ist Ihnen jedenfalls sehr zu Dank verpflichtet.«

Er kam nach Hause, irgendwie leichter, und fragte sich, warum er nie ein Buch geschrieben hatte. Er fühlte sich sicherer auf der anderen Seite, wohler im Lesesessel als auf dem Schreibtischstuhl.

Aber es war gut zu wissen, wie es sich anfühlte, ein Buch zu schreiben, und es war gut zu wissen, dass es kein Zaubertrick war, keine Prophetie, sondern dass einem die Hand davon weh tat. Das Wissen verringerte seine Ehrfurcht und steigerte seinen Respekt.

»Ich habe ein Buch geschrieben!«, rief er zur Decke hoch. »Und ein Stück Welt gerettet. Es war gar nicht schwer.«

Von oben kam keine Antwort. Und unfähig, seine Euphorie einzuzäunen, stürmte er aus der Wohnung, lief die Treppe hoch, unters Dach, und klopfte ungestüm.

Dawn Kafka öffnete im Nachthemd, obwohl es noch früh am Abend war.

»Sie haben uns geweckt«, sagte sie vorwurfsvoll. »Mich und die Schäfin. Es geht ihr nicht gut.«

»Entschuldigung«, sagte Herr Freytag. »Ich wusste nicht, dass Sie schlafen.«

»Habe ich aber. Und geträumt.«

»Wovon?«

»Von Wölfen.« In Rückbesinnung auf Traumbilder, die er nicht sehen konnte, erschauerte sie. »Eigentlich hätten Sie mich auch früher wecken können. Wenn Sie mich überhaupt wecken mussten.«

»Ich kann ja nicht wissen, dass Sie von Wölfen träumen.«

»Habe ich aber.«

»Vielleicht gehe ich lieber wieder runter«, sagte Herr Freytag. »Geht es Ihnen denn gut?«

»Nicht, wenn Sie runtergehen.«

Und er blieb oben.

»Sie haben ein Buch geschrieben«, sagte Dawn Kafka. »Das haben Sie gerufen.«

»Ja. Also, nein. Kein ganzes.«

»Irgendwo muss man ja anfangen. Ist es gut?«

»Ich weiß nicht«, sagte Herr Freytag. »Es hat Spaß gemacht.« Er klang ein bisschen schuldbewusst, wie er das sagte.

»Dann ist es bestimmt gut.« Dawn Kafka schlug die Decke zurück und setzte sich auf die Bettkante. »Und dann gefällt es bestimmt auch Ihrer Frau Professor.«

»Hoffentlich.« Herrn Freytags Euphorie bremste sich etwas. »Ich bin eigentlich kein großer Antoniewskij-Kenner. Vielleicht ist es nicht realistisch genug.«

»Sie lügen ja auch.«

»Das ist keine Lüge.«

»Was ist es dann?«

Herr Freytag war um eine Antwort verlegen.

»Keine Angst«, sagte Dawn Kafka. »Es ist eine gute Lüge.«

Aber die Angst, die sie in seinem Gesicht gelesen hatte, war weniger moralischen Bedenken geschuldet, sondern einem ungleich konkreteren Anlass. Draußen auf der Treppe, die er vor wenigen Minuten selbst so geräuschvoll hochgestürmt war, fielen jetzt knarrende Schritte in einem ganz bestimmten Muster, forsch und ohne Pausen dazwischen, *PamPamPamPamPamPamPAM.*

»Vielleicht sollten wir abschließen«, sagte Herr Freytag.

Und dann klopfte es an der Tür.

»Hallo!«, rief die Grauerin. »Hallo, Sie!«

Mit weit aufgerissenen Augen sahen sie sich an. *Das Schaf,* sagte Dawn Kafkas Blick, und *Ich weiß,* sagte Herrn Freytags, und dann handelten sie wie eine Person. Dawn Kafka sprang auf, und sie bemühten sich gemeinsam, das Tier unters Bett zu dirigieren, an der Decke ziehend und sanft schiebend und stoßend und seinen Kopf beugend. Aber es war aussichtslos; es schaute sie verwirrt an, immer noch etwas fiebrig, und ließ sich nicht beugen. Und wieder klopfte es, deutlich energischer jetzt als beim ersten Mal.

»Hallo!«, wiederholte die Grauerin. »Sie, hallo! Frau Kafka! Aufmachen, bitte!« Am bedrohlichsten klang das letzte Wort.

»Ins Bett!«, flüsterte Herr Freytag, und dann hoben sie gemeinsam das Schaf vom Boden auf, platzierten es auf dem Bett und breiteten die Decke darüber. Ein großer, unmöglich zu übersehender Hubbel ragte darunter auf.

»Da sieht es doch jeder«, stellte Herr Freytag verzweifelt fest.

»Wir bräuchten eine Leiter«, sagte Dawn Kafka nicht weniger verzweifelt. »Nach unten zu Ihnen. Dann hätten Sie einfach runterklettern können mit Ihr.«

»Sie lesen zu viele Romane«, sagte Herr Freytag.

Und dann endlich öffnete er. Was die Grauerin zurückgehalten hatte, die Tür einfach aufzureißen, wusste er nicht. Vielleicht hatte sie bei aller Erregtheit eine gewisse Höflichkeit wahren wollen; sie war selten taktvoll, aber höflich war sie, die Grauerin.

»Ja nein«, sagte sie, irgendwo zwischen Bestätigung und Zweifel, Überraschung und Vorwurf. »Herr Freytag?«

»Guten Abend, Frau Grauer.«

»Was machen jetzt *Sie* hier oben?«

»Ich ... ähm ... leiste Hilfe.«

Die Grauerin sah ihn scharf an.

»Und wobei, wenn man fragen darf?«

Herr Freytag war mit der Antwort überfordert.

»Na ja«, sagte sie eingeschnappt. »Geht mich ja auch nichts an, was?«

»Tja«, sagte Herr Freytag und löste so das Dilemma, mit Nein oder Doch antworten zu müssen.

»Ich wollte Ihnen auch nur sagen«, wandte sie sich über seine Schulter hinweg an Dawn Kafka, die eingeschüchtert auf der Bettkante saß und sich bemühte, den hinter ihr aufragenden Hügel mit ihrer schmalen Silhouette zu verdecken, »dass es hier oben stinkt, Frau Kafka. Ich weiß nicht, woran's liegt, und ich weiß nicht, ob Sie's nicht merken oder ob es Ihnen egal ist, aber ein Geruch ist das wie im Affenstall. Sehen Sie zu, dass Sie das Zimmer reinlicher halten. Sonst sind Sie hier ganz schnell draußen.«

»Vielleicht kommt es aus den Wänden«, schlug Herr Freytag vor. »Vielleicht stimmt mit der Dämmung was nicht.« Und dann vollführte er mit dem Mut der Verzweiflung eine herausfordernde, die Gesamtheit des Raumes einfassende Geste und sagte: »Hier im Zimmer ist ja alles in Ordnung. Das sehen Sie doch selbst.«

»Ich seh gar nichts in dem Schummerlicht hier«, sagte die Grauerin. »Machen Sie doch mal die Vorhänge auf.«

Herr Freytag tat es. Zum Glück nahm draußen bereits das Tageslicht ab.

»Hm«, sagte die Grauerin und sah sich mit quälend langsam durch den Raum schweifendem Kontrollblick um. »Hm, hm. Kein Schimmel. Keine Flecken. Aufräumen könnten Sie mal wieder, aber Unordnung stinkt ja nicht. – Vielleicht liegt was unter dem Bett, vielleicht ist da eine Maus verendet? Die kommen ja überall hin, die Mäuse.«

Sie ließ sich an der Bettkante auf die Knie nieder, legte den Kopf schräg und schaute nach, mit zusammengekniffenen Augen. »Machen Sie mal das Licht an«, befahl sie.

Dawn Kafka gehorchte. Während die Untersuchung fortschritt, sahen sie und Herr Freytag sich hilflos an. »Hier ist was«, sagte sie. »Hier stinkt doch was. Aber ich seh nichts. – Haben Sie eine Taschenlampe?«

»Nein«, sagte Dawn Kafka.

»Nee. Natürlich haben Sie nicht.«

Die Grauerin kam wieder unter dem Bett hervor, und selbst auf den Knien strahlte sie unerschütterliche Autorität aus. »Sie verheimlichen mir doch was«, sagte sie und musterte Dawn Kafka mit durchdringendem Blick. »Da. Was ist das da unter der Decke?«

»Kleider«, sagte Dawn Kafka, und es klang so ehrlich, dass Herr Freytag es selbst fast glaubte.

»Bitte was?«, sagte die Grauerin.

»Alte Kleider.«

»Olle Klamotten.« Die Grauerin rümpfte die Nase. »Haben Sie keinen Wäschekorb?«

»Nein.«

»Und da stopfen Sie's unter die Bettdecke?«

»Ja.«

»Und wenn Sie schlafen gehen?«

»Kommt alles auf den Boden.«

»Und warum tun Sie's dann unter die Decke?«

»Damit man's nicht sieht am Tag.«

»Na, das sieht Ihnen ähnlich«, sagte die Grauerin. »Das muss aufhören. Sie brauchen einen ordentlichen Wäschekorb. Ich glaube, ich habe noch einen im Keller, den können Sie haben. Gehen Sie grade mal weg da.«

Und obwohl Dawn Kafka nicht wegging, zog die Grauerin mit einem Ruck die Bettdecke zur Seite, und unter der Bettdecke lag ein ausgewachsenes Schaf und stank nach ollen Klamotten und schaute traurig zu ihr auf.

Das fünfzehnte Kapitel

Beginnt in Sprachlosigkeit, trotzt einem Sturm und endet mit einer Hand auf dem Knie.

In der *Abentheuerlichen Geschichte eines französischen Heißluftballonräubers* gibt es einen Moment, in dem alles verloren scheint, die schlimmstmöglichen Erwartungen eingetroffen sind und keinerlei Aussicht auf Rettung besteht. Der Heißluftballon hängt in einem hohen Baum fest, seine Hülle zerrissen; die italienische Gräfin Calvina Calvino wird gezwungen, zu ihrem kaltherzigen Ehemann zurückzukehren, und der Heißluftballonräuber selbst sitzt in Genua im Kerker und wartet auf seine Verhandlung und überaus wahrscheinliche Hinrichtung. Sicher nicht von ungefähr kam Herrn Freytag, als die Grauerin die Decke zurückzog, die begleitende Illustration von Heinrich Hessfeldt in den Sinn, die den Helden von den engen Kerkerwänden eingeschlossen zeigt, während Phantombilder seines verwirkten Lebens vor seinen Augen tanzen.

Er erwartete, nach dem unvermeidlichen Augenblick überraschter Stille werde die Grauerin loswettern, einen Sturm von Was-glauben-Sie und Sie-sind-ja-wohl und Wo-kommen-wir-denn-dahin entfesseln, aber tatsächlich trat das Unvorstellbare ein: Sie war sprachlos, die Grauerin.

»Was ist das?«, fragte sie schließlich.

»Ein Schaf«, sagte Herr Freytag.

»Ein trauriges«, ergänzte Dawn Kafka, die immer noch auf der Bettkante saß.

Die Grauerin, die unwillkürlich zwei Schritte zurückgegangen war, trat jetzt wieder auf das Bett zu. »Was macht das hier?«

»Schlafen«, sagte Dawn Kafka, und damit war der Bann gebrochen; diese Antwort, nicht halb so frech gemeint, wie die Grauerin sie aufnahm, provozierte nun doch das von Herrn Freytag erwartete stürmische Wetter.

»Ja, was glauben Sie eigentlich«, fuhr sie die Amerikanerin an, »schleppen mir hier ein Viech in die Wohnung, ganz still und leise, das ist ja die Höhe, meinen Sie denn, ich lasse alles mit mir machen, Sie sind ja wohl nicht ganz gescheit, wenn ich Ihre Mutter wär, dann tät ich Sie aber ... Und Sie!«, fuhr sie an Herrn Freytag gewandt fort, der dabeistand und nicht wusste, wohin mit seinen Armen und Beinen oder wo rechts und links war. »Sie machen da auch noch mit, Herr Freytag. Ich hatte Sie immer für einen respektablen, vernunftbegabten Herrn gehalten, auch wenn Sie nicht wissen, wo rechts und links ist. Schämen Sie sich. Schämen Sie sich.«

Herr Freytag nahm diesen wohlmeinenden Ratschlag augenblicklich an.

Dann war es ruhig.

»Und jetzt?«, fragte Dawn Kafka von ihrer Bettkante aus. Es war die Frage, die alle drei Parteien einte, und die Grauerin, natürlich, beantwortete sie.

»Das Tier muss raus«, sagte sie. »Augenblicklich.«

»Aber ...«

»Wir unterhalten uns morgen. Aber das Tier muss raus. Sofort.«

»Aber ...«

»Keine Widerworte, Kind.«

Und sie sah aus wie ein Kind, Dawn Kafka, wie sie da in ihrem Nachthemd saß und zu den beiden Erwachsenen im Raum aufschaute, hilfesuchend zu Herrn Freytag und gnadesuchend zur Grauerin.

»Der Herr Freytag kann nichts dafür«, sagte sie.

»Ha!«, lachte die Grauerin, und wie immer, wenn sie lachte, konnte man es mit einem kräftigen Atemzug verwechseln oder mit einem scharfen Reizhusten oder mit einem bellenden Hund. »Na, und wie der was dafür kann. Das seh ich ihm doch an!«

Herr Freytag hätte sich bemüht, die verräterischen Züge abzulegen, hätte er gewusst, worin sie bestanden. Offenbar war es bereits ein so fester Bestandteil seines Wesens geworden, dieses Verräterische, dieses Dafürkönnen, dass er es nicht einmal bemerkte. Er wollte etwas sagen, in einem Buch hätte er jetzt etwas sagen müssen, damit er nicht zur Hintergrundfigur degradiert wurde, aber ihm fiel nichts ein.

Die Grauerin half ihm aus. »Wie lange geht das jetzt schon?«

»Ein paar Wochen«, sagte Herr Freytag zögerlich.

Die Grauerin schüttelte den Kopf. »Unglaublich. Unmöglich.«

»Wir haben es gefunden«, verteidigte sich Herr Freytag nicht ganz wahrheitsgemäß. »Es muss irgendwo ausgerissen sein. Wir wussten nicht, wohin mit ihm.«

»Gefunden!«, rief die Grauerin, riss theatralisch die Arme in die Höhe und ließ sie auf ihre Schenkel klatschen. »Ausgerissen! Ein Schaf ist doch kein Hund, Herr Freytag! Zurückbringen hätten Sie's müssen.«

»Wohin denn?«, fragte Herr Freytag.

»Na«, sagte die Grauerin, »es gibt doch den ... es gibt doch den ... der hat die Weide hinten beim Friedhof, ich weiß auch nicht, wie der eigentlich heißt.«

»Wir wollten ihr doch bloß helfen!«, sagte Dawn Kafka und kraulte das traurige Schaf hinter den Ohren. Sie war den Tränen nah.

»Ja, schauen Sie, Kind«, sagte die Grauerin, als klebe sie ein Pflaster auf, »wir helfen ihm ja, dem dummen Viech. Wir schauen die Tage erst mal, wo's hingehört, ob's dem Herrn, ähm, ob dem eins ausgekommen ist, da hinten beim Friedhof, und dann kommt es halt wieder zurück. Brauchen Sie doch nicht gleich zu heulen.«

»Hier gehört es hin«, sagte Dawn Kafka, ihre Stimme leise und fest, die Augen feucht, und sie drückte das Tier so fest an sich, dass es zuckte, einen Furz ließ und mit den Hinterbeinen das Laken aufwühlte.

»Jetzt reden Sie keinen Schmarrn.« Alles Sanfte war aus dem Tonfall der Grauerin gewichen, das Pflaster fest aufs Knie geklebt, und weitere Möglichkeiten der Verarztung standen ihr nicht zur Verfügung. »Das Schaf kommt vor die Tür, Frau Kafka, oder Sie. – Herr Freytag, jetzt sagen Sie doch mal was.«

Herr Freytag, der sich mit seiner Rolle als Hintergrundfigur bereits arrangiert hatte, schrak zusammen. »Ja, ähm«, leistete er Folge, »es ist ja immer noch recht warm draußen nachts.« Er sah Dawn Kafka nicht an, aber er trat neben sie und legte ihr die Hand auf die Schulter. »Kommen Sie.«

Dann drehte sie den Kopf und sah zu ihm auf, und er musste seinen drehen und schaute zu ihr herab, und ihre Augen waren weit geöffnet, und eine Träne lief ihre Wange hinunter, und es brach ihm das Herz und er wusste, dass er sie liebte. Sie stand von der Bettkante auf, blass und dünn wie sie war, und gemeinsam fassten sie das traurige Schaf an beiden Enden und hoben es an. Die Grauerin sah mit stummem Erstaunen zu.

»Ist das nicht viel zu schwer?«, fragte sie.

»Man gewöhnt sich dran«, sagte Herr Freytag.
»Ja, geht denn das überhaupt? Brauchen Sie Hilfe?«
»Die anderen Male ging es auch«, sagte Dawn Kafka.
Die Grauerin winkte beleidigt ab. »Na, bitte«, sagte sie. »Aber ich bin auf einem Bauernhof groß geworden, dass Sie's nur wissen. Ich hab mehr Schmalz in den Oberarmen als Sie beide zusammen.«

So trugen sie das traurige Schaf ein letztes Mal die Treppen hinunter, Herr Freytag und die Amerikanerin, und obwohl sie beim Abstieg jetzt nicht mehr auf knarrendes Holz achten mussten, nahmen sie jede Stufe bewusst wahr. Und sie nahmen das Gewicht des Schafes wahr, und jeden Muskel, der sich unter der Last anspannte, jede Körperstelle, gegen die der warme Körper des Tieres drückte. Nach der fünfzehnten Stufe konnten sie die Grenze zwischen der eigenen und der fremden Wärme nicht mehr unterscheiden. Und den Schafgeruch nahmen sie wahr, er war streng und muffig geworden, und zum ersten Mal wunderten sie sich, wie ihr Geheimnis so lange ein Geheimnis hatte bleiben können. Herr Freytag fragte sich, ob man Schafe vielleicht waschen musste, hin und wieder. Das Holz knarrte, und er stöhnte, und eine Schweißperle lief ihm ins Auge und Dawn Kafka zog die Nase hoch.
Draußen war es jetzt kühl, nur das Mauerwerk speicherte noch die Wärme des Tages. Sie setzten das Schaf vor der Haustür auf den Boden und warteten auf die Grauerin, die hinter ihnen die Treppe herunterkam. Wenig später trat sie ins Freie.
»Soll ich Ihnen eine Wäscheleine bringen?«, fragte sie. »Dass Sie's da drüben an den Baum binden können?«
Dawn Kafka schüttelte den Kopf. »Wir können sie doch nicht anbinden«, sagte sie leise. »Das wäre ja Verrat.«
»Na, und wenn's Ihnen gleich wieder ausreißt, das Viech? Das bleibt da doch nicht ruhig liegen die ganze Nacht.«
Dawn Kafka antwortete nicht.
»Ach, rutschen Sie mir doch den Buckel runter«, rief die Grauerin und in einer fließenden Bewegung drehte sie sich um, trat in den Hausflur und knallte die Tür hinter sich zu. Zurück blieben Herr Freytag, Dawn Kafka, ein Schaf und die Nacht. Keiner schaute den anderen an, aber beide schauten sie auf die geschlossene Tür, schauten in dieselbe Richtung, und vielleicht war das genauso viel wert.

»Ich bleibe bei ihr«, sagte Dawn Kafka. »Ich gehe nicht wieder rein.«

»Es ist spät«, sagte Herr Freytag. »Und es wird kalt.«

»Sie haben gesagt, draußen ist es noch warm.«

»Für ein Schaf. Nicht für Sie. Ein Schaf hat dickes Fell.«

In der Stille hörten sie Grillen singen, ein Geräusch, das die Stille nicht vertrieb, sondern bestärkte. Es war August. Noch roch die Luft nach Sommerabenteuern, aber das würde nicht mehr lange so bleiben.

Das Schaf, das nicht verstand, was vorging, daran aber auch nicht sonderlich interessiert schien, trabte aus eigenem Antrieb zu den Gleisen hinüber und begann zu grasen. Herr Freytag und Dawn Kafka sahen ihm eine Weile zu. Ein kühler Wind kam auf und verwandelte das lange Gras in ein wogendes Meer. Dawn Kafka fröstelte in ihrem Nachthemd. Herr Freytag wollte ihr sein Jackett umlegen, aber sie wehrte sich. Er bestand darauf, und als er es in den Händen hielt und versuchte, es ihr überzustreifen, duckte sie sich weg wie betrunken. Das Schaf schaute kurz auf und beobachtete das Treiben mit besorgtem Blick.

»Kommen Sie«, sagte Herr Freytag, trotz der Kühle etwas erhitzt, das Jackett noch immer zwischen den Händen ausgebreitet. »Wir gehen rein.«

»Nein.«

»Sie müssen ja nicht drinbleiben. Wir holen Ihnen nur was Warmes zum Überziehen.«

Sie sah ihn skeptisch an. »Sie wollen mir bestimmt nur ein Schlafmittel verabreichen. Wie der Heiratsschwindler in Kapitel fünfzehn.«

»Ich bin kein Heiratsschwindler.«

»Und ich keine italienische Gräfin.«

»Oder wenn Sie wollen, dann bleiben Sie eben hier und ich hole Ihnen was raus.«

»Was denn?«

»Was Sie wollen.«

»Ich weiß nicht, was ich will.«

»Dann müssen Sie eben mitkommen.«

»Dann muss ich das wohl. Aber kein Schlafmittel.«

»Kein Schlafmittel.«

Sorgsam darauf bedacht, die empfindliche Ruhe der Grauerin nicht zu stören, stiegen sie die Stufen hinaus, die Gräfin voran, der Heiratsschwindler hinterdrein.

»Aber lange dürfen wir sie nicht alleine lassen«, flüsterte Dawn Kafka anklagend. Ihr Atem war schwer und warm, wie die Luft im Wasserturm.

»Wen?«, fragte Herr Freytag. »Ach, das Schaf.«

»Sie ist eine Schäfin. Sie ist keine Sache.«

»Trotzdem«, sagte Herr Freytag, der die zunehmende Vermenschlichung des traurigen Schafes allmählich leid wurde. »Ich komme mir albern vor, wenn ich *sie* zu einem Schaf sagen muss.« Im dunklen Treppenhaus nahm sich Dawn Kafka in ihrem weißen Nachthemd wie eine Geistererscheinung aus und in einem abwesenden, unwirklichen Augenblick fragte er sich, ob diese Erscheinung das Trugbild einer toten Vergangenheit war oder vor einer ungewissen Zukunft warnte. Er gruselte sich vor seinem eigenen Einfall und war froh, als sie unter dem Dach anlangten. Dawn Kafka öffnete ihre Zimmertür und schaltete das Licht ein und war kein Geist mehr.

»So«, sagte sie.

»So«, sagte Herr Freytag.

Es roch noch immer nach Schaf im Raum. Dawn Kafka trat an ihren Kleiderschrank und nahm einen ausgebeulten, viel zu großen Pullover heraus, den sie überzog. Dann ließ sie sich rücklings aufs Bett fallen und streckte alle Glieder von sich.

»Tot«, sagte sie.

Halb gerührt, halb amüsiert, halb irritiert (und nicht nur, weil das drei Hälften waren) lächelte Herr Freytag. Er erinnerte sich, wie sie auf seinem Bett gelegen hatte, damals, vor einer Ewigkeit, mit ihrem verrenkten Bein und dem hochgerutschten Kleid, und das Bild aus der Vergangenheit überlagerte die Wirklichkeit, oder vielleicht war es umgekehrt.

»Tot und erledigt. Und alles verloren.«

Und dann, von einem Moment auf den nächsten, begann sie zu weinen. Bestürzt trat Herr Freytag zu ihr ans Bett, und da stand er und wusste nicht weiter.

»Es ist doch nichts passiert«, sagte er schließlich und legte ihr, in Ermanglung einer gut erreichbaren Schulter, eine tröstende Hand aufs Knie. Dawn Kafka richtete sich auf und stieß die Hand weg.

»Eben!«, rief sie, die Stimme rostig von Tränen. »Nichts ist passiert, überhaupt nichts! Es war alles umsonst!«

»Was haben Sie denn erwartet?«, rief Herr Freytag und schlug einen schärferen Ton an, als er eigentlich wollte. »Dass es einen Sommer braucht und zwei Leute und ein geklautes Schaf und ein paar überklebte Straßenschilder, um die Welt zu retten? Wenn das in den paar tausend Jahren vor uns noch keiner hingekriegt hat?«

Dawn Kafka hob den Kopf. Ihre Augen waren gerötet, ihre Wangen feucht, aber sie hatte aufgehört zu weinen. An ihrem linken Nasenloch glitzerte etwas.

»Ein befreites Schaf«, verbesserte sie, obwohl sie es selbst nicht mehr glaubte. Dann legte sie seine Hand zurück auf ihr Knie.

Das sechzehnte Kapitel

Beginnt mit einem Kitzeln am Schienbein, entlarvt einen Heiratsschwindler als Feigling und gibt Herrn Freytag einen Wanderstab an die Hand.

Für Dichter, Trinker und Liebende sind die Nächte kurz und in Jahrhunderten lyrischer Evolution sind aus Lerchen noch immer keine Nachtigallen geworden. Herr Freytag erwachte am nächsten Morgen von einem leichten Kitzeln am Schienbein oder vielleicht vom Sonnenlicht, das ihm schon bis zur Brust stand. Er drehte sich zu Dawn Kafka um. Die Decke war zurückgeschlagen, sie lag auf dem Rücken und dass sie noch schlief, ließ ihre Nacktheit unschuldig wirken.

Dann wurde sie wach und das veränderte alles. Als sie die Augen öffnete und sich zu ihm umdrehte, wurde Herr Freytag erst seiner eigenen Nacktheit gewahr, und er schämte sich, eine Scham, die auf alles rundherum übergriff, die zurückgeschlagene Decke, die Schuhe neben dem Bett, das Loch im Boden, das offene Fenster. Die ganze Welt schien ihm peinlich berührt von ihrer eigenen Wirklichkeit.

»Guten Morgen«, sagte er.

Sie sah ihn an. Die Scham zog sich zurück und machte einem Glücksgefühl Platz, aber es war nur eine vorüberziehende Wolke. Für einen winzigen Augenblick trafen sich sein Lächeln und ihres. Dann verschwand ihres. Dann verschwand seins.

»Wir haben sie vergessen!«, rief sie und sprang aus dem Bett. Dabei zog sie die Decke mit, die sich um ihr linkes Bein gewickelt hatte, stolperte fast, fing sich und stürzte zum Fenster. »Sie ist nicht da!«

Und während sich Herr Freytag noch aufsetzte, hatte sie sich schon in ein Kleid geworfen und stürzte zur Tür, die hinter ihr offen stehen blieb. Herr Freytag hörte sie die Treppen hinunterpoltern, während er seine Kleider vom Boden auflas und sich hastig anzog, um dann mit offenen Schnürsenkeln hinterherzupoltern. Die Grauerin war natürlich durch die amerikanische Vorhut längst alarmiert und stand im Türrahmen ihrer Wohnung.

»Herr Freytag«, sagte sie, »Herr Freytag, das ist doch ein Tollhaus hier.« Aber sie musste ihm die letzten Worte hinterherrufen, denn schon war er an ihr vorbei.

»Was ist denn los wieder?«, schickte sie noch nach.

»Das Schaf!«, rief Herr Freytag. Mehr wusste er schließlich auch nicht.

Er fand Dawn Kafka an den Gleisen kauernd, in Hockstellung wie eine Fährtenleserin, aber es gab keine Fährte zu lesen. Das Schaf war tatsächlich weg.

»Wir haben sie im Stich gelassen«, sagte sie leise. Sie drehte sich nicht um, aber sie musste bemerkt haben, dass er hinter ihr stand. »Wir haben nicht aufgepasst. Jetzt haben die Wölfe sie erwischt.«

»Ach, Wölfe«, sagte Herr Freytag, »ach, Unsinn.«

Jetzt wandte sie den Kopf und sah ihm in die Augen.

»Wir haben sie im Stich gelassen«, wiederholte sie. Es war ein kalter Vorwurf. »Kein Schlafmittel, haben Sie gesagt.»

»Was hätten Sie denn machen wollen?«, rief Herr Freytag und breitete die Arme aus. »Die ganze Nacht hier draußen sitzen? Im Nachthemd am besten?«

»Ja!«, schrie Dawn Kafka. »Ja, ja, ja!« Ruckartig drehte sie ihren Kopf dabei noch weiter, so weit, dass er befürchtete, sie würde sich das Genick brechen. »Ja«, sagte sie dann noch einmal leise, verschränkte die Arme und drehte sich wieder weg.

»Sie sind eine Traumtänzerin!«, rief Herr Freytag, und ein paar Tage zuvor wäre das vielleicht noch ein Kompliment gewesen. »Keine italienische Gräfin!«

»Und Sie sind ein Heiratsschwindler«, sagte Dawn Kafka und wurde noch leiser. »Kein Heißluftballonräuber.«

»Sie haben sich da viel zu viel vorgenommen mit Ihrem Mosaik«, sagte Herr Freytag. »Man kann die Welt nicht retten zu zweit. Man kriegt überhaupt nichts Gescheites zustande zu zweit. Da ist man zu sehr voneinander abgelenkt, und von sich selbst, und man tut nur so, als ob man sie rettet, die Welt, damit man voreinander kein schlechtes Gewissen haben muss. Aber in Wirklichkeit, in Wirklichkeit will man bloß sich selbst retten. Und nicht mal das bringt man fertig. Nicht mal das.«

»Sie wissen doch gar nichts vom Weltretten«, sagte Dawn Kafka.

»Was wissen Sie überhaupt von der Welt. Sie denken, die Welt ist wie in Ihren Büchern.«

»Nein«, sagte Herr Freytag. »Ein Buch ist ein Buch und die Welt ist die Welt, ich weiß das. Und ich kenne die Welt. Es ist nur so, dass ich das Buch deshalb vorziehe.«

»Sie sind ein Feigling. So ein schrumpliger alter Pilz, der irgendwo festgewachsen ist und sich nicht wegtraut. Sie sind ein schrumpliger alter Pilz.«

»Und Sie sind jung und dumm mit Ihren kleinen Sommerabenteuern. Und selbstsüchtig sind Sie auch. Straßenschilder überkleben, wen soll das denn retten! Sie wollen sich die Welt doch nur selbst schöner machen.«

Dawn Kafka verlor in ihrer Hockstellung das Gleichgewicht und setzte sich ins Gras. »Ja!«, schluchzte sie. »Und Ihnen! Warum ist das falsch? Warum soll man denn nicht auch ein bisschen sich selbst retten?«

Darauf wusste Herr Freytag keine Antwort.

Sie sah ihn finster an. »Aber wir haben überhaupt niemanden gerettet. Nicht mal uns selbst. Und gestern Nacht, gestern Nacht haben wir das traurige Schaf umgebracht.«

Herr Freytag hockte sich zu ihr nieder und versuchte sie zu berühren. Aber sie wehrte sich erbittert und stieß ihn von sich, und auch er verlor das Gleichgewicht und da saßen sie dann.

»Wir haben uns die Welt schöner gemacht«, sagte sie, »und das traurige Schaf haben wir umgebracht dabei. Jetzt müssen wir selbst wieder traurig sein. Das ist die Strafe.«

Dann sagte sie nichts mehr. Sie erhob sich aus dem Gras, ließ ihn sitzen und ging die Treppen zu ihrem Zimmer hoch. Dort verschloss sie die Tür, zog die Vorhänge vor und fiel in den Zustand zurück, den sie schon einmal durchlitten hatte, damals, als die Welt ihr so peinlich gewesen war.

Herr Freytag ließ sie ziehen, ob aus Taktgefühl oder schlichter Hilflosigkeit wusste er nicht. Dann stand auch er aus dem Gras auf, aber er ging nicht zurück in den Turm, er ging auch nicht zur Arbeit; er machte sich auf die Suche nach dem traurigen Schaf. Ob er das um seinetwillen tat oder um ihretwillen, war ihm nicht klar; er wusste nur, dass es nicht um des Schafes Willen sein konnte, wie seine ganze Rettung nicht um des Schafes Willen geschehen war, wenn auch in seinem Namen. Wer die Welt retten will und verliebt ist dabei, dem wird die Welt, je wichtiger er sie zu nehmen beteuert, mit jeder kleinen Rettung ein bisschen unwichtiger. Aber das merkt er womöglich gar nicht, und womöglich merkt er auch nicht, dass er verliebt ist, und wenn er es schließlich herausfindet, ist er damit überfordert.

Herr Freytag ging in Richtung Friedhof, obwohl es keinen triftigen Grund für die Annahme gab, das Schaf könne ausgerechnet diesen Weg eingeschlagen haben. Im Wald las er einen kräftigen, gerade gewachsenen Stock vom Boden auf und erkor ihn zu seinem Wanderstab, was er zuletzt als Junge von neun oder zehn Jahren getan hatte. Damals hatte er sich erwachsen gefühlt mit seinem Stab, weil er gedacht hatte, nur Erwachsene benutzten Wanderstäbe; jetzt fühlte er sich sehr kindisch mit dem Stock in der Hand, weil er wusste, dass das nicht stimmte. Nur Sonderlinge und alte Männer traf man in den Wäldern noch auf einen Stab gestützt an, wo sie Feiglinge sammelten, kleine verschrumpelte Pilze; auf der Suche nach dem Vergangenen, dem Unendlichen, nach einem verlorenen Schaf.

Als er den Friedhof erreichte, blieb er dort lange am Weidezaun stehen und betrachtete die Schafe. Es schien ihnen nicht sonderlich schwer zu fallen, Schafe zu sein; unglaublich, wie die das machen, dachte Herr Freytag. Das traurige Schaf war nicht unter ihnen, oder vielleicht erkannte er es nur nicht. Er war sich nicht sicher, ob er sich nur eingebildet hatte, die Traurigkeit zu sehen, die es von anderen Schafen abhob, die es ihm schwerer machte, ein Schaf zu sein, als dem glücklichen, grasfressenden Durchschnitt. Er fragte sich, ob er die Traurigkeit nur hatte sehen können, weil Dawn Kafka sie sehen konnte und jetzt, wo sie nicht mehr da war, diese Gabe verloren hatte.

Bevor er weiterzog, stattete er Scardanellis Grab einen Besuch ab. Wenn sich in Büchern Menschen mit Problemen tragen und die Grabstätten teurer verstorbener Freunde besuchen, dann reden sie mit denen, dachte er. Aber es war ihm unangenehm, moralisches Geleit von Scardanelli einzufordern, wenn er seinerseits bisher so wenig für den toten Dichter getan hatte. Ein Buch hatten sie machen wollen aus seinen Gedichten, und alles, was sie zuwege gebracht hatten, war ein Straßenschild.

»Immerhin«, sagte Herr Freytag in die Friedhofsstille hinein und klang dabei sogar ein bisschen stolz. Er legte die Hand auf den Grabstein und ließ sie für die Dauer eines Händedrucks dort ruhen.

Als er den Friedhof wieder verließ, waren die Schafe nicht mehr auf ihrer Weide. Das überraschte ihn und er fand es schade, und dann, das überraschte ihn auch, sprach er mit der leeren Weide.

»Hallo, Schafe«, sagte er. »Ihr seid ja gar nicht da.«

Etwas Dümmeres, etwas Alberneres konnte man kaum sagen, aber das brach das Eis und er kam sich nicht mehr so dumm und so albern vor.

»Neulich Nacht haben wir eine aus eurer Mitte geklaut«, sagte er. »Also, ich und die Amerikanerin. War nicht bös gemeint. Ich habe ja gleich gesagt, das geht nicht gut aus. Ist es auch nicht. Die aus eurer Mitte, die haben wahrscheinlich die Wölfe erwischt. Aber das wollten wir nicht. Ihr müsstet sie kennen lernen, die Amerikanerin. Der könntet ihr gar nicht böse sein. Die wollte die ganze Welt retten mit mir. Man kann doch keinem böse sein, der die Welt retten will. Nicht mal, wenn's schief gegangen ist.«

Und dann beschrieb er den Schafen, die gar nicht da waren, die Amerikanerin. Zuerst klang es, als hätte er nur von ihr gelesen, aber dann wurde er ein bisschen mutiger und ein bisschen trauriger und illustrierte sie schöner mit seinen Worten, als die *Abentheuerliche Geschichte* bebildert war.

Er fand das traurige Schaf nicht an diesem Tag. Vielleicht hatte Dawn Kafka Recht, vielleicht gab es Wölfe in diesen Wäldern und vielleicht hatte ein Wolf es gerissen. Wenn man allein unterwegs war und es dunkel wurde, schien der Gedanke nicht mehr so abwegig. Vielleicht aber hatten sich die Wölfe der heutigen Tage daran angepasst, dass man nicht mehr an sie glaubte, dass ihnen die Wälder nicht mehr gehörten. Vielleicht strichen sie nicht mehr durchs Unterholz, vielleicht rissen sie ihre Schafe in den Gedanken der Menschen. War das traurige Schaf wirklich traurig gewesen? Hatten sie es gerettet, in jener Fiebertraumnacht, oder hatte es seitdem auf die Wölfe gewartet? War es vielleicht ausgerissen, um nach Wölfen zu suchen? Und würde er jemals erfahren, ob es sie gefunden hatte?

Als es zu dämmern begann, brach Herr Freytag seine Suche ab und machte sich auf den Heimweg. Das Dämmerlicht stimmte ihn melancholisch. *Gestern um diese Zeit,* dachte er, ein Gedanke, der zutiefst dumm ist und zutiefst menschlich. Er wusste nicht, was er tun sollte, wenn er nach Hause kam. Vor dem Durchbruch der Amerikanerin in sein Leben hatte er immer gewusst, was er tun sollte. Irgendwo hatte immer ein aufgeschlagenes Buch herumgelegen, den gepanzerten Rücken wie eine Schildkröte nach oben gewandt, das er aufnehmen und weiterlesen konnte, und die Geschichte floss mühelos voran. Jetzt aber musste er selbst entscheiden, wie es weiterging, und er steckte fest. Wenn er in seinem Lesesessel saß, vertraute er auf die Eigendynamik der Geschichte. Aber er saß nicht in seinem Lesesessel, sondern ging im Zwielicht einen Waldweg entlang, und das genügte, um dieses grundlegende Vertrauen zu erschüttern.

Seinen Wanderstab lehnte er auf dem Rückweg durch den Wald an einen Baum, weil er nicht wusste, was er zu Hause damit anfangen sollte. So kam er mit leeren Händen zurück.

Sein erster Blick beim Betreten der Wohnung galt dem Loch in der Decke. Dawn Kafka hatte die grüne Decke darübergebreitet und durch die grüne Decke schien kein Licht. Er blieb in der Tür stehen, die Hand auf dem Lichtschalter, als könne er damit nicht nur seine eigene Wohnung beleuchten, sondern auch die darüberliegende. Da stand er und wartete, dass es hell werden möge hinter dem grünen Stoff, dass Dawn Kafka die Decke zurückschlagen und mit ihm reden würde. Er hätte ihr von seinem Wanderstab erzählt, und davon, wie leicht es Schafen fiel, Schafe zu sein, und wie entsetzlich schwer es ihm fiel, Herr Freytag zu sein. Aber es wurde nicht hell.

»Vielleicht schläft sie«, sagte Herr Freytag, einfach, damit irgendjemand etwas sagte.

»Nein«, sagte Dawn Kafka hinter dem Stoff. »Wie könnte sie schlafen?«

»Soll ich hochkommen?«, fragte Herr Freytag.

»Nein. Sollen Sie nicht.«

»Darf ich hochkommen?«

»Dürfen Sie.«

Und er kam hoch.

Das siebenzehnte Kapitel

Führt geradewegs durch die Prärie nach Gottweißwohin, wo sich ein Name findet und eine Geschichte endet.

Als er klopfte, regte sich nichts. Er drückte die Klinke herunter. Die Tür war nicht verschlossen, das überraschte ihn, und er öffnete sie so weit, wie ihm angemessen erschien. Das war nicht sehr weit.

»Wo sind Sie gewesen?«, fragte Dawn Kafka. Sie saß aufrecht im Bett. Das schwache Licht aus der Turmhalle ließ sie aussehen wie eine Hintergrundfigur in einem alten Gemälde, aber vielleicht waren die Hintergrundfiguren in alten Gemälden eigentlich gar keine Hintergrundfiguren.

»Auf der Suche.«

Sie schlug die Decke zurück und schwang die Beine über den Bettrand. Es war ein müdes, schwermütiges Schwingen, ein Krankenhausschwingen, wenngleich ohne Gips. Nur in ihrer Stimme wachte etwas auf. »Alleine?«

»Ja«, sagte Herr Freytag.

»Und haben Sie das traurige Schaf gefunden?«

»Nein«, sagte Herr Freytag. »Entschuldigung.« Er machte eine Pause, die bedeutungsschwangerer ausfiel, als sie sollte, und wünschte sich, sie möge seine Entschuldigung annehmen. Vielleicht tat sie das auch, aber dann verriet sie es nicht. Und vielleicht geschah ihm recht damit, dass sie es nicht verriet.

»Wie geht es Ihnen?«, fragte er.

Auch darauf ging sie nicht ein. »Sie haben nicht richtig gesucht«, sagte sie leise.

»Was?«

»Wenn Sie das traurige Schaf nicht gefunden haben, dann haben Sie nicht richtig gesucht.« Sie zog die Beine an und kauerte sich auf dem Bett zusammen.

»Ich habe richtig gesucht«, sagte Herr Freytag. »Ich hatte sogar einen Wanderstab.«

»Oh«, sagte Dawn Kafka ehrlich beeindruckt.

»Vielleicht hat niemand Schuld«, sagte Herr Freytag.

»Woran?«

»An den Dingen.«

»Doch«, sagte Dawn Kafka und sah ihn fest und unerbittlich an. »Irgendwer hat immer Schuld an den Dingen.«

Herr Freytag stand im Türrahmen und wünschte sich eine Krawatte zum Zurechtzupfen oder eine Zigarette zum Asche abklopfen oder etwas dergleichen, aber er rauchte nicht und er trug keine Krawatte heute, weil es ein seltsamer Tag war.

»Wenn Sie mich bitten, dann helfe ich Ihnen beim Suchen«, sagte Dawn Kafka schließlich, nachdem sie seinen verlegenen Zustand lange genug ertragen hatte. »Vielleicht machen Sie es dann richtig.«

»Ich bitte Sie«, sagte Herr Freytag.

»In Ordnung«, sagte Dawn Kafka. »Manchmal muss man um Hilfe bitten.«

»Ich weiß«, sagte er. »Aber manchmal ist das sehr schwierig.«

»Ich weiß«, sagte sie.

Und dann sahen sie einander zaghaft an, mit distanzierter Wärme, wie zwei alte Geschäftspartner, die sich aus den Augen verloren haben. Dawn Kafka ließ die angezogenen Beine los und stellte die Füße auf den Boden. Sie schienen da nicht sehr fest zu stehen, aber sie standen. Dann stieß sie sich von der Kante ab wie eine Schwimmerin vom Startblock und es zeigte sich, dass sie auch trugen, die Füße.

»Jetzt gleich?«, fragte sie.

»Morgen«, sagte Herr Freytag.

»Morgen also. Schwänzen Sie die Arbeit?«

»Das werde ich wohl.« Er seufzte und war sich unklar über die Natur des Seufzers. »Wann waren Sie eigentlich zuletzt mal studieren?

»Ach«, sagte Dawn Kafka. »Das war ein Donnerstag.« Und das stimmte, aber es war nicht die ganze Wahrheit; die Frage, das sah er, war ihr unangenehm.

»Fällt das nicht auf? Haben Sie keine Prüfungen?«

»Ich glaube, die sind schon vorbei. Das Semester geht doch zu Ende.«

»Ach so«, sagte Herr Freytag. »Natürlich.« Es war spöttisch gemeint, entbehrte aber nicht eines Untertons zurückgehaltener Bewunderung. Bewunderung, das wusste er, war gefährlicher als Spott, und zwar für alle Beteiligten.

»Wo haben Sie überall gesucht?«, fragte Dawn Kafka.

Es war Morgen und Herr Freytag schwänzte die Arbeit und Dawn Kafka ihr Studium, und gemeinsam suchten sie das traurige Schaf. Schon zu Beginn ihrer Suche las Herr Freytag einen neuen Wanderstab auf und stützte sich so schwer darauf, wie sie sich vor langer Zeit auf ihre Krücken gestützt hatte. Das viele Wandern vom Vortag steckte ihm noch in den Knochen und hatte ihn, Stab oder nicht, müde gemacht. Ihr Tonfall ärgerte ihn. Was weißt du schon, dachte er, und sofort tat es ihm leid.

»Haben Sie Ihren Gips eigentlich noch?«, fragte er.

»Und Sie, haben Sie Scardanellis Gedichte eigentlich noch?«

»Wollten Sie nicht mit einem traurigen Jungen über die Liebe reden?«

»Hatten Sie nicht Angst, das neue Straßenschild aufzuhängen?«

»Und dem Metzger ein Schwein klauen?«

»Und das traurige Schaf zu retten, und überhaupt? Haben Sie nicht immer Angst, haben Sie nicht immer einfach zu viel Angst?«

Herr Freytag seufzte schwer und blieb stehen.

»Ich habe den Feldweg abgesucht«, sagte er. »Die Waldwege. Beim Friedhof habe ich gesucht. Es war umsonst.«

Dawn Kafka blieb ebenfalls stehen und drehte sich zu ihm um. »Der Gips liegt unter dem Bett«, sagte sie. »Die besten Wörter, die draufstehen, sind von Ihnen.« Dann zuckte sie kurz zusammen, nicht umsonst heißt es Geistesblitz, und Geistesblitz war ein Wort, das sich gut gemacht hätte auf ihrem Gips; vielleicht stand es sogar drauf, und vielleicht war es von Herrn Freytag.

»Die Gleise«, sagte sie. »Haben Sie die Gleise abgesucht?«

»Nein«, sagte er, und er fragte nicht, warum er das hätte tun sollen, und sie warf ihm nicht vor, dass er es nicht getan hatte. Aber sie machten kehrt und wanderten über den Feldweg zurück zum Wasserturm. Entlang der verlassenen Eisenbahnschienen, die nach Gottweißwohin führten, setzten sie die Suche fort.

Die Gleise waren länger, als Herr Freytag geglaubt hatte. Er hatte immer angenommen, es handle sich nur um einen kleinen, vergessenen Abschnitt; aber sie liefen weiter und immer weiter dem Horizont entgegen, ein Ende schien nicht absehbar. Ohne den kleinsten Bogen zu schlagen, liefen die Schienen schnurgeradeaus.

Manchmal kamen sie an kleinen Häusergruppen vorbei und manchmal rauschte in der Ferne eine Schnellstraße, aber Herr

Freytag hatte den Eindruck, dass sie sich tiefer und tiefer in die amerikanische Prärie hineinbewegten, aus der Dawn Kafka einst gekommen war, oder vielleicht kam sie aus Chicago. Er hatte nicht gewusst, dass es in Deutschland Prärie gab. Fast glaubte er jetzt an Wölfe.

Mit seinem Wanderstab lief er neben den Schienen entlang, während Dawn Kafka mitten auf der Gleisspur einherschritt. Wahrscheinlich war sie so auch damals aus der Prärie bis in die kleine Dachkammer des Wasserturms gelangt: Immer einen Fuß vor den anderen, mit der siegreichen Langsamkeit der Schildkröte, die seit Jahrtausenden Achilles im Wettlauf schlägt. Wie lange mochte sie unterwegs gewesen sein? Vielleicht war sie viel älter, als sie aussah.

»Ich muss zurück«, brach Dawn Kafka schließlich das Schweigen, das sie aufrecht erhalten hatten, seit sie vom Wasserturm aufgebrochen waren. Den Blick fest auf die Bahnschwellen gerichtet, die Arme zu beiden Seiten ausgebreitet, als müsse sie das Gleichgewicht halten, verlangsamte sie ihren Schritt noch mehr. Herr Freytag drehte sich nach dem Wasserturm um, aber der war längst außer Sicht.

»Nicht dahin zurück«, sagte Dawn Kafka. »Ganz zurück.«

»Nach Amerika?«

»Ja«, sagte Dawn Kafka. »Nach Chicago«. Sie lächelte jetzt ein bisschen, ein kurzes Aufreißen der Wolkendecke an einem trüben Tag, und was darunter zum Vorschein kam, war die ganze Wahrheit, die sie zuvor nicht hatte aussprechen wollen.

»Wirft die Grauerin Sie raus?«, fragte Herr Freytag. »Wegen des Schafes?« Und er fragte sich beunruhigt und dann beschämt, weil es ihm die dringlichere Frage schien, ob ihm dasselbe Schicksal ins Haus stand.

»Womöglich«, sagte Dawn Kafka. »Aber das ist egal. Meine Eltern schicken kein Geld mehr. Weil ich nie da war und die Prüfungen verpasst hab und alles.«

»Woher wissen sie das?«

»Ich hab's ihnen gesagt. Vor ein paar Tagen schon.«

»Sind sie sauer?«

»Ja, aber das sagen sie nicht. Sie sind moderne Eltern.«

»Und jetzt sollen Sie zurückkommen.«

»Und richtig studieren.«

»In Chicago.«

»In Springfield, Illinois.«

»Wie ist es dort?«

Sie lief weiter und antwortete eine Weile nicht, den Blick konzentriert auf die Gleise geheftet, ihr Kopf eine Kamera, die das langsame Dahingleiten der Holzschwellen einfing. »Am liebsten würde ich da nachts überall Piratenflaggen aufhängen«, sagte sie kryptisch, ohne den Kopf zu heben.

Herr Freytag verstand. »Und neue Straßenschilder«, sagte er.

Dawn Kafka nickte stumm, und er fragte sich, ob sie schon früher einmal neue Straßenschilder aufgehängt oder vor der Einweihung der Scardanelli-Straße nur davon geträumt hatte. Er versuchte sich Dawn Kafkas Kindheit vorzustellen in Springfield, Illinois, und Amerika gewann für ihn ein wenig von dem geheimnisvollen Glanz zurück, den er längst verloren geglaubt hatte.

Sie fanden das Schaf eine halbe Stunde später.

Herr Freytag sah es von weitem, aber er tat so, als hätte er es noch nicht gesehen und bereitete sich darauf vor, es zu sehen, obwohl er es längst gesehen hatte. Als Dawn Kafka losrannte, wusste er nicht, was er tun sollte. Für einen Moment spannten sich seine Muskeln, wie sie sich spannen, wenn man sich das Rennen sehr intensiv vorstellt. Aber näher als in diesem Moment kam er dem Losrennen nicht, und so behielt er seinen normalen Gang bei, während er sich weiter in Richtung Schaf bewegte.

Dass es tot sein musste, daran bestand kein Zweifel. Selbst ein weniger geübter Romanleser als Herr Freytag hätte das gleich erkannt, spätestens an der Stelle vermutlich, an der Dawn Kafka losgerannt war; und das lag, als Herr Freytag sie schließlich einholte, schon einige Sätze zurück. Sie hatte sich neben dem Schaf auf die Knie geworfen und kauerte über ihm, als wolle sie ihr Gesicht in seinem gelblichen Fell vergraben. Aber das tat sie nicht, das tat sie nur in Gedanken, so intensiven Gedanken, dass sie beinah aus ihr heraussprangen. Das Tier musste dort schon einige Zeit gelegen haben. Im Näherkommen fragte sich Herr Freytag, ob sie den Geruch überhaupt wahrnahm, und als er sich das fragte, kam sie ihm wieder vor wie eine Figur in einem Gemälde. Wie sie da kauerte in dieser bewegungslosen und mutmaßlich geruchlosen Szene, hätte sie eine arkadische Schäferin sein können. Aber Dawn Kafka posierte nicht und die Szene war kein Gemälde und irgendwie hatte Herr Freytag das schon befürchtet.

Als er neben sie trat, hob sie den Kopf und Herr Freytag sah, dass sie weinte, hemmungslos und hoffnungslos weinte. Ihre Augen waren weit und groß wie die Welt, und wenn man die Welt schon nicht retten konnte, wie sollte man eine weinende Amerikanerin retten, die jenseits aller Rettbarkeit schien? Er fühlte sich hilflos und zu nichts zu gebrauchen. Weil er ihr nicht in die Augen schauen konnte, folgte er dem Weg einer Träne, die aus ihrem linken Auge lief und im Mundwinkel verschwand, obwohl er geglaubt hatte, sie würde es bis zum Kinn schaffen.

»Das ist Ihre Schuld!«, schrie Dawn Kafka. Ihre Stimme klang anders; vielleicht, weil sie schrie, vielleicht, weil sie weinte, vielleicht, weil sie gerade jetzt, in diesem entscheidenden Augenblick, tatsächlich eine Andere geworden war. Plötzlich war sie auf den Füßen, strauchelte, als sei sie betrunken oder fiebrig, fand aber ihr Gleichgewicht und gab Herrn Freytag einen Stoß vor die Brust.

»Meine Schuld!«, schrie sie.

Sie gab ihm einen weiteren Stoß, und noch einen. Jeder fiel ein wenig stärker aus als der vorangegangene, und Herr Freytag, den schon der erste vor Überraschung fast umgeworfen hatte, mühte sich, auf den Beinen zu bleiben.

»Ihre Schuld, meine Schuld, meine Schuld!«, schluchzte Dawn Kafka und schubste ihn synchron dazu dreimal. Dann war es auf einmal genug mit dem Schubsen und sie vergrub ihr Gesicht in seinem Hemd, das sie nicht im Fell des traurigen Schafes hatte vergraben können, und die Arme schlang sie um ihn und weinte fürchterlich, so fürchterlich in der Tat, dass es Herrn Freytag zuerst davon abhielt, selbst in Tränen auszubrechen. Die Umarmung aber, die gab er zurück. Erst nur, um ihr Halt zu geben, aber je länger sie sich in den Armen lagen, desto fester umklammerte er sie, und als er das merkte, wurde ihm klar, dass er genauso sehr Halt brauchte wie sie.

Da weinte er doch. Er weinte, weil sie weinte; er weinte, weil es seine Schuld war, dass sie weinte; und er weinte, weil er zu lange nicht geweint hatte, ein ganzes Menschenleben nicht, so kam es ihm jedenfalls vor. Anfangs war es ihm peinlich. Die Geräusche, die er dabei machte, waren ihm peinlich, das leichte Zucken seines Körpers war ihm peinlich, aber als er lange genug geweint hatte, wusste er plötzlich nicht mehr, warum ihm das alles peinlich zu sein hatte, wo das eigentlich geschrieben stand. Er hielt sie fest und er ließ sich los und es tat ihm weh und es tat es ihm gut.

So standen sie eine Weile. Herrn Freytag gingen die Tränen zuerst aus. Er hob den Kopf, blinzelte, atmete tief ein und wusste dann nicht, wo er hinsehen sollte. Schließlich starrte er auf den Punkt am Horizont, dem die Eisenbahnschienen entgegenliefen, nach Gottweißwohin, und er dachte darüber nach, wie es jetzt weitergehen sollte, aber das Nachdenken fühlte sich hohl an. Ein bisschen später hörte auch Dawn Kafka zu weinen auf.

»Soll ich loslassen?«, fragte Herr Freytag mit gewohnter Vorsicht, verstopfter Nase und leicht gebrochener Stimme.

»Warum?«, fragte sie in sein Hemd hinein. Ihr Atem ging durch den Stoff und legte sich auf seine Brust.

»Weil Sie aufgehört haben.«

»Oh«, sagte sie und hob den Kopf. Trotzdem klang sie noch immer, als spreche sie in sein Hemd hinein. »Ja. Jetzt können Sie loslassen.«

Aber sie ließ als Erste los.

»Das waren die Wölfe«, sagte sie dann in ihrer Hemdstimme und schaute mit roten Augen und feuchten Wangen auf das traurige Schaf hinab. »Warum haben wir nicht an die Wölfe gedacht?«

Herr Freytag dachte nach und diesmal geriet ihm das Nachdenken etwas weniger hohl. Er wischte sich die Wangen ab und putzte sich die Nase.

»Erinnern Sie sich an die Stelle in der *Abentheuerlichen Geschichte*«, sagte er dann mit etwas festerer Aussprache, »als die Gräfin sich entscheidet, mit dem französischen Heißluftballonräuber zu fliehen, obwohl es sich nicht schickt?«

»Natürlich«, nickte Dawn Kafka. Sie musste es nicht sagen.

»Erinnern Sie sich auch, wie die Häscher sie später erhaschen?«

»Ja«, sagte Dawn Kafka. »Weil der verräterische Wirt sie verraten hat.«

»Genau. Und wie der Ballon abgeschossen wird und der Heißluftballonräuber wird von einer Kugel verletzt und sie verhaften ihn? Und der Major schlägt der Gräfin seinen Pistolengriff ins Gesicht, weil sie ihn verteidigt? Und ihr Vater zwingt sie, zu ihrem Ehemann zurückzukehren? Und wie sie im Teezimmer eingeschlossen sitzt und sich umbringen will?«

Dawn Kafka nickte. »Da hab ich ein bisschen geweint«, sagte sie.

»Meinen Sie, sie hat mit all dem gerechnet, die Gräfin?«, fragte Herr Freytag. »Als sie seine Hand genommen hat und in den

Ballonkorb geklettert ist, meinen Sie, sie hat sich Schussverletzungen und Pistolengriffe und schlimme Teezimmergedanken vorgestellt?«

Dawn Kafka schüttelte den Kopf. »Aber Angst hatte sie trotzdem.«

»Warum ist sie dann in den Korb gestiegen?«

»Na ja«, sagte Dawn Kafka. »Sie dachte, dass aus der Sache vielleicht was werden könnte. Das war stärker als die Angst.«

Herr Freytag nickte. »Manchmal denkt man nicht an die Wölfe«, sagte er. »Manchmal denkt man nur daran, dass aus einer Sache vielleicht was werden könnte.«

»Vielleicht«, sagte Dawn Kafka und bückte sich mit den Blicken noch einmal zu dem Tier hinab, das die Wölfe erwischt hatten. »Ich glaube, so heißt sie. Vielleicht.«

Und so fand sie dem traurigen Schaf zu guter Letzt seinen Namen.

»Was passiert jetzt mit ihr?«, fragte Dawn Kafka. »Wir können sie doch nicht für die Wölfe liegen lassen. Wir müssen sie vergraben.«

»Begraben«, sagte Herr Freytag. Aber dann schienen ihm kleingeistige Korrekturen dieser Art unangemessen, und er schämte sich und entschuldigte sich.

»Das ist nicht kleingeistig«, sagte Dawn Kafka, »das ist wichtig. Da geht es um Würde. Das B klingt würdiger als das V.«

»Wenn wir sie begraben wollen«, sagte Herr Freytag, »brauchen wir eine Schaufel.«

»Sie bleiben«, sagte Dawn Kafka. »Ich hole Schaufeln. Einer muss sie sowieso bewachen, falls die Wölfe zurückkommen.«

»Wenn die Wölfe zurückkommen«, sagte Herr Freytag, »dann kriegen sie mich auch.«

»Geschieht Ihnen recht«, sagte Dawn Kafka.

Sie ging also Schaufeln holen. Er sah ihr nach, wie sie die Gleise zum Wasserturm entlangging, zurück nach Hause. Dann fiel ihm ein, dass der Wasserturm bald nicht mehr ihr Zuhause sein würde, und da wurde er melancholisch, oder vielleicht wurde er sogar richtig traurig. Er war froh, dass in der Prärie die Mittagssonne noch schien, aber gleichzeitig sehnte er sich nach der Abenddämmerung. Erschöpft vom Weinen sah er Dawn Kafka nach, bis sie außer Sichtweite war. Als sie am Horizont verschwand, stellte er sich vor, sie sei jetzt zurück in Amerika, und er ließ sich neben dem traurigen Schaf auf dem Boden nieder.

»War das unsere Schuld?«, fragte er und kam sich nicht einmal besonders albern dabei vor. Er hatte bereits mit Schafen gesprochen, die nicht da waren, und mit einem toten Dichter zu sprechen versucht; jetzt sprach er eben mit einem toten Schaf, da ging es um Würde. »Haben wir dich umgebracht?«

Natürlich antwortete das tote Schaf nicht.

Dawn Kafka blieb fast zwei Stunden weg. Als sie schließlich in der Ferne auftauchte, eine Schaufel in jeder Hand, stand die Sonne schon niedrig. Sie sah erschöpft aus und traurig, aber nicht mehr verzweifelt, und Herr Freytag, obwohl ihm die Aussicht auf das Begräbnis Missvergnügen bereitete, war froh darüber.

»Waren Wölfe da?«, fragte sie, als sie ihn erreicht hatte.

»Nein«, sagte Herr Freytag.

»Gut«, sagte Dawn Kafka und reichte ihm eine Schaufel. »Wir begraben sie da hinten.« Sie zeigte ein Stück in Richtung Gottweißwohin.

»Warum da hinten?«, fragte Herr Freytag.

»Dann kommt sie noch etwas weiter, als sie es selbst geschafft hat. Das sind wir ihr schuldig. Wir haben sie schließlich auch weggetragen. Jetzt tragen wir sie weiter voran.«

Sie schulterte ihre Schaufel, ging ein paar Schritte und stieß sie neben den Gleisen in den Boden. Dann begann sie zu graben.

»Wo haben Sie die Schaufeln her?«, fragte Herr Freytag.

»Aus dem Keller.«

»Hat Frau Grauer nichts gesagt?«

»Nein.«

»Vielleicht sind es gar nicht ihre«, sagte Herr Freytag. »Vielleicht haben sie Scardanelli gehört.«

»Das wäre schön«, sagte Dawn Kafka. Aber sie glaubten es beide nicht.

Und sie gruben.

Es dauerte nicht so lange, wie Herr Freytag befürchtet hatte. An der erwählten Stelle war der Boden weicher, als er aussah, und Dawn Kafka grub trotz ihrer Erschöpfung mit so raschen, tiefen Spatenstichen, dass bald ein Loch von ausreichender Größe und Tiefe vor ihnen lag. Inzwischen war die Dämmerung hereingebrochen. Herr Freytag sorgte sich um den Heimweg

»Das ist genug«, sagte er und legte seine Schaufel hin. Aber sie grub fieberhaft weiter.

»Das ist genug«, wiederholte Herr Freytag.

Sie grub.

Er zögerte, dann legte er ihr den Arm auf die Schulter. Dawn Kafka schrak zusammen, ließ den Spaten ruhen und sah ihn an.

»Das ist genug«, sagte Herr Freytag ein drittes Mal.

»Oh«, sagte sie, als hätte er sie aufgeweckt. »Ich wollte nur, dass es tief wird. Damit die Wölfe sie nicht wieder ausgraben.«

»Es ist tief«, sagte Herr Freytag. »Da kommt kein Wolf dran.«

Und sie begruben das traurige Schaf. Dawn Kafka fasste es an den Hinterbeinen, und Herr Freytag nahm es unbeholfen und mit einem Ekel, dessen er sich schämte, bei den Vorderbeinen. Es war wie damals, in jener Fiebertraumnacht, und tatsächlich sah Dawn Kafka ein wenig fiebrig aus, aber auf andere Art. Ein paar Schritte weit trugen sie das Schaf, weiter, als es selbst gekommen war, und dann betteten sie es in sein Grab und schütteten Erde darüber.

Als sie fertig waren, standen sie in der Dunkelheit. Die Nacht war kühl und sie fröstelten. Aber Dawn Kafka wollte noch nicht gehen. Sie standen an dem Loch, das ein Grab war, die Spaten in der Hand.

»Vielleicht«, sagte Dawn Kafka. Es klang wie ein Gebet. Dann schulterte sie den Spaten und ging in Richtung Wasserturm davon. Herr Freytag ging hinterher, mit seinem Spaten auf der Schulter. Es war einfach. Sie mussten nur den Schienen folgen. Er fragte sich, warum er sich Sorgen um den Heimweg gemacht hatte, warum er sich überhaupt immer Sorgen machte, und wusste es nicht.

»Ist die Geschichte jetzt zu Ende?«, fragte Dawn Kafka nach langem, stillem Wandern durch die Dunkelheit. Der Wasserturm war schon in der Ferne zu sehen.

»Ja«, sagte Herr Freytag. »Aber sie hat mir gefallen.«

»Sie hat ein trauriges Ende. Wir haben die Welt nicht gerettet.«

»Alle Geschichten haben ein trauriges Ende.«

»Nicht die mit den glücklichen«, widersprach Dawn Kafka. »Der Heißluftballonräuber und die Gräfin, für die geht es gut aus.«

»Aber haben Sie jemals ein glückliches Ende gelesen und trotzdem geweint?«

»Ja«, sagte Dawn Kafka. »Einfach, weil es schön war.«

Herr Freytag nickte. »Sehen Sie.«

Das letzte Kapitel

In dem vieles anders ist als zuvor; Tee getrunken wird aber trotzdem, und wo eine alte Geschichte zu Ende geht, da beginnt eine neue.

Das Ende des Sommers kam schnell. In der Zwischenzeit begegneten Herr Freytag und Dawn Kafka sich kaum. Die grüne Decke lag unverrückt über dem Loch zwischen ihren Leben, und Herr Freytag versuchte, nicht allzu oft aufzuschauen. Manchmal hörte er Schritte über seinem Kopf, aber das kam selten vor. Einmal kamen die Schritte die Treppe herunter und er legte das Buch zur Seite, in dem er gerade las. Aber die Schritte nahmen auch noch die nächste Treppe, und die nächste, und dann ging die Haustür. Vom Fenster aus sah er, wie die Amerikanerin sich mit langsamen Spazierschritten entfernte. Er blieb nicht stehen und sah nicht, welche Richtung sie einschlug, ob es sie zum Friedhof zog, oder zur Grabstätte des traurigen Schafes, oder ganz woandershin, an einen Ort, der nichts zu tun hatte mit Tod und Vergangenheit. Mit denselben langsamen Spazierschritten ging er zurück zu seinem Lesesessel und nahm das Buch wieder auf. Es war eines der Bücher aus dem Regal für Zeitgenössisches.

In der Altstadt verschwanden nacheinander die Pappschilder, mit denen sie berühmte Männer und wichtige Schlachten überklebt hatten; das war schade, aber es ließ sich nicht ändern und niemand starb daran. Die Geschäfte im Antiquariat *Alter Kaiser* gingen wenig besser, seit Herr Freytag sein Sortiment erweitert hatte, aber das machte ihm für den Augenblick keine Sorgen. Überhaupt machte ihm kaum etwas Sorgen für den Augenblick, und das wunderte ihn zwar, wenn er darüber nachdachte, aber er war dankbar und dachte nicht allzu oft darüber nach.

Vielleicht mache ich den Laden einfach zu, dachte er, und werde Hausmeister. Oder Schäfer. Oder Ballonführer.

Ihm war klar, dass die Geschichte von der Rettung der Welt zu Ende ging, aber ihm war mehr nach Aufbruch als nach Ende zumute; ein Buch, das zu Ende war, nahm man vom Nachttisch, stellte es ins Regal zurück und begann nach einer Gedankenpause von angemessener Länge mit dem Nächsten. Seine Geschichte war nicht zu Ende, und die der Amerikanerin war es auch nicht; sie würden sich von nun an nur nicht mehr dieselbe Geschichte teilen können, das war alles.

Einmal begegneten sie sich an der Haustür. Herr Freytag kam gerade aus dem Geschäft zurück und Dawn Kafka brach zu einem Spaziergang auf oder zu einer Besorgung oder sie war auf der Flucht, das war schwer zu erkennen, weil es schon dunkel wurde. Sie lächelte und grüßte, und er grüßte freundlich zurück, und dann gingen sie ihrer Wege. Herr Freytag überwand den Drang, sich nach ihr umzuschauen. Als er die Tür hinter sich schloss, spürte er den Stich, den man spürt, wenn etwas Wichtiges einen einholt, und dann kam die Traurigkeit. Aber genau, wie einen ein schönes Ende manchmal zum Weinen bringt, fühlt sich ein trauriges Ende manchmal schön genug an, um einen auf seltsame Weise glücklich zu machen.

»Da rennt die schon wieder nach draußen«, sagte die Grauerin, die mit Eimer und Wischmopp die Treppe herunterkam, als Herr Freytag gerade hinaufsteigen wollte. »Um die Uhrzeit, Herr Freytag. Na, ich will mich ja nicht beklagen. Die muss mal raus, hab ich gesagt, hab ich das nicht immer gesagt? Vielleicht hat sie ja ’nen jungen Burschen aufgegabelt irgendwo. Oder vielleicht geht sie bloß spazieren, da frag ich ja nicht, Herr Freytag, das kümmert ja mich nicht. Dass sie nur rauskommt. Tut ihr gut, der bleichen Stubenkartoffel, der.«

»Wissen Sie, dass sie zurück nach Amerika geht?«, fragte Herr Freytag.

»Freilich weiß ich das«, polterte die Grauerin. »Ich weiß doch, was in meinem Haus vorgeht.«

Hier setzte das Gespräch für einen Moment aus. Sie sah Herrn Freytag scharf an, und Herr Freytag sah betreten zur Seite, aber niemand erwähnte die Sache mit dem traurigen Schaf, die so deutlich in der Luft hing, dass das vielleicht gar nicht sein musste.

»Aber ’nen Burschen kann sie sich doch trotzdem aufgabeln«, schob die Grauerin schließlich nach. Da traf Herrn Freytag die plötzliche Erkenntnis, dass auch sie einmal jung gewesen war und auf ihre eigene Art versucht haben musste, die Welt zu retten, und sie traf ihn mit Wucht. Fast hätte er vergessen, ihr ihren

Lottoschein zu geben, aber dann fiel es ihm doch ein und er suchte in seiner Aktentasche danach, denn es war ein Montag und manche Dinge änderten sich und andere nicht.

»Dank recht schön, Herr Freytag«, sagte die Grauerin und steckte den Schein in ihre Schürzentasche. »Weiß ja nicht, ob ich das Zimmer wieder vermiete unterm Dach. Mit dem Loch da im Boden will's wahrscheinlich ohnerdings keiner haben.«

Dann drückte sie sich an ihm vorbei mit ihrem Wischmopp und öffnete die Kellertür.

»Guten Abend, Frau Grauer«, sagte Herr Freytag.

»Jaja«, sagte die Grauerin. »Guten Abend, Herr Freytag.«

Frau Professor Iljitsch blieb dem Antiquariat zwei ganze Wochen fern. Dann kam sie zurück, zur gewohnten Stunde, und obwohl ihr Teezeitlächeln keinen Schaden genommen hatte, schien sie verändert.

»Frau Professor«, sagte Herr Freytag. »Wo waren Sie denn?«

»Beschäftigt«, sagte Professor Iljitsch.

»Mit Antoniewskij?«

Sie nickte. »Die Seiten, die Sie mir gegeben haben ...«

»Die Professor Beardsley geschickt hat«, warf Herr Freytag ein.

»Die Sie mir gegeben haben«, sagte Professor Iljitsch. »Die musste ich erst einmal verarbeiten, wissen Sie. Schön sind sie ja ...«

Herr Freytag lehnte sich gespannt vor. Dann kam er sich vor wie die Karikatur eines aufmerksamen Zuhörers und lehnte sich wieder zurück.

»Aber sie sind so anders«, fuhr Professor Iljitsch fort. »Ist das nicht ironisch? Ausgerechnet in der Autobiographie ist er ein ganz anderer als in den Romanen.«

»Das ist doch ganz natürlich«, sagte Herr Freytag. »Romane sind schließlich erfunden.«

»Ach«, sagte Professor Iljitsch mit der wegwerfenden Handbewegung einer Poststrukturalistin, »Biographien doch auch. Manche besser, manche schlechter.«

»Und wie ist es bei seiner?«, fragte Herr Freytag und hielt den Atem an. Dann wurde ihm bewusst, dass er das tat und er versuchte, die aufgestaute Luft so geräuschlos wie möglich wieder loszuwerden.

»Die«, sagte Professor Iljitsch und eine ungewohnte

Mehrdeutigkeit nahm Besitz von ihrem Teezeitlächeln, »die ist in der Tat ziemlich gut erfunden.«

»Sie prüfen ja noch die Echtheit«, sagte Herr Freytag. »Vielleicht ist es eine Fälschung. Aber Professor Beardsley ist sich sehr sicher.«

»Ja«, sagte sie. »So sicher, dass er sie schon ins Englische übersetzt hat. Und Sie dann ins Deutsche.«

Er forschte besorgt nach Anzeichen verlorener Illusionen in ihrem Gesicht, aber er fand keine; vielmehr, so wurde ihm klar, war er selbst einer Illusion aufgesessen, wenn er geglaubt hatte, er habe sie jemals ernsthaft getäuscht.

Wieder lächelte sie. »Es gibt keinen Professor Beardsley in Chicago«, sagte sie. »Aber das macht nichts, Herr Freytag. Wenn eine Geschichte gut erfunden ist – ist es nicht eigentlich egal, wer sie erfunden hat?«

Und noch bevor Herr Freytag in den Tiefen seiner Verwirrtheit eine Antwort finden konnte, empfahl sie sich mit einem erneuten Lächeln, dieses sehr warm und sehr eindeutig, und verließ den Laden.

An diesem Abend holte Herr Freytag Scardanellis Nachlass hervor und setzte sich an den Schreibtisch. Er ging die Seiten durch und sortierte zwanzig Gedichte aus, die er für besonders wichtig im Gesamtwerk erachtete, darunter alle vierzehn, die er eines Nachts, in einem lange zurückliegenden Kapitel, Dawn Kafka vorgelesen hatte. Er legte die Seiten vorsichtig in seine Aktentasche, nahm sie am nächsten Morgen mit in die Stadt und fotokopierte sie. Am Abend kam er mit den Kopien nach Hause und nahm das Lubenreuther Verlagsprogramm zur Hand, auf dessen Lyriksektion Dawn Kafka in einem lange zurückliegenden Kapitel ihren Zeigefinger gelegt hatte. Er setzte sich an den Schreibtisch und übertrug die Verlagsanschrift auf einen großen Briefumschlag. Dann schob er die Gedichtkopien in den Umschlag und setzte ein kurzes Anschreiben auf, das die Einsendung erklären und ihre Veröffentlichung nahelegen sollte. Es wurde ein sehr langes Einschreiben. Gegen Mitternacht schob Herr Freytag es zu den Gedichten in den Umschlag, verschloss ihn, klebte eine Briefmarke darauf, legte ihn vorsichtig in seine Aktentasche und schlief so gut wie schon lange nicht mehr.

In den Morgenstunden, kurz vor der Dämmerung, begann er zu träumen. Erst träumte er, er sei wach und sah sich durch das Loch in der Decke selbst im Bett liegen. Sie sahen sich in die Augen, der da oben und der, der da lag. Er fand, dass er seltsam aussah, ein Gefühl, wie wenn man eine Aufnahme der eigenen Stimme hört, auf der man sich erkennt und doch nicht erkennt. Wie wenn man einen alten Brief wiederfindet, den man vor Jahren geschrieben und nicht abgeschickt hat, und vieles darin stimmt nicht mehr, hat aber einmal gestimmt, kann vielleicht sogar wieder stimmen.

Dann träumte er, dass das Meer den Heizkeller zurückeroberte und dass die Schafe des Landes in großen Herden nach Süden zogen. Er träumte von Schritten auf der Treppe und von Vögeln auf dem Dach. Er träumte einen Kuss, der aus dem Nirgendwo kam, und bevor er ihn erwidern konnte, verschwand er dorthin zurück, aber das war in Ordnung, das musste so sein. Er träumte, wie der alte Wasserturm zusammenbrach und ihn unter sich begrub. Er befreite sich aus den Trümmern, machte sich Frühstück und ging zur Arbeit, und während er das Frühstück träumte, und das Zur-Arbeit-Gehen, verschlief er draußen in der Wirklichkeit den Morgen.

Er erwachte, als die Grauerin an die Tür klopfte und sie unmittelbar danach aufriss. Dass das in einigen Fällen ratsam war und Sicherheit manchmal vor Höflichkeit ging, musste sie aus der Entdeckung des traurigen Schafes gelernt haben.

»Gehen Sie überhaupt noch zur Arbeit, Herr Freytag?«, begrüßte sie ihn und betrat forschen Schrittes das Zimmer. Herr Freytag fuhr hoch und bedeckte seine Blöße, die zwar aus einem karierten Pyjama bestand, aber für seine Maßstäbe war das Blöße genug.

»Wie spät ist es?«, fragte er.

»Zwölfe is«, sagte die Grauerin.

»Zwölf?«, wiederholte Herr Freytag entsetzt, aber nicht ungläubig. »Warum haben Sie mich denn nicht früher geweckt?«

»Früher geweckt.« Sicher nicht aus Rücksicht gewährte ihm die Grauerin noch einen Moment des Wachwerdens, bevor sie ihrem Unmut über diese Frage Ausdruck verlieh. »Ich bin doch nicht Ihr Weckdienst. Dachte halt, Sie wärn längst raus aus dem Haus. Bis ich gehört hab, dass Sie hier am ramentern sind.«

»Ramentern?«

»Sie wälzen sich im Bett rum wie so'n olles Schaf«, beschwerte sich die Grauerin und deutete wie zum Beweis auf das besagte Möbelstück. »Das neue kriegen Sie diesmal ganz alleine kaputt, wenn Sie so weitermachen. Da muss Ihnen gar keiner drauffallen.«

»Ich hab was geträumt«, verteidigte sich Herr Freytag und versuchte sich zu erinnern. »Wie der Turm eingestürzt ist.«

»Ja, um Gottes willen«, sagte die Grauerin, »das fehlte jetzt grade noch, du.«

Unter ihrem fordernden Blick stieg Herr Freytag schließlich aus dem Bett und wartete darauf, dass die Grauerin ihn der Intimität des Ankleidens überlassen würde. Aber die blieb ungerührt stehen.

»Sie, Herr Freytag«, sagte sie und nickte dem Loch in der Decke bedrohlich zu. »Montag kommen die Handwerker. Da ist nix mit Ausschlafen, gell.«

Herr Freytag sah auf und stellte zu seiner Überraschung fest, dass die grüne Decke über dem Loch nicht mehr da war.

»Jetzt gucken Sie halt nicht wie so'n Ochse«, sagte die Grauerin. »Wurde ja Zeit. Jetzt ist nämlich das Geld da.«

»Tatsächlich? Woher?«

»Das geht Sie zwar gar nichts an«, sagte die Grauerin, und ein Ausdruck schlecht getarnten Stolzes nahm ihr Gesicht in Besitz; sie konnte kaum erwarten, ihm zu erzählen, was ihn nichts anging. »Aber ich hab den großen Pott gewonnen. Haben sie im Radio gesagt gestern Abend. Ist das die Möglichkeit! Wenn Sie wollen, dürfen Sie den Schein auch mal angucken. Aber nicht die Nummern!«

Herr Freytag guckte wie ein Ochse.

»Und dann kommt als Nächstes der Keller dran«, sagte die Grauerin. Diesmal fand sie an seinem Gesichtsausdruck nichts zu kritisieren; er schien ihr wohl angemessen. »Schluss mit der Sinnflut da unten.«

»Sintflut«, wollte Herr Freytag verbessern, aber dann dachte er an Scardanelli und fand, dass es gar keine Verbesserung war. Sinnflut, das war ein Scardanelliwort und ein Gipsbeinwort, und er verbesserte nicht und hielt den Mund.

»Weiß die Amerikanerin schon Bescheid?«, fragte Herr Freytag. »Bei der oben werden sie doch wohl eher zu Werk gehen als bei mir, die Handwerker.«

Die Grauerin schüttelte den Kopf. »Was kriegen Sie eigentlich mit, Herr Freytag. Die ist doch längst raus. Ist mitten in der Nacht zum Flughafen. Die fliegen ja nur zu so ungesunden Zeiten, die Blechgesömse.«

Und dann war sie wirklich aus dem Zimmer, die Grauerin, und Herr Freytag guckte wirklich wie ein Ochse, und viel Tröstliches lässt sich nicht dazu sagen.

Dawn Kafka war gegangen, ohne sich zu verabschieden. Sie hatte ihre Koffer gepackt, die grüne Decke zum Schluss. Sie hatte das Bett gemacht, ihr Beerdigungskleid angezogen und den Hut aufgesetzt. Sie hatte im Türrahmen gestanden mit den Koffern und sich gewundert, dass das Zimmer so groß aussah ohne sie. Sie hatte überlegt, ob sie etwas vergessen hatte. Es war nichts mehr da, aber sie konnte das Gefühl nicht abschütteln. Das kann selten jemand, der eine weite Reise antritt, insbesondere, wenn es unwahrscheinlich ist, dass er zurückkommt.

Wie es ihr gelang, mit zwei schweren Koffern in der Hand die Treppen herunterzusteigen, ohne dass es nennenswert knarrte, weiß niemand zu sagen. Vor Herrn Freytags Tür blieb sie einen Herzschlag lang stehen oder zwei, aber drei wurden es nicht. Dann setzte sie den Abstieg fort. Mehr Mondschein als Mensch glitt sie durch die Dunkelheit der Turmhalle, ein vertriebener Geist, der sich in stiller Niederlage zurückzieht bis zur nächsten Schlacht, zur nächsten Rettung.

Draußen vor dem Wasserturm setzte sie sich auf den größeren der beiden Koffer, wartete auf das Taxi und wettete mit sich selbst darum, ob es ein gelbes oder ein schwarzes Taxi sein würde. Sie gewann.

Als sie am Flughafen zwei Stunden später zwischen Fremden saß und ihr Flug aufgerufen wurde, da fiel es ihr ein: Sie hatte das Gipsbein unter dem Bett liegen gelassen. Aber dafür nahm sie Herrn Freytags Exemplar der *Abentheuerlichen Geschichte*, märchenhaft schön bebildert von Heinrich Hessfeldt, mit nach Amerika. Selbst in Amerika, wo es alles gibt, gab es so etwas vielleicht noch nicht; und vielleicht war es nur gerecht, im Tausch für eine Sammlung von Lieblingswörtern eine andere dazulassen.

Sie ließ sich den plötzlichen Moment der Erkenntnis nicht anmerken, sondern erhob sich mit einer Eleganz, die ihr nicht bewusst war, und folgte den Fremden, die auf die Flugansage hin ebenfalls aufgestanden waren.

Ein paar verwunderte Blicke zog sie auf sich; die Welt war groß und sie wirkte so verloren darin, dass es auffiel. Sie bemühte sich, als Letzte an Bord zu gehen. Die Flugbegleiterin kontrollierte ihr Ticket und bot ihr eine kostenlose Zeitung an. Dawn Kafka lehnte höflich ab.

»Haben Sie nicht vielleicht lieber ein Buch?«, fragte sie.

Nein, die Flugbegleiterin hatte kein Buch.

»Macht nichts«, sagte Dawn Kafka. »Ich denk mir selber eins aus. Da wo ich herkomme, macht man das gern, wissen Sie.«

Die Flugbegleiterin wusste das nicht. Aber sie lächelte freundlich und fragte nicht, wo das war, und zog den ausgestreckten Arm mit der Zeitung wieder zurück.

Dawn Kafka bestieg das Flugzeug. Als Letzte.

Und damit endet ihre Rolle in dieser Geschichte.

Gemäß der Prophezeiung der Grauerin kamen die Handwerker am Montag. Herr Freytag hörte sie geräuschvoll an seiner Tür vorbei und die Treppe unters Dach hinaufpoltern, während er sich fürs Geschäft fertig machte. Für einen kurzen Moment schlich ihm ein Gefühl über die Seele, als sei zwischen jenem Sonntagabend, an dem die Amerikanerin durch die Decke gefallen war und diesem Montagmorgen, an dem das Loch repariert werden sollte, kaum Zeit verstrichen. Vielleicht war der Sommer dazwischen eine einzige lange Fiebertraumnacht gewesen. Herr Freytag jedenfalls war froh, dass er nicht zugegen sein musste, während die Handwerker den letzten sichtbaren Beweis von Dawn Kafkas einstiger Anwesenheit im Wasserturm eliminierten. Er zog ein wärmeres Jackett an als am Vortag, wartete an der Tür, bis der letzte Handwerker die Treppe hochgepoltert war, und dann griff er sich seine Aktentasche und ging zur Arbeit.

Als er abends nach Hause kam, fand er seine Tür unverschlossen vor; die Handwerker hatten, vermutlich unter Beihilfe der Grauerin, auf ihrem Vernichtungsfeldzug gegen die Vergangenheit auch seine Wohnung erobert. Unter dem Loch stand eine Leiter, und ausgebreitet unter der Leiter lag eine fleckige graue Filzdecke. Das Loch war noch nicht vollständig geschlossen, aber dass daran gearbeitet worden war, war deutlich zu sehen. Herr Freytag seufzte und drehte seinen Lesesessel so, dass er Leiter und Loch nicht sehen musste.

»Die waren in meiner Wohnung, die Handwerker«, beschwerte er sich am nächsten Morgen, als er der Grauerin im Treppenhaus begegnete; besagte Handwerker hatten ihre Arbeit bereits wieder aufgenommen und, kurz bevor er die Wohnung verlassen hatte, an der Klinke der verschlossenen Tür gerüttelt.

»Freilich waren die bei Ihnen drin«, wies die Grauerin ihn ab. »Wo sollen die auch sonst hin.«

»Ja«, sagte Herr Freytag, »wo sollen die auch sonst hin.« Und fast knallte er die Haustür hinter sich zu, als er den Wasserturm verließ.

Einige Tage später war die Leiter verschwunden, als er nach Hause kam. Der Teil der Decke, an dem sich einmal verheißungsvoll die Umrisse eines neuen Kontinents abgezeichnet hatten, war jetzt neu verputzt, ein weißer Fleck. Auf dem Teppichboden war ein kleinerer weißer Fleck geblieben, Farbe wahrscheinlich. Herr Freytag war am Ende eines Buches angelangt, und wenn es vielleicht auch ein trauriges Ende war, hatte er trotz allem kein trauriges Gefühl dabei.

Professor Iljitsch kam weiterhin regelmäßig ins Geschäft, aber wenn sie kam, fragte sie nicht mehr nach Büchern über Antoniewskij.

»Mit dem ist es aus«, erklärte sie, und Herr Freytag entschuldigte sich tausendmal, dreitausendmal, das sei alles seine Schuld gewesen. Aber Professor Iljitsch lächelte ihr Teezeitlächeln und versicherte ihm, erstens sei das nicht wahr und zweitens könne von Schuld keine Rede sein; wenn überhaupt, dann müsse man es einen Verdienst nennen.

»Es gibt so viele andere Bücher«, sagte sie. »So viel Neues. Es ist doch nicht gesund, immer wieder von denselben alten Dingen lesen zu wollen.«

»Es beruhigt«, sagte Herr Freytag und dachte an die *Abentheuerliche Geschichte*.

»Aber Bücher«, sagte Professor Iljitsch. »Bücher müssen aufregend sein.«

Und sie wandte sich dem Regal für zeitgenössische Literatur zu.

Von da an sprachen sie wieder mehr von Büchern als von toten Dichtern, die Professorin und der Antiquar, wie es sich für Angehörige ihres Standes geziemte. Manchmal empfahl Herr Freytag von sich aus den einen oder anderen Titel, manchmal fragte Professor Iljitsch ihn um Rat. Manchmal las sie ein Buch, das er längst kannte, manchmal lernte er eines kennen, das sie neu entdeckt hatte. Wenn dann einer von ihnen die letzte Seite erreichte hatte, saßen sie beisammen und tranken Tee, und der Tee war beruhigend, aber die Gespräche, die sie dabei führten, waren aufregend, sehr aufregend, und das hieß wohl, dass sie alles richtig machten.

So kamen sie durch den Herbst und dann durch den Winter. Obwohl Herr Freytag sich manchmal fragte, wie die Winter in Springfield, Illinois ausfallen mochten und ihn dann eine leise Wehmut überfiel, haderte er nicht damit, dass die Geschichte von der Rettung der Welt zu Ende war. Manche Geschichten sind kürzer als andere, aber das heißt nicht immer, dass sie nichts taugen.

Der Brief vom Lubenreuther Verlag kam im Frühling, da hatte Herr Freytag die ganze Sache schon fast vergessen. Scardanelli hatte er nicht vergessen, natürlich nicht; Scardanelli war keiner, den man vergaß, erst recht nicht, wenn man mit ihm auf Reisen gegangen war in seinen Gedichten. Aber verrückte Ideen, die der Rettung der Welt verpflichtet waren, einer Rettung, dic an sich selbst gescheitert war, die konnte man leicht vergessen.

Der Brief war ein schlichter Geschäftsbrief, ein grauer Umschlag mit Sichtfenster, hinter dem die Adresse des Antiquariats *Alter Kaiser* eingekerkert war. Und er war dünn, nicht einmal halb so dünn wie der Brief mit den Proben aus Scardanellis dichterischem Vermächtnis, auf den er vermutlich Bezug nahm. Anders als dünnen Büchern war dünnen Briefen grundsätzlich zu misstrauen, fand Herr Freytag. Trotzdem, es ging ja nicht anders, holte er seinen Brieföffner aus der Schreibtischschublade und öffnete den Umschlag.

Sehr geehrter Herr Freitag,

begann eine Handbreit unter dem Briefkopf das Schreiben, und wenn man gleich am Anfang schon so angesprochen wurde, und noch dazu ohne Ypsilon und mit I, war das sicher kein gutes Zeichen.

Ihre Manuskripteinsendung entspricht nicht den formalen Vorgaben des Lubenreuther Verlagshauses. Für Ihren weiteren Weg wünschen wir Ihnen alles Gute.

Nach einer Handbreit leeren Raums folgte eine hektisch wirkende Unterschrift, die wenig Gemeinsamkeiten mit dem in Druckbuchstaben darunter stehenden Namen aufwies.

»Ach«, sagte Herr Freytag, »na ja.«

Er faltete den Brief wieder zusammen und legte ihn in das erstbeste Buch, das zur Hand war, damit er wenigstens als Lesezeichen von Nutzen sein konnte, selbst wenn er streng genommen vielleicht nicht den formalen Vorgaben dafür entsprach.

Dann dachte er an die Amerikanerin, an ein begrabenes Schaf, an einen Jungen, der noch immer an der Bushaltestelle saß und vergeblich darauf wartete, dass jemand mit ihm über die Liebe sprach. Er dachte an ein unvollendetes Mosaik. Und wurde doch ein bisschen traurig.

»Sie sehen ein bisschen traurig aus«, sagte Professor Iljitsch.

»Ich habe ein trauriges Buch gelesen«, sagte Herr Freytag.

»Stirbt jemand?«

»Eine Idee.«

»Ja«, sagte Professor Iljitsch, »das ist traurig.«

Und obwohl es ihn überraschte, gemessen an der Natur ihrer sonstigen Gespräche, rechnete er ihr hoch an, dass sie nicht nach dem Titel fragte. Vielleicht verstand sie, dass er nicht wirklich von einem Buch sprach; sie, die große literarische Meisterdetektivin, die Professor Beardsley aus Chicago entlarvt hatte.

»Was möchten Sie heute lesen?«, fragte er.

»Oh«, sagte sie, »nichts Trauriges. Auch nichts Schwerfälliges. Ich habe gut gegessen. Da schlafe ich ein, wenn ich Schwerfälliges lese.« Sie rieb sich den kleinen flachen alten Bauch. »Gedichte vielleicht. Gedichte wären schön.«

»Dann darf ich Ihnen vielleicht das Werk eines wenig bekannten deutsch-italienischen Dichters empfehlen«, sagte Herr Freytag, natürlich sagte er das, das wird wohl niemanden wundern. »Ich habe es gerade nicht da. Aber kommen Sie morgen wieder und ich besorge es Ihnen.

»Das tue ich gern«, sagte Professor Iljitsch. »Wie heißt er?«

»Federico Scardanelli«, sagte Herr Freytag, und der Name selbst war ein Gedicht, das den Geruch überfluteten Heizkellers und verschütteten Sambucas heraufbeschwor.

»Der ist mir tatsächlich nicht bekannt.«

»Eine Straße wurde nach ihm benannt«, sagte Herr Freytag nicht ohne Stolz.

»Tatsächlich?« Professor Iljitsch nahm auf dem wackligen Stuhl Platz, der vor dem Schreibtisch stand, seit ihre Teegespräche zur Regelmäßigkeit geworden waren. Früher hatte er irgendwo zwischen den Regalen gestanden, der Stuhl, aber natürlich war er dort nutzlos gewesen. Niemand setzte sich hin in Antiquariaten, abgesehen vom Antiquar – und abgesehen von Kunden, die er genug schätzte, um ihnen einen Sitzplatz anzubieten. Professor Iljitsch holte die rote Thermoskanne aus ihrer Handtasche und Herr Freytag sah sich suchend im Laden um.

»Irgendwo habe ich die Tassen«, sagte er.

»Letztes Mal standen sie bei den Franzosen«, sagte Professor Iljitsch, aber da hatte Herr Freytag sie schon gefunden. Die Professorin schraubte die Kanne auf und schenkte ein. Der Tee roch ein wenig nach Herbst, aber in einem Antiquariat riecht es immer nach Herbst, selbst im Frühling, und solange man den Frühling vor der Tür nicht vernachlässigt über Tee und alten Büchern, ist daran auch nichts auszusetzen.

»Und was ist das für einer?«, fragte sie. »Der Scardanelli? Machen Sie mir mal ein bisschen Appetit.«

»Ich dachte, Sie haben gut gegessen«, sagte Herr Freytag.

»Ach«, sagte Professor Iljitsch und lächelte ihr Teezeitlächeln. »Ein bisschen was hat noch Platz. Italiener war er?«

»Er war ein bisschen von allem«, erzählte Herr Freytag. »Aber er kam aus Italien, auf einem großen Frachter, mit seiner Geliebten zusammen und mit seiner Lieblingskusine und all seinen Onkeln …«

Und hier fängt eine neue Geschichte an.

Philipp Multhaupt

Philipp Multhaupt wurde 1989 unfreiwilligerweise in Detmold geboren, einem kleinen Ort auf halber Strecke nach Gottweißwohin. Um diesen Schock zu verdauen, begann er bald, neue und alte Bücher zu lesen und entwickelte auf dieser Grundlage eine etwas schiefe Vorstellung davon, wie die Welt funktioniert. Sein anschließendes Literaturstudium absolvierte er in einer kleinen Einzimmerwohnung in Tübingen, direkt neben dem Heizkeller. Zu seinen Lieblingsautoren zählen Jaromir Borga, Jean Jaques Vernaire und Federico Scardanelli. Mittlerweile lebt er in Freiburg, einer französischen Stadt mit deutschem Pseudonym, und schreibt dort selbst Bücher, die von merkwürdigen Menschen handeln. Er mag Schafe und Bratkartoffeln, spricht sehr schlechtes Italienisch, kaum Russisch, solides Prärie-Amerikanisch und beherrscht Sütterlin fließend. Sein Lieblingsantiquariat ist immer in Detmold geblieben, es steht in der Meierstraße. Und das ist die ganze Wahrheit. Vielleicht.

Ebenfalls erschienen

PHILIPP MULTHAUPT: „Herrn Murmelsams Fieberträume – Erzählungen“

Eine Schatzkiste aus der Kindheit voller Fantasie und vergessener Träume. Mit einem Cover von Nicole Altenhoff.

Buch, Softcover, 168 S.

ISBN: 978-3-943876-72-7

Philipp Multhaupt erzählt Geschichten für Erwachsene, die im Herzen Kinder geblieben sind und sich heute noch trauen, an die Macht der Fantasie zu glauben. Seine Helden sind vergessene Träumer in einer kalten, erstarrten Gesellschaft. Zwischen Luftschlössern und Irrlichtern suchen sie die Liebe, das Glück und ihren Weg. Sie entdecken das Besondere im Verborgenen. Und manchmal finden sie dabei auch sich selbst.

PHILIPP MULTHAUPT: "Herrn Murmelsams Trinklieder"

Bier- und weinselige Geschichten voll Melancholie, Einsamkeit und Liebe. Mit einem Cover von Nicole Altenhoff.

Buch, Softcover, 146 S.
ISBN: 978-3-95996-138-7

Einmal war Herr Murmelsam sehr betrunken. In rauschhafter Seligkeit ersinnt er so manche Geschichte. Dabei ist er trunken vor Glück, schwermütig vom Wein oder geistreich von Hochprozentigem. In seinen Fantastereien werden Brokkolis zu Blumensträußen, da sehnen sich Milchmänner oder Leuchtturm-wärterinnen nach einer neuen Berufung, da wird schon mal die Zeit neu geschrieben oder an Bushaltestellen eine Entscheidung getroffen.

PHILIPP MULTHAUPT:
„Über die Erhabenheit toter Katzen und das Umwerben trauriger Mädchen“

Eine Geschichte über die Liebe, so ehrlich, melancholisch und traurig, dass man sich wünscht, sie wäre wahr.

Buch, Softcover 142 S.,
ISBN: 978-3-95996-013-7

Jan ist vierzehn-oder-so und liest gern Detektivromane. Unbeachtet von seinen Eltern streift er mit einer Kamera, die er vom Dachboden seines Onkels gestohlen hat, durch seine kleine Stadt und fotografiert tote Katzen. Nebenbei wünscht er sich eine Schrecklich Traurige Freundin. Als er eines Mittwochs im Erdkundeunterricht Claudias Blick begegnet, scheint sein Wunsch endlich in Erfüllung zu gehen …

All unsere Bücher gibt es als hochwertige Softcover oder Hardcover und als E-Books überall im Handel, sowie und vor allem auf

WWW.PERIPLANETA.COM